Coraje frágil

Coraje frágil

MARTHA E. CASAZZA

Coraje frágil

Windy City Publishers
www.windycitypublishers.com

Publicado en Estados Unidos de América

ISBN: 978-1-953294-68-5

Número de control de la Biblioteca del Congreso: 2021914895

Imagen de portada de Zonda/ Shutterstock.com

WINDY CITY PUBLISHERS
CHICAGO

En memoria de mi padre,
que inspiró mi amor por los libros.
Este es para ti.

"Tenemos que estar saltando continuamente de los acantilados y des arrollando nuestras a las en el camino hacia abajo."

~Sandra Cisneros

Melina

Con los dedos apretados con fuerza contra sus mejillas para detener las lágrimas, Melina apenas distinguía las formas borrosas de Mamá y Papá mientras el autobús dejaba atrás la estación. Se abandonó en el asiento de plástico pegajoso y miró con los ojos entrecerrados por la ventana trasera hasta que solo fueron puntos borrosos en el horizonte. En la parada del autobús, parecían tan pequeños. Mamá se aferraba a Papá como si todo su ser dependiera de ello, mientras él reunía toda la fuerza que su cuerpo cansado tenía para ofrecer, solo para sostenerla. Llevaba puesta su máscara de coraje, la que usaba cuando la familia oía un extraño golpe en la puerta, temerosos de que pudieran ser agentes de Inmigración y Control de Aduanas. La cabeza se balanceaba rígida sobre sus hombros estrechos y musculosos, y forzaba a su boca a formar una delgada línea recta, como si la hubieran dibujado con un marcador mágico. Sus ojos no lo delataron con lágrimas mientras miraba hacia adelante. Mamá y Papá parecían una sola persona mientras se fundían uno con otro para apoyarse. Ninguno de los dos parecía poder separarse y dirigirse con dificultad hacia la casa.

Acurrucada en lo profundo de los pliegues de su gastado abrigo amarillo favorito que Mamá había remendado la semana anterior, Melina tocó la pequeña cruz de oro. Era prácticamente todo lo que traía de casa. Algunas semanas atrás, después de retirar el último plato de la cena, Mamá había tomado la mano de Melina y la había llevado a su lugar habitual en el sofá junto a la butaca de Papá. Mamá inclinó la cabeza como para rezar, pero en lugar de eso se quitó la delicada cadena de oro del cuello y se la puso a ella.

—Esto te mantendrá a salvo, Melina. No te la quites, y recuerda cuánto te amamos. Melina sabía que había pertenecido a la Abuela y que Mamá nunca se la quitaba. ¿Qué mantendría a Mamá a salvo sin ella? Ahora era el turno de Melina de preocuparse.

Cerró los ojos y las últimas semanas se reprodujeron bajo sus párpados como un video en tiempo real. Ocultar sus temores a lo largo del verano había sido difícil para su familia, pero también les proporcionó momentos especiales. Recordar el día que Mamá la llevó de compras trajo una sonrisa al rostro marcado por las lágrimas.

—Ven, hoy vamos al centro comercial. He estado ahorrando un poco aquí y allá, y quiero comprarte algunas cosas bonitas para la universidad.

Se rieron juntas ese día mientras elegían un par de zapatos elegantes nuevos, dos jeans y un pijama rosa brillante, solo por diversión. Después, se sentaron en el parque y compartieron un vaso grande de horchata y dos tacos: uno de carne asada y otro "al pastor". Melina quería darle otro abrazo a Mamá y decirle cuánto la extrañaría, pero ya era demasiado tarde. En lugar de eso, mantuvo los ojos cerrados y los dedos alrededor de la cruz diminuta.

Recordaba el día que Gabriela pasó por la casa para rogarle que no se fuera.

—Melina, me siento muy sola aquí, y eres la única con quien puedo hablar. Mamá casi nunca me deja salir y cuando me quedo en casa, no me habla. Solo se sienta frente al altar de Chuy con los ojos fijos en la pared. Papá se va a trabajar y me dice que la cuide, pero yo no sé qué hacer. Tú fuiste la única que se preocupó por mí después del tiroteo. No quiero que te vayas.

Era cierto que después de que asesinaran al hermano de Gabriela en un tiroteo desde un automóvil, hacía unos meses, Melina era la única en la escuela que se sentaba con ella. Los demás estudiantes se mantenían alejados, como si el simple hecho de hablar con Gabriela los hiciera igual de vulnerables. Melina recordó las primeras semanas después de la muerte de Chuy. Una mañana, de camino a la escuela, vio a Gabriela en un rincón lejano del patio, hecha un ovillo. Sabía que llegaría tarde a su primera clase, pero instintivamente se sentó con ella en el banco y la escuchó.

—Mi madre se queda en la cama todo el día y no me habla. Mi tía viene todas las tardes a encender las velas para Chuy. Después de eso, las escucho llorar juntas detrás de la puerta cerrada. Si me quedo en casa, estoy triste y sola; si voy a la escuela, también estoy triste y sola. Extraño mucho a Chuy y no sé qué hacer.

En los días de escuela, al caminar a casa Melina seguía la ruta que Mamá había trazado para ella con detalle, pero después de la muerte de Chuy, su madre le dio permiso de ir a la casa de Gabriela algunos días a la semana. Eso continuó durante todo el verano, y como no tenía amigos fuera de su familia, se distrajo de irse de casa. Se reían juntas mientras jugaban a las cartas en la mesa de la cocina y hojeaban revistas de moda antiguas, todo ello mientras vigilaban a la madre de Gabriela. Fingían ser modelos de revistas: hacían poses raras y se peinaban el pelo en formas locas con espuma que encontraron bajo el lavabo del baño. Cuando hacía calor, corrían a la esquina a buscar horchatas frescas y siempre traían una extra para la madre de Gabriela. Ella solía tomar unos sorbos por cortesía y luego dejaba el vaso en el suelo, frente al altar. Poco a poco, empezó a sonreírles y a beber un poco más que la vez anterior. Melina nunca olvidaría el último día que pasó en casa de Gabriela. Las niñas se abrazaron fuerte y cuando Melina abrió la puerta principal para salir, escuchó una voz tranquila detrás de ella.

—Melina, siempre has sido tan amable. Gracias por cuidarnos a Gabriela y a mí.

Durante todo el verano, los primos de Melina entraban y salían de la casa para darle cosas que ya no les quedaban. La mayoría no le servían, así que Melina las dejaba en casa, en una bolsa de basura bajo la cama de sus padres. La tía Rosa incluso trajo la vieja maleta de plástico marrón que usó cuando llegó por primera vez a Estados Unidos desde Puebla.

—Melina, esto me trajo a un lugar mejor. Espero que haga lo mismo por ti. Rezaré por ti.

Melina apartó otro rastro de lágrimas mientras el autobús se alejaba de su hogar y deseó haber traído la ropa de sus primos, solo para sentirlos cerca. También le preocupaba dejar a Diego. Desde que los Reyes lo atacaron cuando regresaba de la escuela, su primo se quedaba en su habitación con las cortinas cerradas con cinta adhesiva. No iba a la escuela. Escuchaba música a todo volumen todo el día y estaba demasiado asustado para hablar con alguien. Melina se preguntaba si alguna vez lo vería de nuevo.

Su familia tal vez no entendiera por qué se iba, pero todos estaban orgullosos de ella. Justo ayer, la familia entera se había reunido para una fiesta de todo el día en su honor. Tías, tíos, primos y todos los vecinos llevaron comida al parque local, donde cantaron y bailaron. Los niños daban vueltas felices y Papá tocó su guitarra hasta bien entrada la noche.

—Para mi hija Melina —gritó muchas veces. —Esta canción es especial para ti.

Ella y sus primos bailaron juntos, abrazados, como si nunca fueran a volver a verse. Nadie quería irse, con la idea de que tal vez si se quedaban despiertos, el mañana nunca llegaría. Irse para seguir su sueño era más difícil de lo que ella había pensado.

Por la mañana, todo fue diferente. Había un silencio espeluznante mientras Melina sacaba las sábanas del colchón y las metía en la pequeña maleta de la tía Rosa, junto con su ropa nueva. Metió el colchón en un armario. Mientras retiraba con cuidado sus pósters de la pared y comenzaba a enrollarlos, Melina se sobresaltó al oír el teléfono, pero la alivió que se quebrara el silencio.

—Hola, Melina. Soy la Sra. Ingram. Solo llamé para desearte suerte y hacerte saber que puedes llamarme si tienes alguna pregunta una vez que llegues a la universidad. Estoy muy orgullosa de ti y no puedo esperar a escuchar todo sobre eso cuando vuelvas a visitarnos.

Me habría gustado poder traer a la Sra. Ingram conmigo, pensó Melina. Hace solo una semana se habían apiñado sobre la computadora portátil usada que la Sra. Ingram logró pedir prestada a la escuela para Melina. También le dio una agenda mensual y un diario, y le advirtió a Melina que anotara todo. La Sra. Ingram le recordó que en su casa, otros habían determinado sus horarios, pero ahora ella sería responsable de llevar registro de todos sus cursos, tareas y fechas de entrega. Había tanto en qué pensar. Melina estaba emocionada y muerta de miedo. Este era su sueño. Ella esperaba estar a la altura.

Papá y Mamá ayudaron a Melina a llevar sus pocas cosas al El, que los llevó a la parada de autobús en el centro. Papá no fue a trabajar para poder estar allí. Melina sabía que eso significaba que no recibiría paga y menos seguridad laboral. Él no dijo nada en toda la mañana. Mantuvo la mirada baja mientras Mamá parloteaba. A Melina le costaba caminar. Sentía las piernas flojas, y por momentos temía caerse. Se concentró en poner un pie delante del otro y se quedó en silencio igual que Papá. Se le revolvió el estómago cuando vio que se acercaba el autobús. El gran letrero en el frente anunciaba que se dirigiría a Hamilton.

—Adiós, Ma y Pa; los llamo esta noche. Los amo mucho a ambos —dijo mientras los abrazaba con fuerza. La abrazaron y ella se apresuró a abordar. Melina sabía que si decía algo más, podría no irse.

Después de tres largas y solitarias horas en la parte trasera del autobús, donde estaba vacío y Melina podía acurrucarse y contemplar recuerdos bajo sus párpados, el conductor del autobús gritó con voz ronca y cansada: —Parada número uno de la universidad.

Con los ojos abiertos y mientras se despegaba lentamente de la seguridad del pringoso asiento trasero, se tambaleó por el pasillo detrás de otros pasajeros y los siguió hasta afuera.

Me pregunto dónde estoy, pensó Melina mientras observaba a los otros, que parecían saber lo que hacían y se alejaban en diferentes direcciones. Como no había podido permitirse visitar el campus antes, no tenía idea de dónde estaban las cosas, pero la Sra. Ingram le dijo que habría mucha gente alrededor para ayudarla a encontrar el camino. Sacó una carta arrugada de su bolsillo. La había leído tantas veces que la tenía memorizada:

> *Estimada Srta. García,*
>
> *Se te asigna la habitación 503 en Forbes Hall. Theresa Anders es tu compañera de cuarto. Debes llegar el 23 de agosto antes de las 3:00 pm.*

¿Y ahora qué? Habían adjuntado un mapa a la carta, pero había desaparecido después de que uno de sus sobrinos se comió la mitad.

Melina miró a través de la llovizna que había comenzado tan pronto como el conductor del autobús le entregó la maleta de la tía Rosa. Estaba abrumada por la emoción y la curiosidad, pero también un poco asustada; sus piernas aún se sentían débiles y temblorosas mientras intentaba avanzar. A Melina le pareció que la engullía algo que no entendía, y que la dejaba entumecida. *¿Era esto su sueño hecho realidad? ¿Pertenecía aquí en verdad?* Sus ojos se abrieron de par en par al ver ese lugar que se extendía en todas direcciones. Había edificios altos desparramados por el campus junto a senderos que se cruzaban por todas partes. Había mucho espacio verde donde los estudiantes jugaban a la pelota y reían juntos. Todos los demás parecían saber qué hacer.

Esto era tan diferente de las aceras grises y agrietadas y los callejones llenos de basura del vecindario que había dejado atrás, donde las calles correctas te llevaban directo a casa.

—Me pregunto por dónde debería empezar —se dijo, casi en voz alta. Mientras estaba allí, sintiéndose muy sola y deseando tener un paraguas, oyó una voz.

—Pareces perdida. ¿Puedo ayudarte? Melina giró la cabeza y se encontró cara a cara con una enorme sonrisa en un chico de su edad que tenía mucho cabello rubio rizado atado en un rodete apretado en lo alto de su cabeza. En su camisa amarillo brillante resaltaban las palabras "Guía estudiantil" estampadas en letras grandes y amigables en el bolsillo. —Soy Todd, y estoy aquí para ayudar a almas perdidas como tú. Apuesto a que eres estudiante de primer año y quieres encontrar tu residencia. ¿Estoy en lo cierto?

Melina casi se derritió y de repente se sintió un poco menos solitaria y menos necesitada de un paraguas.

—Hola —balbuceó. —Mi nombre es Melina. Estoy buscando Forbes Hall. ¿Me puedes ayudar?

Todd sonrió. —Acabas de cometer uno de los errores más comunes que cometen todos los estudiantes de primer año. Te bajaste en la primera parada del autobús. Forbes está en la tercera parada, al otro lado del campus. Pero no hay problema. Iré contigo y podremos hacer algo de turismo en el camino. ¿Te parece?

—Claro —dijo, y siguió a Todd por la enmarañada red de senderos que pronto se convertirían en su nuevo hogar.

Mientras él caminaba adelante con confianza y propósito, Melina iba rezagada detrás, abrazando contra su pecho la maleta de la tía

Rosa. *¿Por qué no podía tener rueditas como todas las demás que veía?* Mientras construía un mapa mental que la ayudara a navegar por este laberinto loco sin ayuda, recordaba caminar por las calles de su vecindario con Mamá, quien creaba mapas "seguros" para ayudarla a guiarse desde la escuela, desde la tienda y desde cualquier otro lugar al que fuera.

Todd interrumpió su ensoñación con un grito: —Allí está Hamilton, donde comerás, y al lado está Clawson, donde te inscribirás para los cursos. ¡Ah, y ese es el Centro de Estudiantes, donde encontrarás la peor comida del mundo, pero te divertirás con tus amigos!

Todd mencionaba nombres y lugares como si hubiera vivido ahí desde siempre.

Melina asignó marcadores a cada sitio: Hamilton tenía un arbusto al frente que desde cierto ángulo parecía una hamburguesa; Clawson tenía un letrero blanco que se convirtió en un formulario de inscripción en su mente; y el Centro de Estudiantes estaba detrás de una rotonda que imaginó como un círculo de amigos. Incluso con esos marcadores visuales, estaba cada vez más nerviosa por encontrar el camino de regreso y se preguntaba si alguna vez esto le parecería natural. También se preguntó si alguna vez conocería a esos amigos que Todd mencionaba. Ella no tenía muchos amigos en casa porque Mamá decía que era demasiado peligroso salir con alguien después de la escuela. *¿Cómo haría amigos aquí? ¿Sería seguro?*

—Y aquí está Forbes, a tu derecha. Es una estupenda residencia porque todos son muy amigables y hay muchas fiestas aquí. Todos son estudiantes de primer año, pero en cada piso hay un asesor estudiantil de último año que los ayuda a resolver las cosas.

Cruzaron las gigantescas puertas giratorias de entrada en su nuevo hogar y llegaron a un vestíbulo reluciente con pisos lustrosos y pintura blanca fresca. Todo parecía nuevo y lleno de promesas. Melina sintió una sensación de hormigueo en todo el cuerpo que era una combinación de excitación y temor.

Para entonces, ya llamaba con afecto "Rosa" a su maleta. Mientras ella y Rosa comenzaban a subir a los tumbos la primera escalera que vio, Todd le advirtió: —Puedes caminar si quieres hacer ejercicio, pero la mayoría de la gente usa los elevadores. Ven, te mostraré. Están a la vuelta de la esquina.

Melina volvió sobre sus pasos y dobló la esquina. ¡*Vaya!* Había tres elevadores con puertas de vidrio que se abrían y cerraban mientras subían con un silbido cajas, maletas y personas. Podía sentir la energía a pesar de que entrar en un espacio pequeño y cerrado con gente que no conocía era una sorpresa inesperada y algo alarmante.

Mamá siempre le había advertido que tuviera cuidado en los elevadores y que usara las escaleras siempre que fuera posible: —Nunca se sabe quién puede estar escondido dentro; en las escaleras siempre hay una forma de huir de cualquier peligro. Siempre debes estar atenta a tu entorno y tener un plan de escape. Con las palabras de Mamá en su cabeza y a regañadientes, Melina logró meterse algo apretujada en una de esas elegantes cajas junto a Todd. Mientras abrazaba a Rosa aún más fuerte, sintió otra punzada de emoción junto con crecientes alarmas en su cabeza por toda la exuberancia y conmoción descontroladas en su entorno. Se bajaron en el quinto piso y avanzaron por el corredor, y casi tropezaron con cajas desechadas y maletas vacías que habían arrojado desde las habitaciones llenas de familias y amigos ruidosos. La puerta de la habitación 503 estaba abierta y se oían risas desde el interior.

Con una sonrisa torcida, Todd dijo: —¡Aquí está! Disfruta de los próximos cuatro años —y se fue a ayudar a otro novato. Sola otra vez. ¿Qué debería hacer ahora? ¿Por qué había tanta gente en este espacio?

Mientras entraba en forma incierta en la habitación, una pequeña corrió hacia Melina y le dijo: —Te ves graciosa. ¿Por qué llevas esas botas extrañas? Melina se miró las viejas botas de segunda mano y se sintió muy avergonzada.

Antes de que pudiera responder, una voz llamó desde el otro lado de la habitación: —Missy, eso no es educado. ¡Dile que lo sientes!

Missy se enfurruñó y caminó hacia el otro lado de la habitación sin decir una palabra.

—Lo siento mucho. Soy Teresa, y tú debes ser Melina, ¿verdad? Encantada de conocerte. Missy es mi hermanita y ellos son mis padres. Me han estado ayudando a instalarme y a colgar algunos pósters. Espero que esté bien haber elegido este lado. Miró por encima del hombro de Melina, y agregó: —¿Tus padres están aquí?

Melina se movió nerviosamente de un pie al otro y estaba consciente del golpeteo de sus botas. Miró toda la habitación. Era enorme, más grande que la sala de estar de sus padres. Había dos de todo: dos escritorios, dos sillas, dos camas, dos cómodas y dos armarios. Un lado de la habitación estaba lleno de pósters, fotografías, una colcha con flores amarillas, almohadas mullidas y docenas de animales de peluche. El otro lado, un espacio en blanco, en apariencia era el que ella debía llenar. A pesar del ruido y la conmoción abrumadora que la rodeaba, Melina se sentía sola. Abrazó su maleta, y de repente sintió que no estaba preparada para dejarla en el suelo.

—No —le dijo a Theresa. —Mis padres trabajan, y no pudieron venir hoy. Solo dejaré mi maleta aquí y guardaré mis cosas más tarde.

Sintió que la familia Anders la examinaba en silencio. *¿Qué pensarían sobre sus botas extra grandes y sus pantalones que podrían ser demasiado ajustados?* Tal vez era solo su imaginación porque la Sra. Anders parecía sincera cuando dijo: —Lamento mucho que no podamos conocer a tus padres, Melina. Quizás otra vez cenemos todos juntos y nos conozcamos.

La rodeó con un brazo y se ofreció a ayudarla a acomodarse, pero Melina le agradeció y dijo que estaba bien. Otra vez sintió débiles las piernas y se sentó en la cama desnuda que ahora al parecer era suya.

Mientras sus padres se daban la vuelta para irse, Theresa los abrazó y les aseguró que estaba bien. Missy le dio un gran abrazo a su hermana y luego miró a Melina y le preguntó con una voz pequeña y chillona: —¿Dónde están tus cajas? ¿De qué color es tu cubrecama? Antes de que pudiera continuar, sus padres le dijeron que era hora de irse. Ella sacó la lengua y los siguió lentamente hacia la puerta.

Entonces Teresa se volvió hacia Melina. —¡Estoy tan emocionado de estar aquí! Me encanta esta habitación y sé que seremos buenas amigas. Espero que te gusten los colores de mi colcha. ¿Va con la tuya? ¿Te gustan los pósters? Me resultó muy difícil decidir cuáles traer de mi habitación en casa. Si no te gustan, puedo quitarlos. ¿Crees que necesitamos cortinas?

Mareada por las preguntas en ametralladora, Melina se sonrojó y extrañó las bajas expectativas que tenía con su colchón enrollado ahora guardado en un armario en casa. Había empacado con cuidado sus sábanas blancas, pero ¿una colcha? Nunca había tenido una. Nadie le dijo que todos en la universidad tendrían una. Quería que Theresa la quisiera y fuera su amiga, pero en verdad no sabía cómo tener esta conversación ni cómo podría contribuir a decorar la habitación.

Forzó una sonrisa y solo respondió: —Todo se ve genial, Theresa. Has hecho que la habitación parezca realmente animada. ¡Gracias!

De repente, tres chicas irrumpieron por la puerta, gritaron el nombre de Theresa y abrazaron a todos los que estaban a la vista, incluida Melina. Theresa las presentó: —Melina, estas son algunas de mis mejores amigas de la escuela secundaria. Viven justo al final del pasillo. ¿No es eso genial? ¡Vamos a arrasar en el quinto piso!

Una de ellas, Sonia, dijo: —Vaya, esta habitación es muy glamorosa. ¡Me encanta el cubrecama! No puedo esperar a ver cómo luce cuando esté todo terminado. ¿De dónde eres, Melina? Todas vivimos cerca unas de otras y estamos muy emocionadas de salir de casa. Allá es tan agobiante: nuestros padres son demasiado estrictos. ¿Y los tuyos?

—Vivo en la ciudad y mis padres me cuidan mucho. Supongo que es bueno estar lejos, pero... —balbuceó Melina.

Sonia la interrumpió y continuó: —Oye, salgamos todas de aquí y busquemos algo para comer. Muero de hambre. Oí que afuera hay camiones de comida con cosas ricas. ¿Quién quiere comprobarlo? Mientras se preparaban para partir, Melina se excusó.

—Necesito guardar mi ropa y le prometí a mi familia que los llamaría esta noche para que sepan que estoy bien.

Theresa parecía decepcionada y en voz baja le preguntó a Melina si necesitaba ayuda.

—No —dijo Melina. —Estoy bien. Con eso, las cuatro chicas se despidieron mientras salían apresuradas por la puerta y la dejaron sola.

Sentada sola en su primera cama real, la mente de Melina estaba enredada. *¿Cómo encajaría ella aquí? No tenía cubrecama, ni pósters, ni almohadones, ni animales de felpa. Estaba acostumbrada a acurrucarse en un colchón en el corredor trasero de su casa con algunos pósters encintados a la pared sobre su cabeza. Aquí la ropa que traía cabría con facilidad en un cajón. Era cierto que no podía permitirse comprar cortinas, ni alimentos de un camión de comida. ¿No le había dicho la Sra. Ingram que las comidas eran gratis en el comedor? ¿Cómo le explicaría eso a Theresa y sus amigas? ¿Se decepcionarían de ella?* Melina estaba segura de que no cumplía con las expectativas de su compañera, que ya se estaría riendo de ella con sus amigas. Se levantó y dobló su ropa en silencio, y la guardó en uno de los tres cajones de su cómoda. Guardó en el armario su bonito par de zapatos y el vestido rojo de su prima Lupita. Por último, acomodó a Rosa en forma segura en el rincón trasero y la cerró con firmeza para que Theresa no viera lo vacía que estaba.

Melina miró el reloj sobre la pared blanca. Eran las 7:00. Sabía que su familia estaría reunida alrededor de la pequeña computadora portátil en la mesa de la cocina de la casa de la tía Rosa, esperando con ansias su llamada mientras hablaban y se reían como hacen las familias. La Sra. Ingram ayudó a Melina y su familia a instalar Skype para que pudieran mantenerse en contacto. Mientras Melina escuchaba risas y gritos por todo el pasillo, se sentó sola en su nuevo escritorio y abrió su computadora portátil para hacer la llamada. Iba a decirles que todo era perfecto. No lloraría.

Margot

¡Rrrrr, rrrrr! *Maldita sea.* ¡Rrrrr!

Enredada en su manta, sin poder soltarse, Margot cayó al suelo con un golpe. Hacía meses que tenía la intención de cambiar ese tono de llamada de motocicleta. Sus días de pasar zumbando por el campo para despejar su mente habían terminado, y su teléfono debería reflejarlo. También necesitaba dejar de dormir la siesta en el sofá y empezar a actuar como una adulta. ¿Debería responder?

Hmmm…no estoy segura. Se había despertado en forma abrupta de un sueño en el que miraba a un enorme auditorio desde detrás de un podio de aspecto importante, en un mar de rostros jóvenes que asentían con la cabeza en señal de agradecimiento por su trabajo. ¿Recibía una ovación de pie? ¿Sí? ¿Tal vez? Maldición… el sueño se perdió. ¿Dónde estaba ella? ¿El teléfono aún sonaba? Rrrrr…

Se desenredó de su manta demasiado grande y gastada, mientras Biko arañaba las descoloridas y destrozadas cortinas rojas que cubrían las ventanas de las corrientes de aire. Trepó entre las pilas de libros y encontró su teléfono bajo una montaña de papeles junto a la cafetera fría y pegajosa en el suelo. Se apartó el pelo desgreñado de los ojos y mientras aclaraba la garganta, Margot levantó el aparato.

—¿Hola? Soy Margot. Sí, Sra. Munson, por supuesto, me acuerdo de usted y planeo estar allí. Mientras escuchaba con atención a la gerente de oficina del Departamento de Psicología de Balsam State, aclaró la garganta otra vez y tomó el teléfono con fuerza para asegurarse de escuchar cada palabra.

—Sí. Mañana a las 10:00 en Anderson Hall, sala 301. Muchas gracias por la confirmación.

Colgó. ¡La segunda entrevista en verdad iba a tener lugar! Mañana. A las diez en punto. Ahora que era oficial, una lista de cosas por hacer comenzó a tomar forma en su cabeza:

Releer la descripción del trabajo por décima vez. LISTO.

Repasar las notas de la primera entrevista. LISTO.

Revisar los hallazgos de la disertación. LISTO.
(Oh, ¿dónde estaba esa condenada cosa?)

Buscar un atuendo limpio y de aspecto profesional. LISTO.
(Oh, esto sería algo difícil.)

El resto debería ser fácil ¿verdad? Ella sabía lo que hacía. Estaba calificada, ¿o no? *¿Pero a cuántos otros habrían llamado para una segunda entrevista? ¿Y si estuvieran más calificados? ¿Y si fueran más inteligentes? ¿Qué ocurriría si olvidaba el nombre de alguien?* Era evidente que una buena noche de sueño estaba muy lejos y su siesta estaba en suspenso. Y ahí terminaba ese sueño de sentirse bien.

Demasiado nerviosa para llamar a alguien, le contó a Biko sobre la llamada. Él no interrumpía ni le daba consejos innecesarios.

—Hola, amigo. Mañana podría ser un gran día para nosotros. Tengo una entrevista por la mañana y si sale bien, podremos mudarnos a un nuevo lugar. ¡Reemplazar estas deprimentes cortinas rojas! ¿Por qué no las desgarramos de todos modos cuando vinimos aquí? Encontraremos para ti unas ventanas perfectas para observar aves sin obstrucciones. Pero antes de todo eso, necesito superar el día de mañana. Tendré que irme temprano, pero no te preocupes: lo primero que haré será dejarte un bocadillo muy especial en tu plato. ¿Quizás un poco de atún? ¿Cómo suena eso?

Biko se merecía un obsequio ¿no? Todas esas noches que pasaron juntos mientras terminaba la tesis, o enviaban currículos para buscar (bueno, suplicar) un puesto de profesora. Biko estuvo allí en todos esos momentos.

Como siempre, él se frotó contra su tobillo y escuchó con atención la charla nerviosa de Margot. La calmaba más que nadie con su ronroneo empático. Mucho mejor que llamar a un amigo cuyas palabras podrían traerle mala suerte. Steve sería tranquilizador, sí, pero también demasiado optimista. Ella podría perder su ventaja. Sharon le daría consejos sobre qué ponerse, lo que solo aumentaría su ansiedad, ya que sabía que su única camisa con aspecto profesional estaba en ese momento en el fondo de su bolsa de ropa sucia. No había tiempo para ir a la lavandería a lavarla y plancharla. ¿Por qué no pensó en eso antes? ¿En realidad había temido que no hubiera una segunda entrevista? En lo único que podía pensar era en un puesto anterior en el que creyó tener todo seguro, y la llamaron para cancelar la segunda entrevista. Ella no quería decepcionarse otra vez, por lo que guardó el recuerdo lejos de su mente consciente.

Se le ocurrió que algunas personas podrían llamar a su madre con noticias como esta. Consideró eso por un momento. *¡De ninguna manera!*

Con su dedo índice, Margot retorció un mechón de cabello en la coronilla de su cabeza. Una vez que estuvo bien envuelto en su dedo, jaló de él y lo soltó. Luego hizo girar otro mechón, y luego otro. Comenzó este hábito en la universidad para aliviar los intensos dolores de cabeza que experimentaba antes de los exámenes o fechas límite importantes. Biko percibió de inmediato su ansiedad y se subió a su regazo, lo que distrajo sus manos mientras él ronroneaba durante unas cuantas caricias.

Ese era el camino que sus padres siempre imaginaron para ella. Su madre fue la primera socia femenina de un gran bufete de abogados, y ahora su nombre también estaba en la puerta principal. Su padre era un conocido investigador de una prestigiosa universidad a quien reconocían con premios internacionales con frecuencia. Ambos incluso habían vivido por separado en ciudades diferentes durante un tiempo para avanzar en sus carreras. No esperaban menos de ella, y Margot, su única hija, adoptó desde el principio las metas de ellos como propias.

Trabajó más duro que nadie y se graduó como la mejor de su clase. Cada vez que sus amigos la invitaban a unirse a ellos en el sitio de reunión local, ella se encogía de hombros y decía: —Tengo una cita con la biblioteca. Continuó sus estudios en Psicología en una escuela de posgrado muy respetada. Había comenzado a estudiar para entenderse mejor a sí misma y a su familia, pero se sintió presionada por sus asesores para realizar investigaciones en sus áreas de interés, que no tenían nada que ver con el comportamiento humano y todo que ver con… bueno, nada pertinente. Ahora estaba en el impredecible y enredado trayecto hacia una titularidad de cátedra con más tiempo dedicado a la investigación, junto con algo de enseñanza solo cuando fuera absolutamente necesario. La habían adoctrinado para creer que la investigación era mucho más importante que trabajar con estudiantes y que su meta debía ser obtener la titularidad y dedicar el resto de su vida a investigar, dar conferencias y publicar. Esa trayectoria conduciría a una carrera exitosa… ¿y a la felicidad?

Mientras comenzaba a revisar su lista de verificación, estos pensamientos envolvieron a Margot en una densa niebla que era probable que no se disipara hasta que ella superara el día siguiente. Recorrió la lista hasta el final, pero se detuvo cuando llegó a la parte del atuendo profesional. Como estaba demasiado cansada para ocuparse de ese detalle, simplemente se metió en la cama alrededor de la medianoche y rezó para poder dormir un poco.

Después de un sueño irregular, Margot se despertó a la mañana siguiente en un día sombrío.

—Está lloviendo a cántaros ahí afuera, Biko. Terrible. Espero que esto no sea un presagio —declaró, mientras el gato olfateaba el aire, indiferente. No la siguió hasta el armario. Tampoco estaba allí para consolarla cuando no apareció un atuendo de aspecto profesional entre la ropa que llenaba el interior hasta el tope. No se frotó contra ella para aprobar la chaqueta y la falda negras lisas que eligió. Margot estaba por su cuenta. La voz de su madre retumbó en su cabeza alta y clara:

—Complétalo con el simple collar de perlas de mi abuela, querida. Te verás profesional. Cuanto mejor te veas, mejor te sentirás. Gracias a Dios que su madre ESTABA aquí, aunque fuera en espíritu.

En los primeros años de su adolescencia, Margot solía permanecer de pie frente a la puerta de su armario durante treinta humillantes minutos cada mañana del verano, con la cabeza y los hombros echados hacia atrás, mientras escuchaba con atención el sermón diario de su madre sobre lo importantes que eran las primeras impresiones. Rezaba para poder escapar de esos campos de entrenamiento en miniatura, pero a menos que una reunión con un cliente fuera prioritaria, su madre era implacable. Ella había perfeccionado su apariencia: cabello peinado y rociado con laca, ropa planchada con esmero y que hacía juego, y lo más importante, zapatos sin rayones. Difícil llegar a su altura. Por mucho que odiara esos discursos matutinos, Margot los repasaba con frecuencia cuando necesitaba un consejo.

Recogió su cabello largo y oscuro en un rodete apretado en la nuca. También se calzó un par de zapatos negros planos que tomó de la pila del armario, y rápidamente deslizó un marcador negro sobre las marcas de los tacones. Ella era alta y no quería sobrepasar a sus potenciales colegas, pero también necesitaba recordar no encorvarse para igualar su altura. Su madre siempre se lo recordaba, con estas palabras: —Estar encorvado es signo de pereza. Margot volvió a mirar su rodete y decidió que ese era el camino a seguir. ¿Qué mejor manera de lucir profesional y seria? Esperaba que el marcador negro fuera indeleble.

Aunque no había tenido un reconfortante frote de tobillo de despedida de Biko, Margot llenó con gentileza su tazón con el atún prometido y salió aprisa de su casa. Voló hacia abajo por las escaleras, utilizó su aplicación para llamar un taxi y escapar de lo peor de la lluvia. ¡Por supuesto que no tenía paraguas! Y ahí acabó lo de verse profesional.

Media hora más tarde, salió del taxi y un pie aterrizó de lleno en un charco despiadado.

—¡Maldición! Dio un salto hacia suelo seco, y logró no mojarse el otro pie mientras cojeaba hacia Anderson Hall, acompañada por el rítmico chapoteo de su zapato muy mojado. El agua lodosa se escurrió hacia arriba por su pierna para completar el aspecto desaliñado en el que se había esmerado.

Maldita sea. Este día solo tenía una dirección a seguir.

Al menos no llegaré tarde, pensó Margot, mientras miraba nerviosa su teléfono por décima vez desde su baño de lodo. Incluso podría llegar temprano. Mientras ascendía la empinada e intimidante entrada de Anderson, repitió una y otra vez su mantra personal: "Puedo hacerlo. Puedo hacerlo."

Al acercarse a la oficina de Psicología, Margot se preguntó si era mejor llegar temprano o arriesgarse a llegar unos minutos tarde y buscar un baño donde asearse. Absorta en sus ensoñaciones, no se dio cuenta de que ya había entrado a la oficina exterior del Departamento de Psicología, por lo que se sobresaltó cuando Shirley, la asistente administrativa del departamento, le dio la bienvenida.

—Buenos días. Usted debe ser Margot Pearson. Bienvenida a Balsam State. Shirley la miró de arriba abajo ligeramente, y agregó: —Veo que también lograste encontrar un charco esta mañana. Yo igual. Por suerte pude cambiarme los zapatos y secarme —dijo mientras le daba una palmadita en el hombro a Margot. —¿Puedo traerte una taza de café?

Margot sintió de inmediato envidia de la toalla seca de Shirley y su segundo par de zapatos. Tomó nota mental de recordar esto si alguna vez tenía una oficina propia. Charlaron con cordialidad mientras tomaban café caliente y pronto Margot casi olvidó su pierna húmeda.

La presentación de la asistente al personal de la oficina la ayudó a sentirse cómoda aunque se retorcía un poco el cabello, con cuidado de no aflojar el rodete. Qué lugar tan cálido y acogedor era este. Para cuando llegó el Dr. Berg, el jefe del departamento, y la acompañó a la entrevista con el cuerpo docente, Margot se sentía como en casa. *Sí, ella pertenecía a este lugar.*

Seis horas después, el día más largo de su vida aún no había terminado porque la invitaron a cenar con un selecto grupo de profesores de Psicología y administradores.

—Margot, esperamos que nos acompañes a cenar. Eso nos dará la oportunidad de conocernos todos mejor en un entorno menos formal. Y podrás ver quién usa el tenedor correcto —agregó el Dr. Berg con una risita.

¿Qué podía hacer sino aceptar? Aunque lo que en verdad quería era volver a casa y acurrucarse en el sofá debajo de su vieja y gastada manta con Biko… Quería contarle cómo se había reunido con diez miembros del cuerpo docente de dos departamentos, Psicología y Sociología. Había logrado hacer frente con éxito a preguntas sobre su investigación y sus metas académicas. Se maravillaron de sus éxitos anteriores en la búsqueda de subvenciones para financiar trabajos colaborativos, ya que en el departamento tenían un historial deprimente de adjudicación de subsidios. Prometieron apoyarla, para lo cual dejarían su carga docente ligera con mínima interacción con los estudiantes. En definitiva, todo se alineaba como ella había esperado.

Así que ahora se dirigía a un evento social en lugar de a su casa, a la comodidad de su apartamento. Una cena. La charla trivial ponía a Margot extremadamente nerviosa. *¿Quién necesitaba conocer a estas personas a nivel personal de todos modos? Lo que importaba era su experiencia y su compromiso con el trabajo. ¿No era eso lo más importante?*

¿Y si la conversación se fuera por las ramas y se alejara de su foco de investigación? ¿Y si le preguntaran sobre sus intereses externos y su vida social? No tenía nada de eso. Una vez más, las palabras de su madre flotaron por su cabeza: —Hablar de asuntos triviales es importante para el éxito, Margot. Debes descubrir cómo hacerlo.

Su madre incluso le había dado frases hechas para usar en estas situaciones: "Acabo de terminar un libro que no pude dejar. Me pregunto si lo has leído" o "La semana pasada fui al juego de los Sox. ¡El equipo es realmente fuerte este año!"

Ninguna de esas actividades reflejaba cómo ella pasaba su tiempo libre, y no sabía fingirlo, como su madre lo hacía con tanta destreza. Quizás debería haber dedicado algún tiempo a averiguarlo.

Margot se esforzó y durante toda la cena asumió su rol habitual de oyente activa a la vez que hacía muchas preguntas.

—Dr. Berg, cuéntame sobre tu familia. ¿Qué edad tienen sus hijos?

—Suzanne, ¿adónde fue tu último viaje?

—Edie, ¿cuánto tiempo te lleva llegar al trabajo en la mañana?

—René, ¿cuál es el curso favorito que enseñas?

Cuando terminaron el primer plato, Margot sabía que los cinco hijos de Robert eran deportistas superestrellas, el "asombroso" compañero de Suzanne siempre planeaba viajes exóticos para ellos, Edie vivía con sus padres como su principal cuidadora, y René no solo disfrutaba enseñar, sino que sus estudiantes eran inspiradores para él. Lamentaba el largo traslado que tenía Edie, pero en realidad no le importaba dónde vivía ni cuánto tiempo le llevaba llegar al empleo. Y aunque no podía imaginarse sentirse inspirada por estudiantes universitarios, disfrutaba de escuchar a René. Parecía el más entusiasta e interesante de todos. Cuando contó una historia en verdad enrevesada sobre un estudiante que insistió en que su compañero de habitación había arrojado su trabajo final a la basura, Margot se rió sinceramente a carcajadas, a pesar de sus nervios.

Por fin Margot llegó a casa, completamente agotada y todavía con algo de lodo. La escucha activa no era una tarea fácil. *Prestar atención. Hacer preguntas pertinentes incluso cuando en realidad no te importe.*

Mientras estos pensamientos vagaban por su cabeza, bajó la vista y miró con aprecio a Biko, quien para saludarla arqueó el lomo y se frotó contra su tobillo. ¿Cuántas veces la había acariciado con su hocico, atento y como si la escuchara, cuando lo más probable fuera que lo único que quería era comida en su plato? Mientras arrojaba su chaqueta hacia una silla cercana y se dejaba caer en el sofá familiar y lleno de bultos, Biko se trepó a su regazo, al parecer ansioso por escuchar sobre su terriblemente largo día.

—Biko, eres tan buen oyente —dijo Margot mientras enredaba sus dedos sin pensarlo en su abundante pelaje y le rascaba detrás de las orejas. —¡Fueron ocho horas seguidas! ¿Cómo lo haces tú? ¿Por qué no corres y te escondes debajo del sofá cuando me oyes llegar? Luego se rió y le contó todo sobre el cuerpo docente y sus aburridas historias.

—Pero, Biko, esta es la mejor parte. Justo antes del postre, el Dr. Berg propuso un brindis. ¿Sabes lo que dijo? Ella echó la cabeza hacia atrás y repitió, palabra por palabra:

—¡Por el nuevo miembro del Departamento de Psicología! Hemos estado buscando a alguien como tú, Margot, que desarrolle nuestra línea de investigación y nos ayude a redactar propuestas de subvenciones exitosas. La universidad se ha puesto como prioridad que cada departamento fortalezca su récord de publicaciones y obtenga financiación adicional mediante subsidios. Ayer hablé con la rectora y, después de revisar tus credenciales, me dio permiso para ofrecerte el puesto si las entrevistas de hoy transcurrían sin problemas.

Sonrió. —Nuestro primer trabajo de tiempo completo, Biko. ¡Misión cumplida! Vamos a arrancar esas cortinas rojas.

Melina

Melina cerró su computadora portátil con lentitud, por temor a perder a su familia para siempre si lo hacía demasiado rápido. Cerró los ojos para aferrarse a ellos unos minutos más. ¡Cómo le encantaba oír sus voces y ver sus caras! Aunque todos hablaran a la vez y le hicieran muchas preguntas que ella no podía responder, ayudaba a olvidar lo lejos que estaba. Los sobrinos que cuidaba todas las mañanas antes de la escuela hacían muecas tontas y lanzaban aviones de papel a la pantalla. Ya los extrañaba. *¿Quién los cuidaba ahora?* Sus primos querían ver su habitación, así que hizo girar la computadora sobre su cabeza para mostrárselas. Mamá estaba sentada, tranquila, detrás de la tía, con una sonrisa tensa fija en su rostro, y Papá estaba sentado a un lado con la cabeza gacha. *¿Estaba dormido o solo enojado con Melina por dejarlos?*

Como siempre, la tía estaba a cargo y hacía la mayoría de las preguntas.

—¿Cómo es allá? ¿Dónde duermes? ¿Tienes tu propia habitación? ¡Vaya! ¿Te dieron un colchón? ¿Cerraste la puerta con llave? ¿Qué tal es la comida? No saldrás por la noche, ¿verdad?

Melina abrió los ojos y miró toda la habitación. *¿Se merecía esto? ¿Se acostumbraría a dormir en una cama de verdad? ¡Y la alfombra! Sus pies no estarían fríos por las mañanas. Pasó las manos por el escritorio, su propio escritorio. Estaba muy limpio y no estaban las cosas habituales.*

Su escritorio en casa era la mesa de la cocina con su cubierta de plástico donde hacía las tareas después de levantar los platos de la cena y apartar las facturas a un lado. Había aprendido a bloquear el televisor de Papá con sus constantes juegos de fútbol a solo unos pasos de distancia. ¿Theresa sería ruidosa? ¿Se llevarían bien?

Justo mientras pensaba estas cosas, la puerta se abrió de golpe. Theresa y sus amigas regresaron, y tenían una pila de cajas de poliestireno, con salsas rojas y verdes que goteaban por los lados. Los descargaron sobre el escritorio de Theresa y los revisaron. —Oye, Melina, te trajimos algo de comida. ¿Tienes hambre?

Melina se había sentido que su cabeza estaba en camino a una colisión todo el día. Había autos chocadores que luchaban por tener el predominio, y cada uno transmitía una emoción diferente, incluidos temor, soledad y entusiasmo. ¡De había olvidado de comer! Pero era algo más complicado que eso. Tenía hambre pero no sabía dónde buscar comida. Y después de las tortillas de Mamá en el desayuno, prestó más atención al estrépito en su cabeza que al de su estómago. Ahora se daba cuenta de que gruñía, y en voz alta. Apenada, sintió que su mano lo cubría en forma instintiva y respondió: —¡Claro! Me encantaría comer algo. ¿Qué tienen?

Theresa respondió con entusiasmo mientras desplegaba las cajas húmedas sobre el escritorio. —¡Los camiones tenían muchísimas cosas buenas! Tomamos unas hamburguesas y las comimos afuera, pero luego Sonia vio un puesto de tacos y pensamos en ti al instante. Trajimos algunos con carne molida para compartir e incluso encontramos uno con aros de cebolla crujientes encima. Ah, y tenemos papas fritas y salsas. ¿Qué opinas?

Melina ocultó su decepción al recordar la cocina de Mamá con olores a tacos de carne asada o "al pastor". Nunca había visto aros de cebolla, fueran lo que fuesen, en ningún taco de su vecindario. ¿Y papas fritas y salsas? ¿Qué tal unas papas fritas calientes con jugo de lima? Reprimió esos pensamientos hasta el fondo de su cerebro mientras forzaba a sus labios a sonreír y tomaba un taco. —Gracias a todas. Es justo lo que necesitaba.

La pandilla de Theresa se distribuyó en ambas camas y comenzó a hacerle preguntas a Melina sobre su familia y de dónde venía. Ella estaba feliz de que les importara y mientras describía su vecindario, Sonia saltó y dijo: —¡Conozco Villacito! El año pasado realicé un proyecto de servicio comunitario allí. Es una comunidad mexicana con muchos niños que necesitan ayuda en la escuela, ¿verdad? Fui consejera en la secundaria Obregón, en un programa especial de idioma inglés. Era un lugar un tanto espeluznante con un guardia de seguridad en la entrada y pisos de linóleo marrón que crujían a lo largo de los corredores. Los niños eran agradables, pero me daban pena y tenía un poco de miedo cada vez que bajaba del autobús. Mi mamá me dijo que para mí era una buena experiencia para ver cómo vivían otras personas y poder ayudar. Nuestra escuela secundaria era muy diferente. También me dijo que tuviera cuidado y no me alejara del grupo. ¿La conoces, Melina?

Por supuesto que la conocía: era su escuela. Pero fingió y le dijo a Sonia que había oído hablar de Obregón pero que no conocía a nadie de ahí. El calor en su rostro delataba la mentira, y para intentar ocultarlo bajó la cabeza y se estiró para tomar más papas fritas y salsa.

Sonia no se dio cuenta de la vergüenza de Melina y siguió con su parloteo: —Siempre olía tan bien allí. El conductor del autobús nos dejaba bajar un poco las ventanillas, no demasiado, para que pudiéramos entender bien el vecindario. ¡Apuesto a que la comida callejera en Villacito es increíble y la música debe ser genial! Oye, con Melina estaríamos seguras. ¿Qué les parece si hacemos un viaje por carretera hasta allí y ella nos muestra los alrededores? ¿Te parece, Melina? Puedes mostrarnos los clubes, enseñarnos sobre la comida, presentarnos a tus amigos y tal vez a algunos chicos lindos. Puedo pedirle prestado el auto a mi papá algún día cuando tengamos un fin de semana largo sin clases.

Antes de que Melina pudiera responder, Theresa percibió su incomodidad y cambió de tema con rapidez. —¿Quién quiere salir a caminar y ver qué ocurre? Alguien por aquí debe tener una fiesta esta noche, y sería agradable conocer gente.

Las chicas, lideradas por Sonia, saltaron y corrieron para ser las primeras en llegar al espejo que Theresa había colgado en la puerta de su armario. Decidieron que todas necesitaban arreglarse el cabello y refrescarse antes de salir, así que desaparecieron por la puerta y por el pasillo hasta su habitación. —Volvemos enseguida —gritó Sonia mientras se quitaba el suéter verde para cambiarlo por otro. —¡Espérennos!

Aliviada por el repentino silencio, Melina comenzó a limpiar el desorden de toda la comida en el escritorio de Theresa. Se sentía mal por desechar comida, pero no veía ningún lugar donde guardarla. *Si Mamá estuviera ahí, sabría qué hacer.* Comenzó a limpiar la superficie con su única toalla y saltó cuando sintió una mano en su espalda. Había olvidado que no estaba sola.

—Melina, no tienes que hacer eso. Todas ayudaremos más tarde. Ahora mismo, preparémonos para salir a caminar. Creo que me cambiaré de ropa. ¿Tú?

—No creo que vaya, Theresa. Me quedaré aquí. Estoy bastante cansada. Tú ve.

—Melina, si es por Sonia, quiero disculparme. Es una antigua amiga, pero puede ser insensible como lo fue hace unos minutos. Se entusiasma y no siempre piensa. Hablaré con ella y no te preocupes que no haremos un viaje por carretera a Villacito. Apuesto a que Obregón era tu escuela secundaria. ¿No?

Melina bajó la cabeza para ocultar otra vez su vergüenza, no por Obregón sino por cómo había mentido. —Sí, lo es. No debí haber mentido, pero no sabía qué decir. No era una gran escuela, pero no quiero que la gente piense que mi vecindario es un lugar aterrador. Parpadeaba con fuerza para detener las lágrimas que sabía que venían.

Theresa se sentó a su lado y le dio un abrazo. —Melina, yo cuidaré de ti. Por favor, ven a caminar con nosotras. No tenemos que cambiarnos de ropa solo porque el resto lo haga. ¿Vendrás con nosotras?

Melina miró por la ventana y vio que estaba oscuro. No quiso admitir que nadie salía después del anochecer en su ciudad, y estaba un poco asustada de salir ahora. No conocía este lugar… ¿y si se perdiera? Tampoco quería decepcionar a Theresa, que se esforzaba por compensar a Sonia, así que aceptó. Inclinó la cabeza hacia atrás para ayudar a que se disolvieran las lágrimas, asintió y aceptó ir con ellas.

Una vez afuera, Melina ya no tuvo miedo. Fue muy emocionante, y vio que ocurrían cosas por todas partes. Parecía una gran celebración con mucha música y risas provenientes de grupos de estudiantes dispersos hasta donde alcanzaba la vista. Nada le resultaba familiar, así que se quedó cerca de Theresa.

—¡Hey, Theresa y Melina! ¡Por aquí! Las botas enormes de Melina le dificultaban correr por el césped para unirse a sus amigas, pero hizo lo mejor que pudo para seguirles el ritmo. Había mantas extendidas y alguien les arrojó una para que pudieran unirse al grupo.

—¿Cuándo llegaste aquí? ¿Dónde te quedas? ¿Qué opinas hasta ahora? ¿Hay alguna fiesta esta noche? ¿No es genial no tener a los padres cerca? La mente de Melina sobrevolaba al borde de esta multitud de personas que parecían conocerse entre sí, y debilitaba así su intento de pertenecer. Ella quería que la incluyeran, pero no estaba segura de cómo empezar. Theresa recordó su promesa de cuidarla y la presentó a algunos de sus amigos.

—Tracy, ella es mi compañera de cuarto, Melina. Vive en la ciudad, no en los aburridos suburbios como nosotras. Bastante emocionante, ¿eh?

—Hola, Melina. Es un placer conocerte. ¡Nos vamos a divertir mucho aquí! Me encantan esas botas geniales. ¿Las encontraste en la tienda Slightly Used (Poco usado) en Madison? Tomo el tren y me escabullo hasta allí los fines de semana cuando mi mamá está demasiado ocupada para darse cuenta. Conseguí excelentes cosas allí. Lo escondo todo en el fondo de mi armario cuando llego a casa, para que ella no lo vea. Tendrás que llevarnos a ver los alrededores algún día. Oh, este es mi amigo Pete. Pete, ella es Melina. Vive en el lado sur de la ciudad. Lo conoces, ¿verdad?

—Hola, Melina. Por supuesto que lo conozco. Vamos a juegos de béisbol allí todo el tiempo, y también es un buen lugar para tomar una cerveza: nunca revisan. Pero por si acaso, mis amigos y yo conseguimos nuestras identificaciones falsas cerca de allí. Hay un lugar, que quizás conozcas, justo más allá del estadio de béisbol. Estacionas bajo el paso elevado y esperas a que venga alguien en bicicleta a recogerte. Es probable que no sea demasiado seguro. Hay que tener cuidado, pero debes saber eso. Estoy seguro de que has estado allí con tus amigos.

—Sí, he oído hablar de eso.

—Lo mejor de la universidad es que aquí no necesitamos identificaciones. ¡Mira alrededor! Aquí no hay policías ni padres, pero hay mucha cerveza. ¿Quieres una? Nuestra hielera está llena. Antes de que Melina pudiera responder, Pete ya acercaba una lata en su dirección.

—Aquí tienes, déjame abrirla para ti.

Melina asintió y le dio las gracias mientras él se iba a buscar más amigos. Ella miró a su alrededor en busca de Theresa y las otras, pero estaba sola sobre la manta azul brillante. La gente se arremolinaba a su alrededor, pero nadie era conocido. No quería verse diferente, así que tomó un sorbo y en seguida se atragantó con el sabor amargo. Se dio la vuelta y se cubrió la boca para reprimir el líquido marrón que subía de su garganta. Era una bebida terrible, pero todos los demás la tragaban con ganas, así que pensó que era ella y le dio unos sorbos más. La situación solo empeoró, así que Melina se alejó de la manta para buscar un árbol donde pudiera estar sola y vomitar. A lo lejos, escuchó: —La gran fiesta está en la ciudad. Cerveza gratis. ¡Vamos!

De inmediato, hubo una ola de cuerpos que se estrellaron contra ella a su paso. Tenían las linternas apagadas, por lo que nadie vio a Melina mientras estaba agachada contra el árbol. Ella se quedó sentada para intentar averiguar qué ocurría. Arrancó algunas hojas del árbol para limpiarse la cara y que nadie viera que había vomitado. Temerosa de moverse, se fundió con el suelo hasta quedar completamente envuelta por la quietud. Debió mantener el equilibrio contra el árbol mientras intentaba ponerse de pie. Su mente estaba borrosa y sentía el cuerpo como gelatina. Le llevó tres torpes intentos conseguir ponerse más o menos erguida. Por fin, con el árbol como áspero apoyo, giró lentamente su atontada cabeza para buscar a Theresa y se dio cuenta de que no estaba ahí. No había nadie. O tal vez sí… De repente, una linterna proyectó una luz directo en sus ojos. Melina miró hacia otro lado cuando una voz grave y profunda gritó: —¿Quién está ahí? ¿Qué hace?

—Mi nombre es Melina y no veo a mis amigos. No estoy segura de cómo regresar a mi residencia.

—¿Ha estado bebiendo, señorita? —consultó el guardia de seguridad mientras su foco rebotaba sobre el cuerpo de ella. Melina miró el triángulo de luz en el suelo y se dio cuenta de que estaba rodeada de cientos de latas de aluminio brillantes que reflejaban su vergüenza y confusión. El hombre continuó: —Se supone que debo arrear a cualquier estudiante que encuentre con una lata de cerveza y llevarlo a la oficina. Eres la única aquí, así que vendrás conmigo.

Melina sintió los rasguños en su brazo mientras se deslizaba lentamente hacia abajo por el árbol y recuperaba la voz. —Tomé una lata de cerveza, señor, porque no sabía qué más hacer y me enfermó. Mis amigos se han ido y no tengo idea de cómo regresar a Forbes Hall. Solo quiero irme a la cama. Prometo que no lo volveré a hacer —susurró Melina, que solo quería desaparecer.

El guardia pagó la luz y se acercó. —Mi nombre es Frank y veo que no eres como los demás. La mayoría me hacen una seña obscena y me dicen que me vaya a la mierda mientras corren en la dirección opuesta. Déjame mostrarte cómo regresar a Forbes. No está lejos. Él lideró el camino y cinco minutos después Melina vio su nuevo hogar lejos de casa.

Por suerte, cuando abrió la puerta, la habitación 503 estaba vacía. También estaba oscura, pero eso le gustaba porque eso la hacía sentir invisible. No quería que nadie la viera como estaba, así que se movió con torpeza mientras se preparaba para irse a la cama. Mientras se arrastraba bajo su familiar y delgada sábana blanca, miró los animales de felpa de Theresa y la mullida colcha amarilla y se preguntó si en realidad ella pertenecía allí.

Su cabeza se sentía pesada al tocar la almohada, pero no podía dormir. Podía oler los restos de comida sobre el escritorio. *¿Siempre la etiquetarían como la que ama los tacos sin importar lo malos que sean? ¿Por qué las amigas de Theresa habían supuesto que no le gustaban las hamburguesas tanto como a ellas? ¿Y su vecindario? Sonia y su descripción de Villacito y la secundaria Obregón como lugares aterradores. Que eran simplemente experiencias y que Melina tenía algún poder mágico para mantenerlas a salvo si todas iban juntas. Estas cosas eran su vida, no solo una curiosidad para que los forasteros miraran boquiabiertos.*

Trató de borrar esos pensamientos y empezar de nuevo. Apartó la sábana y fue hasta la ventana. Estaba oscuro y silencioso afuera, pero a lo lejos vio luces y escuchó un escándalo de voces. *Esa debe ser la ciudad adonde se dirigían todos. ¿Debería haber ido? ¿Eso la habría hecho como las demás? ¿Tenía que gustarle la cerveza para encajar?*

Melina no encontró respuestas, así que se arrastró hasta la cama y se quedó dormida.

Margot

—¡No! Todavía no está recto —le gruñó a la pared. No importaba en qué dirección inclinara la cabeza, seguía sin estar recto. Intentó una vez más colgar su título enmarcado en la pared y hacerlo bien.

—¡Aaay! Esta vez, cuando el martillo le aplastó el pulgar, también golpeó la confianza que Margot tenía en sí misma, y que iba en rápida disminución. Se sentó a masajearse el pulgar y cerró los ojos con fuerza. Tal vez las lágrimas que sentía que brotaban ayudarían a eliminar el dolor. Fue entonces cuando las pesadillas demasiado familiares aparecieron a todo color dentro de sus párpados: *¿En realidad pertenezco aquí? ¿Me aceptarán mis pares académicos? ¿Se respetará mi trabajo? ¿Mis padres estarán orgullosos de mí?*

Mientras Margot se encontraba una vez más enredada en esa pegajosa red de baja autoestima, oyó un ruido extraño. ¿Qué podría ser? ¿Alguien llamaba a la puerta? No conocía a nadie allí, pero en seguida respiró hondo y logró decir con voz débil: —Adelante —mientras seguía presionando el dolor en su pulgar.

Segundos después, la puerta se abrió.

—¡Hola! Soy Harry, y creo que somos compañeros de oficina. Lo miró con absoluto horror, y se preguntó si sería otra de sus pesadillas. *¿De qué hablaba este tipo Harry y quién era? Demasiado mayor para* *ser estudiante, pero también demasiado desprolijo para ser un colega. ¿Verdad?*

Apenas la semana pasada, Shirley la había llamado con la noticia.

—Margot, tu oficina es la 102 B. La 'B' indica que es en el sótano. Será tranquilo ahí, y lograrás realizar mucho trabajo. Nadie baja allí. Los estudiantes rara vez te buscarán. Tendrás muy pocas interrupciones. Creo que te gustará.

—Perfecto —respondió Margot mientras sonreía al otro lado de la llamada. Eso le facilitaría continuar con su investigación y enviar algo a publicar en los primeros meses. Ella confió en la promesa de Shirley de un espacio tranquilo. Recordar nombres y hacer conversaciones triviales ahora podrían dejar de ser una de sus preocupaciones. De hecho, ahora tendría su propio escondite. Tal vez incluso arrastraría a Biko allí de vez en cuando para darle un cambio de ritmo y una nueva ventana para observar aves. Margot se imaginó que Shirley le mostraría los alrededores para asegurarse de que entendiera los protocolos del departamento.

Sí, pensó. *Es el lugar perfecto.*

—Muchas gracias, Shirley. Estaré allí mañana para trasladar todas mis cosas.

Margot no había tenido la oportunidad de revisar la lista que había escondido en el cajón superior de su escritorio con nombres que debía recordar, pero le pareció que no había conocido a nadie llamado Harry. Y estaba segura de que no había conocido a nadie tan desaliñado.

Tartamudeó con suavidad: —Hola, Harry. Creo que has cometido un error. Apenas acabo de mudarme a este espacio y trato de establecerme. Esto es un desastre ahora mismo. Espero que vengas más tarde y podamos conocernos.

Intentó sonar segura, y presionó aún más su pulgar para aliviar el dolor mientras con su otra mano hacía girar con furia un mechón de cabello para detener el dolor de cabeza que estaba por llegar.

Continuó: —Esta es la oficina 102 B. La tuya debe estar en otro lugar. Además, aquí hay solo un escritorio y, como puedes ver, no hay mucho espacio extra.

Harry pareció un poco sorprendido, pero de todos modos dejó las cajas. —Estoy bastante seguro de que es lo que decía mi carta, pero puedo revisarlo. En ese momento Shirley irrumpió en la 102 B y sintió la tensión de inmediato.

—¡Oh, lo siento mucho! Tenía la intención de presentarlos antes. Margot, él es Harry. Estará aquí unos meses mientras Miriam se va de licencia por maternidad. El médico acaba de indicarle reposo en cama hasta que nazca el bebé. Harry ha sido uno de nuestros mejores instructores adjuntos y estuvo disponible en el último minuto para hacerse cargo de la carga docente de ella. No había espacio de oficina disponible porque la asistente graduada de Miriam está terminando un importante proyecto de investigación en su oficina, pero a él no le importó compartirlo contigo. Creo que los dos se llevarán muy bien. Traeremos un escritorio esta tarde para que Harry pueda acomodarse.

De repente, el título enmarcado de Margot no importaba. De hecho, el agujero que había hecho en la pared al parecer estaba del lado de Harry de su pequeño escondite privado. Arrancó el clavo y miró a Harry con un encogimiento de hombros impotente. Quizás él tenía un título similar para colgar. Ella esbozó una leve sonrisa mientras consideraba cómo escapar de ese momento inesperado y hacerlo desaparecer.

Logró decir con calma: —Entra, Harry. Estaba a punto de salir a comprar algo para almorzar. Tanto desempacar me dio hambre. ¿Quieres sumarte? Hay una cafetería estupenda justo al final de la calle. En su lógica distorsionada, esperaba que al salir ambos de allí, Shirley entraría en razón y vería que esto no iba a funcionar. Margot estaba segura de que era trabajo de Shirley arreglar cosas como esta.

Pero incluso esa remota esperanza se desvaneció cuando Harry respondió: —Oh, gracias, Margot, pero creo que debería esperar aquí a que llegue mi escritorio. Tengo muchas cajas que descargar. Otra vez será. En verdad aprecio que te sientas cómoda para compartir espacio conmigo. Como percibió la falta de entusiasmo de ella, agregó: —Prometo mantenerme fuera de tu camino. Ni siquiera sabrás que estoy aquí.

Margot enderezó los hombros y trató de verse como si le importara: asintió y le lanzó otra débil sonrisa. Se inclinó y levantó su abrigo de la silla con su pulgar sano mientras dejaba a Harry solo para que creara su huella en su espacio diminuto.

Con rapidez se lanzó junto a su ego dañado por las escaleras y hacia afuera, y se dirigió por la acera hacia el "Café de Crystal". Margot notó cómo las nubes de tormenta en lo alto se habían robado el sol que había más temprano, lo que era un reflejo de su decepción y se sumaba al desánimo general del día. Una hora antes, ella celebraba su primer espacio de oficina privado y su logro profesional. Aunque era pequeño y estaba en el sótano, se le había ocurrido cómo hacerlo funcional y relativamente cómodo. Esa mañana, ella y un amigo de años habían cargado una vieja estantería vacía y algunas cajas en su camioneta. Al llegar a Anderson, bajaron con cuidado las escaleras irregulares hasta el sótano y llegaron a su oficina con la estantería todavía intacta.

—¡Vaya! —dijo Steve mientras miraba por la puerta abierta. Tienes tu propia oficina, Margot. Incluso tienes una pequeña ventana para poder mirar hacia arriba y ver los pies de la gente que pasa. ¿Dónde quieres poner la estantería?

—Pongámosla entre mi escritorio y la puerta, así puedo esconderme cuando lo necesite —dijo ella, entre risas. Regresaron a su camión y retiraron otras dos cajas.

—Tengo que irme a trabajar ahora, Margot. ¿Estarás bien para instalar tus cosas aquí? Después de un rápido abrazo y de asegurarle que estaba bien, él se fue para que Margot organizara su espacio. Sus libros solo ocupaban un estante, así que quedaba mucho lugar para algunos objetos personales y reconfortantes, como la fotografía de Biko, su taza de la universidad y algunas valvas de las breves vacaciones en la playa del año pasado para celebrar su graduación. También estaba su silla "de pensar". Por fea que fuera, esa silla había estado con ella desde su primer año en la universidad. Alguien la ayudó a rescatarla de un contenedor de basura detrás de su residencia, y Margot estaba convencida de que sus mejores ideas habían surgido de esa destartalada y manchada silla gris con un agujero en el brazo. Le divertía pensar que las malas ideas simplemente se derretían en ese agujero. También era un gran escondite. Los resortes habían desaparecido hacía tiempo, por lo que cuando se acomodaba, de inmediato se hundía hasta el suelo, lo que le aseguraba ser prácticamente invisible para cualquier persona detrás de ella.

Con estos pensamientos que retumbaban en su mente, Margot llegó al café de Crystal momentos antes de que grandes gotas de lluvia comenzaran a rebotar en la acera. Se acomodó en la que ya se había convertido en su mesa favorita en un rincón tranquilo al fondo de la cafetería y pidió un sándwich tostado de tocino, lechuga y tomate, junto con agua con gas y una rodaja de lima. En un intento de ahogar los pensamientos sobre Harry, la Sorpresa Desaliñada, con su agua de burbujas, Margot ajustó su enfoque a lo emocionada que estaba por tener ese empleo. A pesar de su baja autoestima, estaba impaciente por empezar. Tan pronto como su computadora estuviera configurada el lunes por la mañana, planeaba abrir sus archivos de investigación y profundizar una vez más en algún trabajo significativo. Cautivada por estos pensamientos y por la calidez de las paredes amarillas del café, con sus fotografías envejecidas de profesores y estudiantes idos, Margot sonrió para sí misma y trató de dejar atrás su frustración.

Echó un vistazo a la pequeña sala donde grupos de profesores que regresaban conversaban en tono amigable. Algún día formaría parte de uno de esos grupos, pero hasta entonces se conformaría con observarlos como buena investigadora. Todavía sonreía una hora después, cuando se aventuró a salir por las grandes puertas blancas con cristales del café hacia una tormenta eléctrica pasmosa.

Margot soltó en voz alta hacia la acera: —¡Parece que caminar sobre charcos y lodo será mi mayor desafío aquí! Será mejor que encuentre una solución. Unas botas podrían ser una buena idea.

Mientras se abría paso con esfuerzo por la acera mojada de regreso a la universidad, sus pasos eran ligeros aunque estaban húmedos. Probaría suerte una vez más con el martillo y esta vez conseguiría que ese título quedara recto.

Cuando llegó a lo alto de la escalera que conducía hacia abajo al corredor del sótano, Margot consideró quitarse los zapatos y darles una buena sacudida para ayudar a secarlos. Se había convencido de que para este momento Shirley ya se habría ocupado del caos en la oficina, y se dijo que nadie se daría cuenta si estaba descalza. Margot sacudía su primer zapato mojado cuando creyó oír voces. Voces fuertes provenientes de un corredor que hasta hoy había estado encantadoramente silencioso.

—¡Felicitaciones! ¡Por Harry! ¡Vaya… su propia oficina!

Pronto se dio cuenta de que las voces provenían de la oficina *de ella*. Margot se volvió a acomodar el zapato mojado en el pie y lentamente avanzó con ruidos de chapoteo por el pasillo.

La puerta estaba abierta en forma parcial, y mientras intentaba entrar oyó: —¡Ahí está ella! Oigan, todos: esta es Margot, mi compañera de oficina. Margot, te presento a mis amigos. Vinieron a celebrar mi nuevo nombramiento.

Ella asintió nerviosa, y trató de abrirse paso entre la multitud hasta su escritorio, a unos cuantos pasos de distancia. Al ver que era imposible, se dejó caer contra la pared más cercana y se dio cuenta de que Harry ya había colgado su título. Estaba recto.

De alguna manera se las arregló para articular: —Hola a todos. Es un placer conocerlos. Un hombre muy alto y de barba que se encontraba en el grupo llamó su atención: —Aquí somos todos profesores adjuntos, Margot. Harry es el primero de nosotros al que designan para un puesto temporal de tiempo completo. Él es presidente del Consejo de Adjuntos de Balsam y ha abogado para que podamos aprovechar estas oportunidades durante casi dos años. Por fin sucedió, y por eso estamos aquí para ayudarlo a celebrar. Mi nombre es Isaac. Esperamos que nos acompañes a tomar una copa de champán.

Le entregó un vaso rojo de plástico que era probable que estuviera usado y exclamó: —¡Salud! Margot aceptó el vaso y de mala gana lo levantó junto con los demás.

—¡Por Harry! —agregó. Y bueno, ella no tenía amigos aquí, así que bien podía celebrar la buena suerte de Harry.

Como ella misma había sido profesora adjunta en otra universidad, Margot entendía el entusiasmo de él y se alegraba por ellos. *¿Pero por qué tenía que ser en su oficina? ¿No era momento para celebrar el primer trabajo real de tiempo completo de ella, no solo el temporal de él? ¿Por qué Shirley no podía encontrarle otra oficina a Harry donde él y sus amigos pudieran compartir su entusiasmo? ¿Por qué debía ella compartir ese espacio ridículamente pequeño con otra persona?* Mientras se separaba de la pared, reflexionó una vez más sobre el pequeño espacio. Logró atravesar la borrosa maraña de amigos de Harry y miró a su alrededor.

De alguna manera, la oficina se veía un poco mejor que cuando ella salió a almorzar. Harry se acomodó bastante bien: la estantería estaba ahora llena, y la silla para pensar estaba cubierta con una manta rojo brillante que ocultaba el agujero de las malas ideas. Un lado de la oficina ahora tenía pósters en las paredes, y un escritorio algo pequeño estaba cubierto en forma apropiada con plumas, lápices, marcadores y blocs de papel, todo en perfecto orden.

Harry notó que Margot miraba a su alrededor y dijo: —Espero no haber ocupado demasiado espacio, pero es genial que nos hayan dado una estantería y una silla. Cubrí la vieja y desagradable silla con mi manta de la suerte. Tú y yo podemos compartirla y ¡quizás traiga vibras positivas a nuestro espacio subterráneo! Acabamos de pedir pizza y esperamos que te quedes y nos acompañes.

Margot volvió a esbozar una leve sonrisa, pero meneó la cabeza y declaró que necesitaba volver a su casa a alimentar a su gato. Se preguntó si alguno de sus sueños de investigación podría resucitar en ese pequeño espacio. Lo que hace unas horas parecía un escondite de ensueño, ahora parecía un área inmensamente popular, diseñada para fiestas. Le dio un giro intenso a un mechón de su cabello. Mañana tendría que hacer algo para darle vida a su lado y al mismo tiempo asegurarse de su integridad académica. Por ahora, todo lo que podía hacer era revolver todo para encontrar sus llaves, despedirse y regresar por el largo y oscuro pasillo, lleno de charcos de todos los zapatos que habían chapoteado por allí. Parecía que Harry y sus amigos podrían quedarse toda la noche.

Lo que Margot no sabía era que este era un momento increíblemente importante en la vida de Harry. Se había graduado de Balsam hacía diez años, apenas después de perder a su familia en un trágico accidente automovilístico que tuvieron cuando volvían a su casa después de la última vez que lo visitaran. Había sido el primero de su familia en asistir a la universidad y ellos estaban increíblemente orgullosos de él. Había sido un esfuerzo financiero para ellos, pero esperaban verlo avanzar por el escenario y luego continuar su educación. Harry había ahorrado para estudiar un posgrado y le concedieron una beca, pero cayó en una profunda depresión después de esa pérdida y desapareció durante unos seis meses.

A medida que comenzaba de a poco a manejar su abrumadora pena, regresó al campus para pedir consejo a un exprofesor. El Dr. Gregory había sido su asesor cuando llegó por primera vez a la universidad y se mantuvieron en contacto durante sus cuatro años. Este profesor se convirtió en una especie de segundo padre para él, y se ofreció a ayudarlo a conseguir un puesto docente de tiempo parcial mientras Harry se recuperaba. Ambos esperaban que eso llenara un vacío temporal en la carrera de Harry. Pero en lugar de eso, se convirtió en el profesor más popular. Los estudiantes lo amaban porque siempre estaba ahí para ellos. Estaba decidido a demostrarles que creía en ellos tal como lo habían hecho sus padres con él. Harry se convirtió en uno de sus más firmes defensores.

Por eso, este reciente nombramiento temporal de tiempo completo era un verdadero impulso para él, y estaba decidido a aprovechar al máximo la oportunidad y avanzar. Que le asignaran una oficina donde compartía espacio con una nueva integrante del cuerpo docente muy solicitada era un sueño hecho realidad para Harry.

Cuando Margot llegó a casa, empapada y sin paraguas, todavía estaba resentida por lo que vio como una intrusión de parte de Harry en su codiciado espacio. Abrió la puerta de su apartamento oscuro y con escasos mueble y vio a Biko estirado con pereza en el nuevo sofá. Hacía apenas dos semanas, se habían trasladado de un edificio de tres pisos sin elevador a este espacio más nuevo y más cercano a la universidad. Ella y Biko ahora compartían un apartamento de una habitación en el quinto piso de un edificio con elevador. Su madre estaba contenta de que su hija al fin pudiera ascender en el mundo y la sorprendió con un nuevo sofá de gamuza blanca que con claridad era el mueble más costoso que Margot había tenido jamás. Era bello, pero ya estaba cubierto de pelos negros de su gran gato holgazán. Bueno, si su madre no la visitaba (y no lo haría), en realidad no importaba.

—Oye, Biko, ¿qué quieres cenar? ¿Atún está bien? Margot abrió una lata y le sirvió una cucharada mientras él, de repente, reunía la energía suficiente para correr a toda velocidad por la habitación. Mientras Biko comía, Margot presionó el número de Tony en su marcado rápido.

—Hola. Es Margot. Me gustaría pedir una pizza pequeña con aceitunas verdes, con masa extra crujiente. ¿Veinte minutos? Suena bien. Gracias.

La conocían bien en Tony's, ya que se había convertido en su lugar de preferencia desde su mudanza. Mientras esperaba, descorchó una botella de su cabernet favorito, sacó una copa de cristal (otro regalo de su madre) del aparador y se desplomó en el sofá para reflexionar sobre su día terriblemente largo.

—Hola, Biko. ¿Adivina qué? Tengo un compañero de oficina que se llama Harry. Parece un tipo bastante agradable, pero yo en realidad quería mi propio espacio. Me invitó a quedarme esta noche y compartir pizza con él y sus amigos. ¿Por qué volví a casa en lugar de eso? Todos parecían bastante agradables... No puedo explicarlo bien, pero soy más feliz estando aquí sola contigo.

Sus divagaciones luego viraron al trabajo.

—Estoy muy entusiasmada de llegar a la oficina mañana. Tendré que irme temprano otra vez, Biko, así que no te enojes conmigo por despertarte. Me aseguraré de dejarte comida extra. Primero, necesito hablar con Shirley sobre cómo conectar mi computadora al sistema de la universidad. Incluso podría animarme a pedirle una oficina diferente. Luego también me reuniré con el Dr. Berg y el resto del profesorado a las 9:00 para oír sobre nuestras tare s para el primer trimestre. Descubriré cuáles son los dos cursos que voy a impartir y cuáles deberían ser mis horas de oficina. Tan pronto sepa eso, podré establecer con mayor facilidad mis metas de investigación porque sabré cuánto tiempo tengo para trabajar en las propuestas. Después de eso, también debería salir y buscar algunas cosas para embellecer mi escritorio y tal vez colgar en la pared. Aunque no estoy segura. Demasiadas cosas solo se interponen en el camino del buen pensamiento. ¿Qué opinas?

Biko la miró y estiró las mandíbulas en un amplio bostezo. Mientras observaban el cielo oscurecerse con la amenaza de más lluvia aún, Margot y Biko esperaron con paciencia la pizza de Tony's, y luego pasaron el resto de las horas vespertinas juntos en su nuevo sofá, con Biko una vez más en el papel de oyente activo.

Melina

Melina se despertó con un dolor de cabeza que la mareaba. Algo no estaba bien. Faltaban las familiares grietas del viejo colchón que protegían las curvas de su cuerpo. ¿Dónde estaba? ¿Por qué Mamá no la había despertado? El sol entraba a raudales por una ventana cercana, y creaba líneas inusuales en el techo que parecían moverse muy lento y en círculos. Le recordaban una época en la que era pequeña y su hermano, para asustarla, movía una linterna por la pared junto a su colchón. Eso había sido mucho tiempo atrás, pero había funcionado entonces y funcionaba ahora. Estaba un poco asustada y por cierto, sola. Los ojos de Melina recorrieron en silencio el espacio a su alrededor en busca de algo familiar. Mientras desplazaba la mirada por la habitación, vio el cubrecama amarillo brillante y recordó.

—Estoy en Forbes 503, mi nuevo hogar —se dijo en voz alta.
—¿Pero no debería estar Theresa aquí?

Casi se cayó de la cama, mareada y atontada, y pensó en sus sobrinos y en cómo los cuidaba apenas despertaba. En casa, ella tenía un horario y siempre lo cumplía. Aquí las cosas eran diferentes. Recordó que su asesora de la escuela secundaria, la Sra. Ingram, le había dicho que nadie le diría qué hacer ahora, que estaba por su cuenta. Necesitaba tomar esa agenda y empezar a llenarla.

Fue entonces cuando vio una nota en el escritorio con su nombre:

Melina:

Tenemos una reunión esta mañana en el salón de estudiantes al final del corredor. Abby, la asesora estudiantil de nuestro piso, pasó a invitarnos a desayunar con ella a las 9:00 y aprender sobre cómo funcionan las cosas por aquí. No quise despertarte, pero ven cuando estés levantada.

Terry

A Melina la avergonzó haber estado dormida mientras había otras personas en su habitación. *¿Habrían advertido sus sábanas delgadas? ¿Se darían cuenta de que había vomitado anoche?* Miró rápido el reloj con la carita sonriente amarilla que el padre de Theresa había colgado en la pared y vio que tal vez tuviera tiempo de llegar a la reunión si se apresuraba.

No estaba segura de dónde poner su ropa sucia, así que por ahora la arrojó al fondo de su armario vacío. Le resultó divertido cepillarse los dientes y lavarse la cara en un lavabo que compartía solo con otra persona. Por suerte, Mamá le había dado dos de las toallas familiares compartidas, por lo que no tuvo que usar la de Theresa, pero mientras se secaba la cara, se preocupó de que su familia tal vez ahora no tuviera suficientes en casa.

Melina se recogió el cabello en una trenza suelta, agarró uno de sus nuevos jeans del cajón de la cómoda y se puso la camiseta verde brillante de su prima. ¿Debía hacer su cama? Era probable que fuera una buena idea, ya que Theresa había metido sus sábanas rosadas estampadas y alisado la colcha amarilla. *¡Dios mío!* También había esponjado sus almohadas y alineado sus animales de felpa. Melina alisó sus sábanas y las metió dentro del firme colchón que aún no se había adaptado a su cuerpo y tal vez nunca lo haría. Entonces, con un nudo en el estómago, se dio cuenta de que necesitaba averiguar qué era un salón de estudiantes y cómo encontrarlo. Ella conocía la sala de su casa, con la silla de Papá en la esquina, y eso no tenía sentido aquí.

Diez minutos después, Melina abrió la puerta con cautela y se aventuró a salir al pasillo. El desorden del día anterior ya no estaba y todo parecía más grande y un poco más alarmante. Había puertas iguales hasta donde alcanzaba la vista. *¿Debía ponerle llave a la suya o solo cerrarla? ¿Tenía una llave?* No recordaba haber obtenido una, pero le parecía extraño dejar una puerta sin cerrar cuando todas sus cosas estaban dentro. Como no tenía muchas opciones, cerró la puerta con fuerza y aguzó el oído para percibir voces. Pensó que la llevarían a un lugar llamado salón, pero no oyó nada.

Bueno, giró a la izquierda y dejó que la alfombra naranja brillante con rayas azules a ambos lados creara un sendero para ella. Se sintió un poco menos asustada y extrañamente independiente cuando comenzó a dejar que su imaginación tomara el control. En su cabeza, Melina ahora caminaba sobre un muro de piedra y si evitaba las anchas rayas azules, no se caería. Se atrevía a acercarse lo más posible a las rayas y siempre retrocedía justo a tiempo. Por unos minutos, olvidó casi por completo dónde estaba y qué estaba buscando. Casi podría estar en casa jugando con los niños.

Mientras continuaba su juego en un estado de ensueño, casi tropezó con una pequeña mujer que fregaba una mancha oscura en la alfombra. Le recordó a Mamá cuando la miró con sus amables ojos marrones y le sonrió.

—Hola —dijo la mujer en español. —Mi nombre es María. ¡Dios mío! Es una mancha difícil, que no sale. Creo que ocurrió ayer. Todo el alboroto de la mudanza, alguien no vació una botella antes de desecharla. Pero sabes, he visto cosas peores. A ti no te había visto antes. Debes ser una de las chicas nuevas.

Melina titubeó un poco, aunque estaba emocionada de escuchar nuevamente la cadencia del español. —Soy Melina. Llegué ayer y ahora necesito encontrar el salón de estudiantes. ¿Me puedes ayudar?

—Por supuesto —respondió María, y señaló con la cabeza hacia la habitación de Melina. —Tienes que regresar y girar a la izquierda; no puedes perderte. Buscas la reunión que siempre tienen a comienzo de año. Es buena: te explican cómo funcionan las cosas y sirven comida. Siempre estoy aquí si alguna vez necesitas ayuda. Hace unos años la universidad me cedió un pequeño apartamento en la parte trasera del primer piso. De esa manera me quedo y ayudo cuando no hay nadie más. Intento mantener las cosas limpias por aquí, para que ustedes, las chicas, puedan dedicarse a sus estudios. Me recuerdas a mi hija: ella vivió en este piso hace tres años.

Melina sintió una conexión inmediata con María y se sintió menos perdida por un momento. Recogió un trapo húmedo que María había dejado caer mientras hablaban y se lo devolvió. Le dio las gracias por encima del hombro mientras se apresuraba en la dirección que le había indicado.

Unos minutos después, oyó risas y música provenientes de una habitación más adelante. Se obligó a moverse un poco más rápido, y se topó con lo que buscaba. Las puertas dobles estaban abiertas de par en par y un enorme letrero escrito a mano en una cartulina azul brillante estaba pegado al vidrio con el mensaje: *BIENVENIDOS ESTUDIANTES DE PRIMER AÑO.*

Melina nunca había visto tantas caras desconocidas en un mismo espacio. *¡Dios mío!* El salón era una habitación grande y soleada con ventanas altas que daban al campus, y un área de cocina mucho más grande que la de Mamá. En ese momento, vibraba con chicas que habían reorganizado los muebles para agruparse en sillas de plástico azules y sofás hundidos. Había una mesa larga cubierta con vinilo, colmada de comida, y platos de papel vacíos por todas partes.

Lo extraño era que Melina se sentía sola en medio de tanta gente. Los recuerdos de la noche anterior volvieron a inundar su mente. Pero de repente alguien la llamó.

—Hola, Mel. ¡Por aquí! Theresa gritó por encima de la música. Melina la buscó y la vio con sus tres amigas despatarradas en un sofá en el rincón más alejado. Mientras comenzaba a caminar por la habitación llena de gente, otra voz la llamó.

—¡Tú debes ser Melina! Hola. Soy Abby, la asesora estudiantil del quinto piso. Lamento que te hayas perdido la reunión, pero no hay problema. Seguro estuviste de fiesta anoche como todos los demás. Pasaré luego y podremos ponernos al día. Hay algo de comida sobrante, así que por favor, sírvete. Los bagels están bastante buenos y el café no está mal.

Melina no tenía idea de qué era un bagel, pero sonrió y se sirvió un café muy oscuro y frío en un vaso de poliestireno. No era el de Mamá, pero al igual que la cerveza de la noche anterior, la hizo sentir como si perteneciera al lugar mientras lo sostenía en sus manos sin tomar un segundo sorbo.

Caminó con cuidado entre el grupo de sillas y llegó al sofá donde estaba Theresa sin tropezarse. Las chicas se apretujaron para hacerle lugar. Melina sintió que todos la miraban mientras se movía con torpeza entre ellos y de alguna manera logró no derramar su café mientras explicaba su llegada tarde.

—Oye, no sabía que teníamos una reunión esta mañana. Debería haber estado aquí, lo siento.

Las chicas reanudaron su charla mientras Theresa se volvió hacia Melina y le ofreció un abrazo amistoso.

—En realidad no fue gran cosa, más bien una excusa para comer bagels y tomar café con nuestros nuevos compañeros de piso. Dormías muy profundo. No quería molestarte cuando Abby se presentó. Yo estaba tan entusiasmada anoche. Con la fiesta en la ciudad y todo, apenas dormí. Espero que te hayas divertido también. Debiste haber estado en un bar diferente. Tendremos que comparar notas más tarde. A las 6:00 de esta mañana estaba completamente despierta. Algún día tendrás que compartir conmigo tu secreto para dormir tan bien.

Antes de que Melina pudiera responder, Theresa se volvió hacia sus amigas: —Lo que en verdad necesitamos hacer esta mañana es ins- cribirnos para las clases. Recuerden que Abby nos dijo que todos los estudiantes de primer año deben registrarse en persona y nos aconsejó que llegáramos temprano para evitar las filas. Deberíamos ir. ¿Ya lo has hecho, Mel?

—No, pero tengo una lista de cursos que recomendó mi asesora de la escuela secundaria. ¿Sabes adónde ir? ¿Deberíamos hacerlo ahora?

Las otras jóvenes en el sofá protestaron un poco de tener que levan- tarse, pero estuvieron de acuerdo en que sería buena idea caminar hasta Clawson y hacer la fila para inscribirse. Otros grupos también salían, por lo que pasaron junto al cartel de bienvenida que ahora colgaba a medias. Primero se detuvieron en la 503 para que Melina pudiera tomar la lista de cursos que la Sra. Ingram había escrito con tanto cuidado para ella en papel membretado de Obregón. La metió rápido en su bolsillo trasero para que Sonia no viera el nombre de la escuela. Al mismo tiempo, podía sentir que las chicas buscaban en su lado de la habitación algunas señales de decoración. Sonia fue la única lo bastante descarada como para expresarlo.

—Mel… ¿está bien si te llamamos Mel? ¿Qué tal si después de la inscripción volvemos aquí y te ayudamos a sacar tus cosas? ¡Hasta ahora, parece que Theresa es la dueña del lugar!

Melina sintió que el estómago se le revolvía de nuevo mientras miraba hacia abajo y respondía: —Lo haré más tarde, pero gracias de todos modos. Y claro que pueden llamarme Mel.

Mientras decía eso, se preguntó si convertirse en "Mel" la ayudaría a encajar y alcanzar sus metas. Nunca nadie la había llamado así antes. *¿Era así como todos comenzaban un nuevo camino, con un cambio de nombre?*

Mientras iban a inscribirse, todas conversaron sobre las clases que querían tomar y cuáles eran sus planes de respaldo.

—Si Álgebra 101 ya está completo, dejaré las matemáticas este trimestre y tomaré el curso introductorio de Geología. He oído que es muy divertido y bastante fácil —comentó Sonia. —Un amigo de mi pueblo la tomó el año pasado y le fue excelente.

—Bueno, no sé —dijo Theresa. —He oído que Psicología 101 es muy interesante y tienen excelentes instructores. La tomaré si mis primeras opciones ya están cubiertas. Mel, ¿qué piensas?

Melina dudó. Todo lo que tenía era una lista de cuatro cursos que la Sra. Ingram había recomendado. Nadie le había advertido que tal vez tendría que tomar sus propias decisiones.

No tenía idea de lo que haría, así que simplemente imitó a las demás y respondió: —Creo que Geología y Psicología suenan interesantes. Ese es prácticamente mi plan también.

La fila de registro se extendía desde Clawson Hall hasta el campo de deportes. Se movía muy lento mientras el centro seguía creciendo por los amigos que se unían a quienes les guardaban lugares. Para dar ánimos a la multitud, los guías estudiantiles lanzaban pelotas con el logo de Balsam y ofrecían jugos y barras. La meta de la universidad de que los estudiantes se conocieran se cumplía.

Melina vio a Todd al otro lado del campo mientras lanzaba una pelota a la multitud y lo saludó. Quería agradecerle por haberla ayudado el día anterior. Había desaparecido tan pronto como la depositó en su habitación, y ella no había tenido ocasión de agradecerle. Él la recordó y corrió a su encuentro.

—¿Cómo va todo? Melina, ¿verdad? Veo que llegaste a la línea hoy. ¿Quizás mi recorrido turístico ayudó? Luego de presentarlo a Theresa y sus amigas, Melina le explicó cómo todas habían encontrado el camino juntas.

—Parece que estaremos aquí todo el día. ¿Siempre es así? —preguntó Melina.

—No, esto es una locura. Balsam decidió que este año solo harían la inscripción presencial los estudiantes de primer año para que pudieran conocerse unos a otros —dijo Todd. —Supongo que funciona. Todos están hablando y compiten para atrapar esas bolas mientras esperan. No es para mí. Prefiero terminar con esto y divertirme de verdad en la ciudad. Oye, si eres como yo y tienes un paquete de ayuda financiera, hay una fila más corta adentro. ¿Quieres mezclarte o terminar con esto? Todd la miró e inclinó la cabeza para evitar el resplandor del sol. —¿Por casualidad alguna de ustedes tiene un paquete de ayuda? Melina se resistía a ser la única en responder, pero asintió y él la guió en silencio hacia una entrada lateral con una sonrisa tímida en el rostro.

—Sígueme —dijo. —Te daré otro recorrido.

El rostro de Melina se sonrojó de vergüenza por el trato especial y miró hacia el suelo. Estaba abandonando a sus nuevas amigas y dejaba atrás a otros que habían esperado en la fila toda la mañana, pero Todd la hizo sentir como si perteneciera. También tenía curiosidad. Lo siguió al interior y hasta el segundo piso. Allí descubrió una fila mucho más corta donde los estudiantes de primer año que recibían ayuda financiera también podían inscribirse y recoger sus cupones de comida y libros.

¡Hecho! Veinte minutos después, Melina ya estaba inscrita y tenía sus cupones. Se sentía cada vez más segura y le parecía que, después de todo, tal vez pertenecía allí. Todd había ido a ayudar a otras personas, así que salió de Clawson sola. Ahora se permitió mirar directamente a otros y esbozar una sonrisa tímida cuando la miraban. No vio ni a Theresa ni a Sonia. Era probable que ya estuvieran adentro, pero Melina todavía tenía que encontrar Anderson Hall, donde estaba el Departamento de Psicología. Ahí estaría su empleo de tiempo parcial. En la carta que recibió decían que debía presentarse ante la Srta. Shirley Munson hoy antes de las 5:00 para firmar la documentación y crear un horario en torno a sus cursos.

Mientras buscaba una señal que la ayudara a atravesar el laberinto de sendas peatonales y edificios, las inseguridades de Melina comenzaron a reaparecer. Nunca había tenido un empleo antes; Papá siempre decía que no cuando ella lo sugería. *¿Y si no pudiera hacerlo? ¿Y si no les gustaba? ¿Significaría que perdería su ayuda financiera y tendría que regresar a casa?* Su cabeza empezó a dar vueltas y se sintió un poco mareada. En ese momento, vio un letrero con una flecha que señalaba el camino a Anderson Hall. Tomó un profundo respiro y con cautela puso un pie delante del otro. Ella tendría éxito. Podía hacerlo. Después de todo, *¿no estaba viviendo su sueño? ¿No era esto en lo que pensaba cada noche mientras miraba los pósters pegados en la pared de su casa? Nadie dijo que sería fácil.*

—Tú debes ser Melina —dijo una voz amigable desde detrás del mostrador de recepción. Soy la Srta. Munson, pero por favor llámame Shirley, como todos los demás. ¿Ya te inscribiste para las clases? Melina miró a su alrededor para encontrar un rostro que coincidiera con la voz. Vio a una mujer mayor, algo pequeña, de piel oscura y con el cabello prolijo y recogido en un rodete, que le mostraba una sonrisa generosa. Melina sintió que sus preocupaciones empezaban a desaparecer.

—Sí. Soy Melina y estoy feliz de conocerla, Srta. Munson.

—¡No! Recuerda que soy Shirley, y mi sonrisa desaparece cuando alguien me llama Srta. Munson. Me hace sentir vieja —dijo la mujer con un centelleo en los ojos.

—Bueno. Lo recordaré, Shirley. Y sí, me inscribí en los cursos hoy.

—Bien. Ahora podemos sentarnos y planificar tu horario de trabajo —dijo Shirley. —Ven aquí y echemos un vistazo.

Se sentaron juntas y planearon las horas que Melina trabajaría en el departamento. Shirley arrugaba la nariz y miraba por encima de sus gafas mientras veía el horario de clases de Melina. —Debes tener cuidado de no sobrecargarte, en especial en primer año. Todos queremos que tengas éxito. Si tienes dos cursos por la mañana, no te programaremos nada hasta la tarde esos días. Te presentarás conmigo, pero la mayor parte de tu trabajo será para el cuerpo docente. Los ayudarás a sacar copias, hacer recados y llevar registro de sus citas con estudiantes. Si tienes tiempo, puedo acompañarte ahora para que puedas conocer a algunos de ellos, ¿de acuerdo?

—Seguro. Me gustaría eso. Gracias —respondió Melina.

Shirley la condujo por el pasillo. Hicieron la ronda en el primer piso, y los profesores que estaban allí parecían bastante amigables, pero estaban ocupados: se preparaban para el inicio de clases la semana siguiente. Varios le preguntaron si tomaba un curso de Psicología, y cuando les decía que sí, se mostraban interesados. Le consultaban en qué sección estaba, pero ella no tenía idea de lo que significaba eso así que solo sonreía. Se preguntaba quién sería su profesor. Mientras bajaban las escaleras hacia el sótano, Melina notó que era diferente del primer piso, tan silencioso y vacío. Shirley comentó que solo había dos profesores ahí y que por lo general era pacífico. Agregó, con un guiño, que si Melina alguna vez necesitaba un descanso de todo el ajetreo del piso de arriba, este era el lugar perfecto para venir y solo sentarse. Su voz se convirtió en un susurro cuando continuó: —A veces vengo a esta última escalera solo para ordenar mis pensamientos.

Mientras se acercaban a la oficina 102 B, Melina oyó voces que sonaban agitadas por algo: —Creo que la ampliación de los servicios de apoyo estudiantil marcará una enorme diferencia para nuestros estudiantes. ¡Solo imagínense el primer Centro Latino independiente!

Una voz femenina respondió: —Pero ¿qué hay del software que necesito para solicitar subvenciones y realizar mi investigación? ¿Cómo alcanzaré las metas que me propuse con el Dr. Berg? Las voces se detuvieron de repente cuando oyeron el golpe superficial de Shirley en la puerta abierta para advertirles de manera informal que se calmaran.

—Hola, Dres. Pearson y Sanders. Me gustaría presentarles a la nueva asistente estudiantil del departamento. Ella es Melina García. Es estudiante de primer año y ayudará en la oficina. Si hay algo en lo que ella pueda serles de utilidad, solo me lo harán saber y se lo asignaré.

El Dr. Sanders saltó de inmediato con una gran sonrisa y salió de detrás de su escritorio para estrechar su mano.

—Hola, Melina. Estoy muy feliz de conocerte. ¡Bienvenida! También soy nuevo aquí, más o menos, así que tendremos que mantenernos juntos y descifrar las cosas. Por favor, dime Harry. Melina estrechó su mano y le devolvió la sonrisa, pero estaba segura de que nunca podría llamarlo Harry.

La otra persona en la habitación, la Dra. Pearson parecía nerviosa y de repente estaba demasiado ocupada con su computadora como para levantarse o mirar en dirección a Melina. Sin siquiera verla, movió distraídamente la mano hacia la estudiante. El único recuerdo que Melina tuvo de la Dra. Pearson de aquel primer día fue el enorme maletín de cuero posado en la repisa detrás de ella.

Debe ser especialmente importante, pensó Melina. *No es de extrañar que no fuera muy amigable. Yo solo soy una ayudante estudiantil.*

Tomó nota mental de ser muy respetuosa con ella y recordar llamarla Dra. Pearson.

Melina salió de Anderson Hall con el cálido brazo de Shirley sobre sus hombros como una suave capa de lana en la fresca tarde. Se presentaría en el Departamento de Psicología el lunes por la tarde a la 1:00, lista para comenzar su primera tarea. ¡Qué emocionante era eso! La joven se sintió más ligera y menos confundida que al inicio del día, cuando se despertó tarde y perdió su primera reunión. ¡Eso no volvería a suceder! Comenzaba a ver cómo las piezas encajaban en este nuevo mundo suyo, como si empezara a vivir dentro de su sueño en lugar de solo mirarlo desde afuera. ¡Tenía su primer empleo! Tenía una cama real y un baño que compartía solo con otra persona, ¡y no tenía que tropezarse con juguetes para llegar allí!

Estos pensamientos la llevaron de regreso a casa, donde probablemente Mamá estaría de pie en su pequeña cocina en ese momento, encendiendo la plancha para hacerle las tortillas a Papá. Él estaría desplomado en su sillón reclinable, casi seguro con los ojos medio cerrados después de trabajar dos turnos. *¿Ellos vivían su sueño de encontrar una vida mejor en Estados Unidos o todavía lo esperaban?* Melina nunca podía estar segura sobre Mamá y Papá. No hablaban mucho. Trabajaban duro y se preocupaban por muchas cosas. De repente quiso estar con ellos y asegurarse de que estaban bien. *¿En verdad se merecía esto cuando Mamá y Papá habían estado esperando más de 20 años que su propio sueño se hiciera realidad?* Se apartó algunas lágrimas. Quizás ese en realidad no era su lugar. Levantó la vista y se dio cuenta de que Forbes estaba justo frente a ella. ¿Podía con honestidad llamar a esto su hogar? Las puertas de entrada se sentían un poco más pesadas que esta mañana.

Subió las escaleras hasta el quinto piso en lugar de usar el elevador: de esa manera se sentía más como en casa. Mantuvo la cabeza baja mientras se acercaba lentamente a su habitación, preocupada por cómo le diría a Theresa que no tenía nada que agregar a la habitación, ni siquiera una colcha. ¿Qué diría ella? ¿Se mudaría al final del pasillo para estar con sus amigas de la escuela secundaria? Por suerte, al entrar en su habitación, Melina la descubrió vacía, por lo que pudo posponer eso un poco más. Theresa había dejado una nota en la que mencionaba que había ido a la ciudad con sus amigas. Estarían en el Antler Bar y esperaban que Melina se uniera a ellas cuando regresara para comer algo. Melina no tenía dinero para comida, solo sus cupones, y supuso que el bar no los aceptaría.

Mientras se dirigía a sentarse en su cama sin color y a pensar qué hacer, notó un paquete marrón, simple y bien atado con una cuerda. *¿Qué era esto?* Había un pequeño sobre blanco pegado con cinta adhesiva al frente. Lo abrió y leyó una breve nota en español:

> *Espero que esto te ayude. Aquí hace frío por la noche. Mi hija, Dulce, lo dejó en mi habitación cuando se graduó hace dos años. Bienvenida a la universidad y buena suerte.*
>
> *María*

Dentro había un hermoso acolchado azul con pequeñas flores amarillas, que combinaba a la perfección con el cubrecama amarillo brillante que tenía Theresa a unos pasos de distancia. Melina sonrió y lo abrazó con fuerza contra su pecho antes de alisarlo sobre sus sábanas blancas.

Margot

Mientras devoraba un rápido desayuno de yogur de lima y tostadas con mantequilla de cacahuate sentada en el sofá, Margot repasaba en su mente la agenda del día que tenía por delante. Después de su reunión de departamento a primera hora de la mañana, se dirigiría en silencio al sótano y a su escritorio, adonde por fin volvería al trabajo que soñaba con hacer. Tenía tantas propuestas que publicar y manuscritos a los que dar los últimos toques. Cepilló las migas del sofá, apiló los platos en el fregadero y le hizo a Biko una ligera caricia mientras se lanzaba hacia la puerta y salía. Embriagada por la emoción, presionó el botón del elevador.

¡Un elevador! No más subir a pie. ¡Un verdadero empleo! Estas eran definitivamente experiencias nuevas para ella y cuando el elevador aterrizó en su piso, ella atravesó las puertas casi flotando: estaba tan ansiosa por que comenzara el día. *¡Maldita sea, faltaba algo!* Advirtió al hombre de aspecto muy profesional que se unió a ella unos pisos más abajo y supo que tenía que volver a subir. Margot se bajó en el segundo y subió corriendo los tres pisos para empezar el día de nuevo. Sin aliento, llegó a la puerta y buscó en su bolso la llave que sabía que estaba en el fondo. La tomó y la metió en la cerradura. Pasó apresurada junto a Biko, que ya había terminado su atún y dormía una larga siesta matutina, para agarrar el nuevo maletín de cuero marrón que había dejado apoyado contra la pared detrás del sofá. Se estremeció un poco

al notar otra vez lo profesionalmente rayado que estaba para parecer más viejo (¿y más importante?) de lo que era.

Aunque la avergonzaba un poco llevar un maletín vacío, se lo echó al hombro y corrió afuera para esperar al siguiente elevador. Este maletín era otro regalo de sus padres para felicitarla por su primer trabajo real. Sus iniciales grabadas en dorado en el frente garantizaban que todos supieran a quién pertenecía el costoso accesorio y quedaran debidamente impresionados. Margot solo esperaba que la ayudara a encajar y a llevar su trabajo de ida y vuelta a casa. Una vez más, las palabras de su madre flotaron en su mente: *Recuerda, Margot. Todo es cuestión de las primeras impresiones y de cómo te presentas.* Con un profundo suspiro y una sonrisa forzada, Margot salió y echó los hombros hacia atrás mientras se deslizaba por la acera hacia el campus.

El brillante cielo azul prometía un día lleno de infinitas oportunidades y un nuevo y luminoso comienzo. Sin embargo, al poner un pie en el campus hoy tenía una sensación diferente. Donde hasta hace poco había un aire de paz y tranquilidad, ahora había una exuberancia bulliciosa a su alrededor.

Por supuesto, los estudiantes han llegado, se recordó. En su mundo de fantasía, Margot imaginaba un campus tranquilo y prístino donde se realizaba un trabajo serio. Había olvidado por completo que un campus universitario rara vez era así fuera de la biblioteca. Cuando estudiaba, la biblioteca era su santuario, un capullo al que escapaba de los otros estudiantes, quienes no parecían compartir sus metas académicas, y ella no intentaba entender las de ellos. Cuando necesitaba un descanso, Margot montaba su motocicleta y se iba sola al campo, donde dejaba que el aire fresco la rejuveneciera al soplar entre sus cabellos. Esa moto había sido su secreto rebelde. La compró con el dinero que le dejó su abuela. Sabía que su madre lo consideraría inapropiado, por eso nunca se lo contó. Tampoco usaba casco. Fue la única vez que ignoró los estrictos límites de sus padres y se sintió independiente. A excepción de su tono de llamada, esos días habían quedado atrás, mientras perseguía el futuro que se esperaba de ella.

Hoy los estudiantes estaban esparcidos por los bancos y plagaban los espacios verdes de todo el campus. Algunos reían a carcajadas, otros lanzaban frisbees, y había quienes se reunían en pequeños grupos para conocerse con conversaciones tranquilas y tazas de café. Margot se preguntaba si alguno de ellos ya se había inscrito o comprado sus libros. ¿Y por qué estaban aquí tan temprano? ¿O tal vez se habían quedado despiertos toda la noche?

Pero sí, tomaban café, pensó. Algo que ella había olvidado por completo. Se fue con prisa hacia Anderson Hall y esperaba que hubiera una cafetera de café recién preparado por Shirley. Margot cruzó el umbral del laberinto de corredores que la conducirían a la oficina de la asistente. Al entrar a la oficina del departamento, alguien la saludó en voz alta y apenas familiar: —Hola, ¿qué tal? ¿Lista para nuestra primera reunión de departamento del año?

Ahí estaba Harry, con su enorme sonrisa y en su mano, café humeante en un jarro con un ornamento visible del sello de la Universidad de Balsam.

¿Cómo es que siempre está él aquí? pensó Margot. *Quizás duerme en nuestra oficina? Y yo que creí que iba a instalarme sola.*

Shirley estaba cerca detrás y recibió a Margot con una taza de café recién hecho. —Hoy te prestaré esta taza, pero mañana deberías traer la tuya. Los jarros se venden en la tienda de la universidad, y a la Decana le encanta verlas en los escritorios de todos. Mientras tanto, la reunión se ha adelantado para esta mañana para ajustarnos a la terriblemente ocupada agenda del Dr. Berg —explicó Shirley. —Nos reuniremos en la sala de conferencias al final del pasillo en 15 minutos. El Dr. Berg inicia a tiempo, pase lo que pase. Una vez, el semestre pasado, inició formalmente una reunión de departamento conmigo sola en la sala. Me pidió que anotara en el acta que él y yo éramos los únicos dos que habíamos llegado a horario. Todavía hay algunos profesores convencidos de que sus solicitudes de presupuesto no se aprobarán este año debido a que llegaron tarde ese día.

Margot tomó nota mental de configurar un cronómetro que la alertara al menos diez minutos antes de cada reunión. Ella y Harry intentaron parecer despreocupados frente a Shirley mientras se escabullían de su oficina y luego hacían una pequeña carrera por el pasillo. El café de Margot se derramó por los lados de la taza que le habían prestado y por su mano, hasta llegar al suelo recién pulido. Y así iba a comenzar el semestre de cero. Primero fue su pierna enlodada; hoy su mano salpicada de café.

El Dr. Berg se acercaba a la sala de conferencias justo cuando llegaban. Margot reconoció a algunos de los otros de su entrevista. Suzanne, Edie y René ya estaban sentados, pero se levantaron cuando vieron a Harry y Margot para ofrecerles abrazos y cálidos apretones de manos.

Todo va a estar bien, pensó Margot. *Esto no es tan temible después de todo.*

Al fin y al cabo, habían vencido al Dr. Berg en llegar a la mesa y los profesores parecían genuinamente felices de verlos. Margot recordó lo mucho que le había gustado René en la cena después de la entrevista, así que buscó una silla junto a él y se sentó. Recordaba el consejo de su madre, y de inmediato encontró la palanca debajo de su silla y la subió apenas un poco. De esa manera, nadie podría pasarla por alto y su voz sería escuchada.

Algunos otros entraron a toda carrera por la puerta justo cuando el Dr. Berg comenzaba la reunión con Shirley a su lado.

—Gracias a todos por venir temprano hoy. Como es el primer día del trimestre, hay muchísimas reuniones y pensé que sería útil empezar

la nuestra a primera hora. Mis disculpas por cancelar las citas individuales que tenía con algunos de ustedes. Para comenzar, permítanme
que presente a nuestros nuevos integrantes del cuerpo docente, Margot
Pearson y Harry Sanders. Compartirán una oficina, la 102 B. Espero
que pasen por allí para darles la bienvenida en persona y responder
cualquier pregunta que ellos puedan tener.

El personal docente ofreció una apropiada ronda de aplausos y
volvió su atención al Dr. Berg, quien les indicó las agendas que estaban
apiladas con cuidado y colocadas a intervalos por toda la mesa.

—Dado que las clases comienzan la próxima semana, tenemos
asuntos importantes que tratar hoy. Debemos hablar de asignaciones
de comités, solicitudes de presupuesto, metas personales y cargas
docentes. Tengan a bien consultar los documentos en sus sitios para
obtener todos los detalles, pero antes comencemos con las asignaciones de comités. Tenemos la suerte de contar con dos nuevos profesores este año para ayudarnos a sobrellevar esa carga. Espero que
Margot acepte representarnos en los Comités de Plan de Estudios y
Evaluación de Programas. ¿Margot?

Ella asintió con rapidez, hizo girar un mechón de cabello y tomó
nota.

—Harry, tú reemplazarás a Miriam en los Comités de Ceremonia de
Graduación y Desarrollo Profesional, y sería útil si también pudieras
participar en el de Contratación de Adjuntos. ¿Te parece?

Harry aceptó de inmediato y lució su sonrisa única ante toda la
mesa. Margot se preguntó si dormiría sonriendo.

El Dr. Berg continuó: —Tal vez todos han oído que tenemos un
curso de primer año bastante grande este año. En general, esto es
una buena noticia, pero también significa cursos más grandes y más
secciones introductorias. Voy a asignar a Margot para que nos ayude
e imparta tres secciones de Psicología General 101 y un curso de

investigación. Harry, según el manual del cuerpo docente, solo se te permite enseñar la carga antes asignada a Miriam mientras ella está de licencia. René puede ponerte al día sobre los planes de estudio y las asignaciones para las clases. Margot, como 101 es básico, no creo que necesites mucha ayuda. Sin embargo, Suzanne compartirá contigo el plan de estudios del departamento. Puedes ser creativa con el curso de investigación y utilizar tu propio trabajo como guía.

Margot dio un profundo respiro extra, asintió y se preguntó qué había ocurrido con la carga mínima de enseñanza que le habían prometido. Después de todo, el contrato estipulaba que en su puesto de profesora de primer año, atendería las necesidades del departamento. *Supongo que las necesidades pueden cambiar con rapidez*, pensó.

—No vamos a profundizar demasiado en el presupuesto hoy, pero bien podría prepararlos para lo que seguramente nos espera pronto. Muchos de ustedes solicitaron recursos adicionales en junio y presenté la mayoría de ellos. Hasta la semana pasada, pensé que había una buena probabilidad de que nuestro departamento recibiera fondos adicionales, en especial con el aumento de la matrícula. Por desgracia, la Junta ha ordenado a la universidad invertir más de sus ingresos para redoblar los esfuerzos de servicios de apoyo a los estudiantes en lugar de agregar recursos al aspecto académico. Eso incluye mejoras al centro de actividades estudiantiles, creación de un nuevo Centro Latino, expansión del Centro de Asistencia de Aprendizaje y contratación de más consejeros estudiantiles.

Puso los ojos en blanco, y continuó: —La Junta, con toda su sabiduría, cree que es importante ayudar a los nuevos estudiantes que quizás no estén preparados de manera tradicional para que persistan y tengan éxito. No confían en que nosotros, como docentes, tengamos las habilidades necesarias para retener a los estudiantes sin apoyo adicional. No estoy de acuerdo, pero por ahora es así. ¿Preguntas?

La mano de Suzanne se disparó al aire. —¿Cómo se supone que vamos a enseñar y realizar nuestras investigaciones sin los fondos que solicitamos? Antes de que el jefe del departamento pudiera responder, se alzaron brazos alrededor de la mesa como una ola de petardos.

—Me resultará difícil impartir el curso de investigación sin el paquete de software que solicité —agregó René. Mientras otros profesores se turnaban para expresar su enojo por lo especialmente urgentes y necesarias que eran sus solicitudes para su trabajo, la fricción en la mesa era palpable. Las sonrisas anteriores se desvanecieron cuando las barras laterales tomaron el control y las disputas intensificaron la rivalidad. Margot se arrepintió de haber levantado la silla y deseó poder desaparecer debajo de la mesa. Era su primera reunión y ciertamente no podía mostrar su decepción. Estaba claro que los fondos para investigación que le habían prometido no llegarían. Mantuvo la mirada apartada y fingió estudiar sus notas sobre las asignaciones de comités.

El Dr. Berg dejó que se desarrollara la trama durante unos cinco minutos y luego volvió a llamar al orden a la reunión. —Sé lo decepcionados que están todos, pero este departamento trabajará en equipo y aceptará las cosas como son.

Con gran escándalo, dos profesores de rango superior empujaron con fuerza sus sillas hacia atrás y dejaron marcas negras en el piso recién lustrado. Abandonaron la sala mientras murmuraban en forma estridente algo sobre lo poco valorado que era su trabajo. El Dr. Berg suspiró, le pidió a Shirley que incorporara esta salida a las actas y luego continuó.

—El último punto de nuestra agenda se relaciona con las metas personales. Tenemos un nuevo formulario este año. Necesito que lo completen antes del final de la semana y lo entreguen a Shirley para las 4:00 del viernes. Tengan en cuenta que deben incluir sus metas de enseñanza, desarrollo profesional, servicio institucional y publicación. Me reuniré con ustedes en forma individual antes de fin de mes para revisarlos y hacer las modificaciones necesarias. ¿Preguntas?

Tras el anuncio del presupuesto, parecía que se había agotado todo el aire de la sala y que no quedaba espacio para más preguntas. El Dr. Berg declaró terminada la reunión, recogió sus papeles y, sin levantar la vista, abandonó la sala con brusquedad.

Los profesores salieron en grupos de dos o tres, sin dejar de comentar febrilmente los anuncios explosivos. Margot se dirigió sola al sótano. Su cabeza daba vueltas. *¿Sucederá esto en todas las reuniones del cuerpo docente? ¿Qué debería hacer ahora? ¿Sobrevivirá mi puesto?*

Harry ya estaba allí, y agitaba los brazos y hablaba con su estilo naturalmente animado con Isaac y otro amigo adjunto. Margot supuso que estaban tan molestos por las negativas del presupuesto como el resto de los docentes, pero no podría haber estado más equivocada.

—¿Puedes creer que la administración gasta dinero en servicios estudiantiles? Por fin surge como un esfuerzo universitario importante —exclamó Harry mientras les resumía a sus dos amigos los anuncios que había hecho el Dr. Berg.

—¡Realmente marcamos una diferencia, Harry! Todas las reuniones que tuvimos con los estudiantes y las cartas que escribimos a los miembros de la Junta para contarles las historias personales de alumnos a los que admitieron pero que no recibieron apoyo… ¡Funcionó! Lo triste es que no fueron las historias lo que los impactó, sino los datos que recogimos sobre cómo los ingresos por matrícula disminuyeron cuando se fueron. Como sea, al parecer todo rindió sus frutos.

Harry miró hacia arriba y se dio cuenta de que Margot estaba en la puerta.

—¿Qué opinas de los anuncios de esta mañana, Margot?

—Bueno… —comenzó ella, mientras intentaba organizar sus pensamientos en una respuesta coherente.

Antes de que pudiera hacerlo, él continuó: —En el Consejo del Cuerpo Docente de Adjuntos, estamos solicitando este tipo de apoyo estudiantil desde hace más de dos años. Cada otoño, la universidad acepta con entusiasmo los elogios de la comunidad cuando anuncia que su curso de primer año es cada vez más diverso y luego simplemente supone que los nuevos estudiantes tendrán éxito con poca asistencia más allá de sus paquetes de ayuda financiera. Cuando tienen problemas o fracasan, la universidad señala a las escuelas secundarias como incapaces de prepararlos, y los docentes se quejan de que nunca debería haberse aceptado a esos jóvenes en primer lugar.

Margot puso los ojos en blanco y asintió. Harry tomó eso como una señal para continuar.

—Ahora parece que los estudiantes obtendrán más recursos con consejeros adicionales y un centro de aprendizaje ampliado. ¡Increíble! Incluso contarán con un flamante Centro Latino. Es un reconocimiento importante de que una cantidad creciente de nuestros estudiantes son latinos y representan la primera generación de sus familias en ir a la universidad. Tienen paquetes de ayuda financiera, pero no los recursos ocultos que tienen sus compañeros de habitación, como estrategias de estudio, entender un plan de estudios, la confianza para sentarse en primera fila, ir a la oficina del cuerpo docente para pedir ayuda, o comunicarse con familiares que entiendan la experiencia universitaria. Necesitan un lugar seguro donde puedan hacer preguntas delicadas y relajarse en un espacio acogedor con otras personas en situaciones similares. Este es un campus grande y puede ser difícil conectarse con otros estudiantes fuera de clases, cuando no entiendes cómo recorrer las expectativas y oportunidades de la universidad.

También es duro cuando te enfrentas a profesores muy tradicionales que siguen enseñando como les enseñaron a ellos, de pie detrás de un atril, que leen apuntes preparados o muestran una presentación en PowerPoint sin contacto visual y con poca intención de conocerlos fuera del aula.

Margot suspendió su incredulidad ante esta letanía inesperada arrojada por Harry, después de los sombríos anuncios de Berg, y se desplomó detrás de su escritorio para ordenar sus pensamientos. Harry y sus amigos estaban contentos de que por fin reconocieran su trabajo y olvidaron que ella nunca respondió su pregunta. En lugar de eso, salieron con urgencia a correr la voz. La cabeza de Margot otra vez pulsaba mientras las vibraciones de la "victoria" de los adjuntos resonaban por el pasillo.

Levantó la vista y vio a Suzanne en la puerta. —¿Puedo entrar? Necesito un lugar tranquilo para descifrar los acontecimientos de la reunión de hoy, y tú pareces la persona racional que necesito justo ahora. Por cierto, ¿quiénes eran esos alborotados? ¿Amigos tuyos? Parecen dispuestos a celebrar algo.

Margot volvió a poner los ojos en blanco y asintió. Le indicó a Suzanne que se sentara en la silla con la manta roja, feliz de repente de que el enorme agujero en el brazo estuviera cubierto. —Es mi compañero de oficina, Harry Sanders. ¿Recuerdas? Lo conociste en la reunión de hoy más temprano. Solo estará aquí unos meses, pero se emociona demasiado.

—Ah, sí. Conozco a Harry; todos lo conocemos. Ten cuidado con él, Margot. Con frecuencia está del lado equivocado por aquí. No querrás causarte problemas durante tu primer año, y el Dr. Berg sabe guardar rencor.

Suzanne entonces dejó escapar un profundo suspiro sin intentar amortiguarlo y cerró los ojos durante unos minutos. Mientras Margot se preguntaba si Suzanne se habría quedado dormida, tomó dos aspirinas del cajón superior y las masticó en silencio.

De hecho, Suzanne la observaba y dijo: —Parece que esto te enferma tanto como al resto de nosotros. No sé cómo esperan que hagamos nuestro trabajo y alcancemos nuestras metas sin los recursos que solicitamos. Los estudiantes estarán bien. Los que pertenezcan aquí tendrán éxito, y los demás… bueno, es probable que se vayan. Así es como funciona.

—Así es como debería funcionar, ¿no? —Margot repitió. —Quiero decir, si no pueden hacer el trabajo y cumplir con nuestros estándares, ¿por qué deberíamos esforzarnos tanto en preparar clases y calificar sus tareas? Yo nunca tuve ayuda extra.

—¡Ninguno de nosotros la tuvo! Todos nos esforzamos y ahora tenemos metas de publicación —agregó Suzanne. —El paquete de software que solicité es crucial para mis objetivos de investigación. Quizás empiece a buscar otro trabajo si esto no se resuelve pronto. Hay universidades que todavía respetan a su cuerpo docente y anteponen sus necesidades a las de los estudiantes.

—Tal vez si solo vamos a ver al Dr. Berg y le hacemos saber cómo nos sentimos…

Suzanne se rió e interrumpió a Margot: —Creo que el Dr. Berg espera su momento como jefe de departamento mientras se prepara para escalar posiciones aquí hasta llegar a un puesto de decanato. Él siempre apoya a la administración, pase lo que pase. El año pasado, ninguna de nuestras solicitudes de presupuesto se aprobó, pero él consiguió una enorme subvención que fue directo a sus asistentes de posgrado para que pudieran ayudarlo con su investigación. Recibió un premio presidencial en la ceremonia de graduación por su impresionante capacidad para atraer dinero para la universidad y apoyar a los estudiantes. ¡Ja!

Margot se sonrojó por su ingenuidad y su aparentemente tonta sugerencia.

Suzanne percibió su bochorno y suavizó el tono. —No quise entrar aquí para empeorar tu día. Espero que no te arrepientas de haber aceptado este puesto. Todos estuvimos de acuerdo en que eres una candidata ideal para este departamento y en verdad necesitamos que nos ayudes con esas secciones introductorias. Lleva tiempo la calificación y todo eso, pero son bastante fáciles de enseñar. Solo espero que tus cursos no sean demasiado grandes. El año pasado tuve cien estudiantes en uno, y prácticamente a todos les daba una A si se presentaban. ¿Qué más podía hacer? Lo curioso fue que a nadie le importó. Todos los estudiantes me dieron excelentes evaluaciones, y el Dr. Berg estaba más que satisfecho.

Suzanne pareció calmarse mientras repasaba su dispersa lista de quejas, por lo que Margot no sintió la necesidad de presentar ninguna reacción coherente. Eso era bueno porque estaba en una niebla completa. Luego Suzanne se fue con la promesa de dejarle el plan de estudios 101 en la mañana junto con sus notas del año anterior. Margot murmuró un agradecimiento y decidió que era probable que debiera volver a casa y empezar a trabajar en esas metas profesionales. Era claro que no lograría nada si se quedaba allí. Se sintió decepcionada. Su carga docente era abrumadora. Sus metas de investigación y publicación eran casi imposibles sin el software que esperaba. Esta oficina y este empleo, un sueño que parecía cumplido hacía unas semanas, ya no ofrecían entusiasmo ni oportunidades. El sueño se había forjado sobre promesas idealistas que estaban a punto de romperse una tras otra.

¿En qué se había metido? Margot miró a su alrededor. Su título enmarcado tendría que permanecer en el suelo y esperar hasta mañana para su colocación oficial. En lugar de intentar mejorar su lado de ese espacio repentinamente opresivo y pequeño, se echó al hombro su costoso pero vacío maletín y se dirigió a la puerta. No le diría a su madre que nadie había notado el maletín. No, ella le diría que todo estaba bien.

7
Melina

Melina se despegó de la silla que más amaba en la biblioteca. La forma en que el suave cuero gris envolvía su cuerpo le recordaba al colchón que había dejado en casa. Era tan satisfactorio. Colocado frente a una vieja mesa de madera, se encontraba en un rincón sin ventanas, detrás de una estantería del piso al techo que contenía más libros de los que ella jamás había visto. En su escuela secundaria cerraban con llave la biblioteca, así que, a menos que hicieras una cita, no podías entrar. Habían robado demasiados libros, o les habían arrancado páginas, cuando los estudiantes pensaban que era más fácil llevárselas que sentarse a leer. Estar allí, en la biblioteca de Balsam, la hacía sentir como una verdadera estudiante. También la hacía invisible. Aquí no necesitaba poner excusas para no ir a la ciudad o no fumar marihuana en la habitación de Sonia. A los libros no les importaba que ella usara la misma ropa todos los días. Cuando entraba, la bibliotecaria sonreía y asentía en dirección a la silla de Melina, como si dijera: —Está vacía. Te espera.

A veces, Melina se perdía tanto en sus libros que algún trabajador tenía que recordarle que era hora de cerrar. —Melina, es hora de irse. Todos sabían su nombre y trataban de guardarle la silla, para lo que apilaban libros sobre ella hasta que llegara después del trabajo. A veces estaba tan cansada que tomaba una pequeña siesta allí antes de sumergirse en sus tareas. También había descubierto cómo ingresar comida a escondidas, por lo que no había necesidad de comer sola en el comedor. Justo el día anterior, Shirley le había entregado un regalo al final de su turno.

—Melina, sé que vas a la biblioteca, así que envolví estos brownies en una carpeta para que parecieran tarea. ¡Espero que funcione!

—Gracias, Shirley. Intentaré no hacer un desastre. Le encantaba su trabajo en el Departamento de Psicología. Los docentes siempre necesitaban algo, por lo que estaba demasiado ocupada para pensar en el resto de su vida en Balsam. Corría tres horas al día, de lunes a viernes, y hacía copias, recados o llamaba a estudiantes para recordarles sus citas. La semana anterior había tenido su evaluación y Shirley le contó lo satisfechos que estaba el departamento con su trabajo. Melina se sintió orgullosa pero sorprendida, porque los profesores rara vez la miraban o le hacían algún tipo de cumplido. Otro lugar donde se sentía cómoda e invisible.

Odiaba los domingos porque la biblioteca cerraba a mediodía y ella no trabajaba.

—¡Hola, Mel! Vamos —gritó Sonia desde el otro lado del salón del quinto piso. —Estamos compartiendo nuestra música favorita para poder transmitirla en nuestras habitaciones. ¿Tienes algún favorito en tu teléfono?

Melina meneó la cabeza nerviosa mientras cruzaba el suelo alfombrado para unirse a ellas. Era otra tarde de domingo interminable, y la mayoría de las chicas de su piso pasaban el rato en el salón después de estudiar todo el fin de semana para sus próximos exámenes. Melina todavía intentaba encajar, pero era algo complejo. Con gran dificultad, había ocultado el hecho de que no tenía teléfono celular y que la música que escuchaba y amaba provenía de la radio de la cocina de su madre en casa.

Mamá siempre escuchaba música de mariachis y ranchera. Mientras cocinaba, cantaba y muchas veces movía sus caderas al recordar pasos de baile. Melina podía ver en su mente la abolladura grisácea en el linóleo donde los pies de Mamá sentían la música. *¿Alguna vez Papá bailó con Mamá?* A ella le encantaría verlos compartir la música. Dudaba que las chicas de ese salón conocieran esa música, así que se sentó en silencio y fingió apreciar la de ellas. Se sentía incómoda cuando sus compañeras de piso lanzaban un grito colectivo cada vez que descubrían cuánta música tenían en común. Aullaban nombres como Travis Scott, Migos y Lizzo, cuando compartían sus listas de reproducción. En medio de todo eso, Melina se sentía sola mientras permanecía sentada tranquila fuera de su nube de emoción.

Nadie se daba cuenta. Es decir, nadie excepto Theresa. Aunque no entendía del todo a su compañera de habitación y era demasiado respetuosa para hacerle preguntas personales, Theresa se preocupaba por ella y trataba de encontrar formas de incluirla. En medio de toda la ruidosa charla del salón, se acercó y se sentó junto a Melina.

—Estas son realmente increíbles, Mel. ¿Quieres compartir una? Es una barra nutritiva. Mi madre nos envió un paquete de bocadillos que guardé en el refrigerador debajo de mi cama. Muero de hambre y estas me sostendrán por un rato hasta que vayamos a la ciudad y almorcemos. ¿Quieres venir con nosotras esta vez?

Melina, que nunca había probado una barra nutritiva, agradeció a Theresa, le dio un mordisco y de inmediato sintió sabor a aserrín. *¿Por qué alguien comería esto como refrigerio?*, se preguntó a sí misma, mientras que por fuera le sonreía a su compañera. Lo bajó con un vaso de agua y en secreto deseó tener otro de los brownies de Shirley.

Todavía evitaba la conversación que necesitaba tener con su compañera de cuarto. Theresa merecía saber por qué Mamá nunca le enviaba bocadillos para compartir a Melina, ni nada para ayudar a alegrar su lado de la habitación. Debía contarle sobre su familia y de dónde venía, pero no sabía cómo empezar. *¿Quizás esta noche, si estaban solas?*

Sentía curiosidad por conocer la ciudad, aunque sabía que le costaría dinero que no tenía. Melina se dio cuenta con rapidez de que no todos comían cada comida en el comedor del campus. El día anterior, de hecho, había estado allí casi sola, con apenas unas cuantas personas más que estaban sentadas solas en diferentes rincones de la habitación. *¿Tal vez podría caminar hasta la ciudad con Theresa, fingir que no tengo hambre y luego regresar al campus?*

Ya estaba cansada de poner excusas para todo: no tenía celular, no tenía música, no tenía pósters en su lado de la habitación, no tenía un armario lleno de ropa. Aceptó caminar hasta la ciudad con Theresa y sus amigas. El paseo era corto y simple. A solo diez minutos del campus, era una ciudad de una sola calle llena de bares, pequeños restaurantes y una tienda de alimentos. Ni siquiera había semáforo.

Hoy la calle principal estaba repleta de estudiantes, todos aliviados de poder tomarse un descanso de los estudios para los exámenes. Melina quedó abrumada por la sencillez y la aparente seguridad del pueblo. Todas las puertas estaban abiertas de par en par y había personal de edad universitaria apoyado en cada abertura: y saludaban con calidez a todos y los invitaban a pasar a disfrutar de comida y bebidas gratis para celebrar el fin de semana antes de los exámenes. Había ruido por todas partes, los establecimientos estaban llenos y había cuerpos que bailaban apiñados en los bares y restaurantes. Melina se preguntó si siempre sería así. Nadie parecía preocupado por nada.

Bajó sus defensas y entró al Antler Bar con Theresa y sus amigas. Se encontraron con algunas chicas que conocían de Forbes y se acomodaron en su reservado.

—Pidamos algo de Lizzo y luego algo más que lo gratis —sugirió Sonia.

—Sí, las hamburguesas y las batatas fritas crujientes son lo mejor —agregó Theresa. —¿Todas de acuerdo? Las cabezas alrededor de la mesa asintieron, y Melina hizo lo mismo, perdida en la aturdida sensación de posible pertenencia.

Se rió junto con las demás mientras contaban historias sobre sus familias y señalaban chicos lindos en el bar. En un momento dado, Sonia y algunas otras abandonaron la mesa y comenzaron a bailar. —Vamos, Mel. Únete a nosotras. ¡Apuesto a que eres una bailarina increíble! Theresa la hizo levantarse y Melina la siguió de mala gana. Nunca había bailado en público: solo en fiestas familiares. Se sentía cohibida al hacerlo en un bar universitario mientras todos gritaban y presumían. Hacía lo mejor que podía para encajar, pero no dejaba de imaginarse a Papá y cuánto lo desaprobaría. Él se preocupaba por ella todo el tiempo. A veces eso se sentía sofocante, pero ahora se daba cuenta de lo mucho que lo extrañaba. Durante lo que pareció una eternidad, intentó seguir a Theresa, pero no era su música y se sintió incómoda y completamente fuera de lugar.

Cuando por fin se sentó, se dio cuenta de que las demás revisaban la cuenta y dividían lo que cada una adeudaba por la comida.

Sonia anunció: —Parece que cada una debe unos $15 más la propina. Lo recogeré, ¿de acuerdo? Los pensamientos de pertenencia de Melina se desvanecieron en un instante. Comenzó a dolerle la cabeza y sintió pequeñas gotas de sudor correr por su rostro. Advirtió lo estúpida que había sido al imaginar que podía ser como esa gente. *Claro, ella se estaba divirtiendo un poco, pero ¿había olvidado que no podía permitirse ese tipo de diversión? ¿Había olvidado por qué había venido a la universidad?* No era para comer y bailar. Era para trabajar duro, obtener un título y enorgullecer a su familia. Miró ansiosa a su alrededor para ver si alguien notaba su incomodidad.

En ese momento, Theresa se inclinó hacia ella y pareció leerle la mente. —Mel, si olvidaste traer tu dinero, te presto. ¿Te parece?

—Gracias, Theresa. En verdad lo aprecio. Melina tendría que explicarle más tarde que podría pasar un tiempo antes de que pudiera devolverle el dinero. Hasta el momento no había tenido el coraje de explicarle nada a su compañera de cuarto. Se preguntó cuánto tiempo más podría durar eso.

Mientras las chicas continuaban riendo y divirtiéndose en el estrecho reservado, Melina se deslizó en silencio del asiento del extremo que había elegido antes con toda intención y se fue sola de regreso al campus. Necesitaba pensar en todos los aspectos de la universidad sobre los que la Sra. Ingram no le había advertido: esas pequeñas cosas que todos los demás parecían dar por hecho. También pensó en Mamá y Papá y en lo que habían sacrificado para dejarla irse de casa. Ella no contribuiría al alquiler mensual ni cuidaría a sus sobrinos. No tenía un empleo real como Mamá y Papá, quienes tenían varios entre los dos. Cuanto más pensaba Melina en esto, más avergonzada se sentía por cómo se había comportado hoy. No tenía derecho a ir a la ciudad y comer comida que no podía pagar o bailar en público solo por diversión. *¿Su sueño ameritaba eso? ¿Estaba siendo egoísta?* Se sacó lágrimas del rostro con la mano y empezó a caminar rápido. Tal vez si regresara a la seguridad de su habitación y a la colcha azul, se sentiría más segura de que hacía lo correcto. Tal vez hasta podría llamar a casa por Skype.

Mientras estos pensamientos daban vueltas en su mente, abrió la pesada puerta de entrada de Forbes y notó una figura familiar sentada en el vestíbulo en una pequeña silla de plástico.

—Melina, me alegro mucho de que seas tú —exclamó María, en español. —Por favor, ven a mi habitación. Hay algo que necesito decirte.

Melina estaba tan agradecida de ver un rostro amigable que no notó la mirada preocupada en el rostro de María.

Cuando entró a la habitación, de inmediato se sintió a gusto. Se cocinaba algo que olía a hogar. ¿Quizás fueran chiles, o cilantro fresco? No estaba segura. En la radio se oía la música de mariachis favorita de Mamá. Una estatua de la Virgen de Guadalupe, la santa patrona de México, las miraba de manera reconfortante, y la calidez de los muebles simples de María la hizo añorar su hogar.

—Melina, ven aquí y siéntate. Tengo algo que quiero decirte, pero primero dime ¿cómo están tus cosas? No te he visto por aquí últimamente. ¿Has hecho amigos?

Mientras se hundía en los cojines rojos y amarillos del sofá cubierto de plástico, Melina dejó escapar un profundo suspiro y no pudo detener el torrente de palabras en español que se esparcieron. Sintió como si una presa se hubiera roto y sus entrañas se vaciaran a una velocidad peligrosamente alta. Le contó a María todos los secretos que había estado ocultando a las demás estudiantes.

—María, todas van al pueblo a comer, y siempre me piden que vaya. ¿Cómo les digo que no tengo dinero, que como sola en el comedor o en la biblioteca? Mi familia lucha solo para alimentar a todos y pagar el alquiler de la casa. Las otras estudiantes piensan que sigo perdiendo mi teléfono celular, pero nunca he tenido uno. Incluso si lo tuviera ¿cómo pagaría el servicio? Mi lado de la habitación está desnudo y no encaja con todos los otros cuartos del piso. No tengo almohadas extra ni pósters ni animales de felpa. Y siempre llevo la misma ropa porque no tengo nada más. La lavo en el lavabo cuando Theresa no está y la cuelgo en el fondo de mi armario para que se seque. No puedo pagar las máquinas de la lavandería.

Una hora después, las palabras se secaron de repente y Melina se reclinó sobre las almohadas mientras terminaba de contar su historia. Se secó las lágrimas del rostro, pero no eran de tristeza. Se sintió aliviada de haber dejado ir por fin los secretos que le impedían pertenecer de verdad. María la miró con profunda comprensión y se acercó para darle un abrazo.

—Ay, lo siento mucho, Melina. Sé que es difícil. Mi hija me contaba las mismas historias. Ya sabes, por difíciles que fueran sus cursos, ella decía que era la parte que le resultaba más fácil. Todo lo demás era un esfuerzo, porque ella era muy diferente de los demás. Estoy aquí si necesitas alguien con quien hablar, Melina. Mi hija vendrá de visita el próximo fin de semana. Quiero que la conozcas. Tal vez puedas venir a cenar, ¿qué te parece?

Melina tenía miedo de que ahora lloraría de verdad. Tener a alguien que escuchara y entendiera su historia era lo que ella había anhelado.

—Gracias, María. Me encantaría. Eres muy amable.

—¡Por supuesto! Oye, Melina, tu papá llamó aquí esta tarde. Quiere que lo contactes por Skype esta noche; te verá a las 7:00. Melina asintió y contuvo las lágrimas. Ya era bastante malo que hubiera cometido el error de ir a la ciudad, pero se había perdido una llamada de casa. Estaba tan avergonzada. ¿Qué pensaría María? Como si percibiera sus pensamientos, María dijo: —Melina, no pasa nada que hayas perdido la llamada. Hablé con él en español y le dije que estabas bien y estudiabas para los exámenes. Esta noche a las 7:00 hablarás por Skype y escucharás lo que tiene que decir. No te sientas mal por no haber estado aquí. Ellos quieren que vivas tu vida en la universidad, o no te habrían dejado irte de casa. Tienen miedo, igual que tú. Los verás por internet a las 7:00, ¿de acuerdo?

Ya eran las 6:30, así que Melina agradeció a María y corrió a su habitación con la esperanza de que Theresa no hubiera regresado todavía.

Necesitaba hablar con ella y explicarle, pero estaba avergonzada por tantas cosas y no estaba segura de que su compañera la entendiera. Seguía evitándolo aunque eso no podría durar para siempre. Melina tomó la computadora portátil de su escritorio y se dirigió a su escondite favorito al final del corredor. Frente al salón, había una habitación algo pequeña, casi un armario, sin ventanas y con paredes desnudas. Dentro había una pequeña mesa marcada y una silla de plástico. Los otros estudiantes nunca entraban allí porque pensaban que era un armario de limpieza, pero era el escondite de Melina, al que iba cuando necesitaba estar sola. Su familia siempre lloraba cuando hablaban por Skype, así que a Melina le daba vergüenza llamarlos desde su habitación, donde su compañera y otras personas podrían escuchar. Pero esta vez también estaba preocupada porque nunca la llamaban por sorpresa. Mientras ingresaba nerviosa su contraseña, no podía dejar de pensar en todas las cosas que podrían estar mal en casa. *¿Mamá estaría enferma? ¿Papá habría perdido su empleo? ¿Estarían bien los chicos?*

Esperaba que la computadora se conectara... se demoraba tanto... Y de repente, ahí estaba su familia, con Mamá al frente.

—Hola, mamá —saludó, algo apresurada. —¿Está todo bien? ¿Qué sucede?

—Papá recibió una notificación para comparecer ante el tribunal la próxima semana para un proceso de retiro y enfrenta dos cargos. Tenemos mucho miedo. Quiere que vayas con él, Melina. Nos comunicamos con el Sr. Salgado quien presentará su caso, pero quiere que un familiar también esté presente en caso de que necesite hacernos llegar un mensaje personal. Tú hablas inglés mejor que cualquiera de nosotros.

—¿Cómo ocurrió esto, Mamá?

—Hace un mes hubo un allanamiento en su trabajo. Papá estaba en la trastienda en su descanso cuando llegaron los agentes de

Inmigración. Recibió la señal y salió por la parte trasera con algunos otros antes de que los agentes llegaran a la planta de la fábrica. El automóvil de Honorio siempre está estacionado a unas cuadras de distancia en caso de redadas como esta, y papá tuvo la suerte de llegar hasta él. Honorio lo dejó en una parada de autobús a varias millas de distancia y dos horas después Papá llegó a casa. No sabíamos qué le había ocurrido. Estábamos muy preocupados cuando no vino a cenar. Desde ese día tiene miedo de volver a trabajar y se queda en casa todos los días. Ni siquiera enciende la televisión. La fábrica, preocupada por más multas, debe haberlo denunciado porque ayer recibimos un aviso en el que le decían que se presente ante el tribunal. Él trabaja tanto, y lleva allí más de 20 años. Debería haber alguna manera… El Sr. Salgado nos ayudará a pedir asilo, pero Papá en verdad quiere que vayas con ellos.

Melina respiró profundo y trató de contener las lágrimas. Se obligó a ser fuerte por Mamá. Era algo que les preocupaba a todos desde hacía largo tiempo. Mamá y Papá llevaban aquí más de 30 años y todavía no tenían sus papeles.

—Má, ¿cuándo es la fecha del tribunal? Tengo exámenes y tengo que hacerlos o desaprobaré mis cursos y tal vez pierda mi beca.

—¡Melina! ¿Desde cuándo tus clases son más importantes que tu familia? Tu padre te necesita. Todos te necesitamos. Tendrás que volver a casa la semana próxima. Su audiencia es el jueves a las 9:00 de la mañana, y te necesitamos ahí.

Melina podía ver los rostros preocupados de la tía Rosa y sus hermanos detrás de Mamá. Todos asentían. ¿Cómo podía decir que no? Podría ser malo para su desempeño escolar, tal vez incluso para su futuro en la universidad, pero tendría que encontrar una manera de estar ahí para Papá.

—Está bien, Mamá. Iré. Estaré ahí para Papá.

Después de asegurarle que era una buena hija, terminaron la llamada porque Mamá comenzó a llorar. Melina cerró con suavidad la computadora portátil y sollozó en silencio en el pequeño armario. Nadie en el campus entendería lo que ella debía hacer. La familia es primero. Ni siquiera se cuestionaba eso, pero ella creía que sus profesores no lo entenderían. Para ellos, las clases y los exámenes eran lo primordial, y si los estudiantes no se presentaban… bueno, era su elección, pero seguramente se anotaría en su expediente y se computaría al final del año. ¡También tenía un empleo, el primero de su vida! Otras personas también confiaban en ella. No sabía qué hacer y no había nadie con quién hablar. María entendería pero no podía volver a molestarla. Había sido tan amable con ella, pero tenía que pensar en su propia familia. Llamar a la Sra. Ingram estaba fuera de discusión. No quería que ella pensara que no podía resolver sus propios problemas después de haber trabajado tanto para ayudarla a entrar a la universidad. Theresa parecía bastante agradable, pero su familia era perfecta y a Melina la avergonzaba hacerle saber que la suya no lo era.

Regresó a su habitación que, por suerte, estaba oscura y vacía como siempre. Con Theresa fuera, no había necesidad de explicar nada, solo otro secreto que enterrar. Colocó su computadora de nuevo sobre el escritorio y se puso su pijama rosa para ir a dormir. Dio mil vueltas en la cama, y tuvo una noche sin dormir enredada en su colcha azul. No podía sacarse a Papá de la cabeza. Era un buen hombre y siempre parecía muy fuerte. Era una presencia silenciosa en casa, pero cuando hablaba todos prestaban atención. Lo que él decía importaba y sus palabras guiaban sus vidas. Cuando Mamá quiso mudarse a un vecindario más seguro, Papá se negó. Le recordó que Villacito era parte de su familia y que tenían la responsabilidad de quedarse y contribuir a que fuera un lugar seguro para todos. Muchos años atrás, cuando recién llegaron, los habían recibido con los brazos abiertos. Irse de allí no era una opción.

Ella nunca volvió a preguntar sobre eso. Nadie discutió con Papá. Sus palabras fueron definitivas y muy respetadas por la familia y los vecinos.

Para Melina no tenía sentido que después de 30 años él todavía no tuviera su permiso de residencia. Ella conocía la ley, pero no le parecía justo. Según todos los criterios razonables, Papá se lo había ganado. Había trabajado en la misma fábrica durante 20 años y solo faltó al empleo dos días: una vez cuando Melina tuvo problemas en la escuela, y luego otra vez para despedirla el día que se fue a la universidad. Él siempre estuvo ahí para todos los demás, incluso cuando eso podría haberlo perjudicado. Unos años atrás, cuando un primo tuvo una audiencia en el tribunal, le pidió a Papá que fuera su testigo. Él lo acompañó a una sesión especial de sábado y permaneció a su lado, aunque eso pudo haber llamado la atención sobre su condición de indocumentado. Cuando se trataba de familia o amigos, siempre se podía contar con su padre.

Él nunca había aprendido mucho inglés. Hablaba español con sus compañeros de trabajo y cuando volvía a la casa, entraba a un vecindario de compatriotas mexicanos, pocos de los cuales tenían tiempo para aprender inglés. Los trabajos de su madre la llevaron a casas de familias de habla inglesa, por lo que había aprendido algo con los años, pero no lo suficiente como para ayudarlo en el tribunal. Además, estaría demasiado nerviosa para siquiera intentarlo. Había muchos primos que hablaban algo de inglés, pero todos tenían empleos por horas y no podían permitirse perder sus salarios. Sus hermanos trabajaban dos turnos cada uno en la fábrica. Sus esposas eran hermanas gemelas que habían regresado a México un año antes para ayudar a la propia madre, que estaba enferma y moribunda. No, tenían razón, Melina era la única que podía hacer esto sin consecuencias inmediatas que ellos entendieran. Debía regresar a casa sin importar cuánto afectara eso su éxito en los estudios. La universidad era menos importante que mantener unida a la familia, tener un techo sobre sus cabezas y comida en la mesa. Y esta vez, podría significar perder a Papá.

Melina no durmió más de 15 minutos, por lo que a la mañana siguiente estaba exhausta pero se levantó y salió temprano, antes de que Theresa se despertara. Llegó al comedor mucho antes que nadie y, mientras estaba sentada sola, trató de idear un plan. Revisó su agenda mientras pelaba una banana e intentaba tragar un poco de cereal. Sus exámenes comenzaban el martes y terminaban el viernes. Melina no sabía qué sucedería si faltaba a sus exámenes, pero era muy probable que no fuera algo bueno. Necesitaba encontrar el coraje para decirle a cada maestro que tenía una emergencia en casa y que no podría estar allí esa semana.

¿Qué dirían? ¿La desaprobarían?

Ella nunca había hecho siquiera una pregunta en clase. La Sra. Ingram le había dicho que se sentara al frente de la clase donde los profesores la conocerían. Pero los estudiantes sentados allí parecían tan confiados: siempre asentían con la cabeza y levantaban la mano. Todos parecían conocerse mientras se deslizaban en forma casual en esos asientos con sus ropas perfectas y mochilas guardadas con cuidado bajo las sillas. Melina no tenía mochila. Sus libros muchas veces se derrumbaban hasta el suelo mientras ella se escurría en la última fila al intentar sacar su tarea de la carpeta correcta. Podía sentir a la asistente graduada detrás de ella que golpeaba su pie y esperaba que recogiera el trabajo para poder sentarse. Los demás que estaban ahí atrás no tenían mucho que entregar y solo querían dormitar o jugar con sus teléfonos. Melina solo quería ser invisible. Era la única que tomaba notas y prestaba atención. Cuando terminaba la clase, con cuidado volvía a equilibrar sus libros y cuadernos entre los brazos antes de dirigirse a la siguiente clase. Aprobó con éxito todos sus cuestionarios y entregó todas sus tareas, pero solo los profesores asistentes sabían quién era.

¡Dios mío! Sus preocupaciones se apoderaron de sus pensamientos y dejó a un lado su tazón de cereal apenas tocado. La cáscara de banana había caído al suelo, lo que la hizo resbalarse cuando se levantaba. Se sacó las lágrimas con las manos, envió todos sus pensamientos al fondo de su mente, y se dirigió a sus cursos de la mañana, pero apenas escuchó una palabra de lo que se dijo.

—¡Hola, Melina! ¿Cómo estás hoy? Es una semana importante, con exámenes y todo. El personal docente necesita nuestra ayuda más que de costumbre para prepararse. Espero que estés lista para unos días bastante locos —exclamó Shirley cuando Melina llegó al trabajo esa tarde. Melina sonrió y fingió estar llena de energía y emoción, pero estaba muy cansada de fingir todo el tiempo, a todo el mundo. Comenzó a trabajar y repartió correo a los docentes. Se puso nerviosa cuando llevó el correo de la Dra. Pearson a su oficina porque ella era una de sus profesoras. Melina sabía que necesitaba hablar con ella sobre perderse el examen, pero no sabía cómo. Dijo una oración en silencio para que no estuviera presente, pero resultó que ninguno de los profesores estaba. Fue un alivio.

Después de ayudar a Shirley durante alrededor de una hora y fingir una vez más que todo estaba bien, tomó un descanso y bajó las escaleras hasta el sótano, donde sabía que estaría tranquila y podría pensar. Tan pronto como llegó a la escalera y estuvo fuera de la vista de la oficina, la tormenta que se estaba formando en su interior se desató con fuerza. Melina ya no pudo controlarse más. Todas sus emociones salieron a la superficie, y lágrimas gigantes corrieron por sus mejillas. Apenas llegó al último escalón. Incapaz de moverse más, se desplomó allí mismo y puso la cabeza entre las manos.

Entre sollozos, oyó que alguien se acercaba. *¿Podría ser peor este día?* Ah, claro que podría porque era la Dra. Pearson, la profesora a la que más temía. Intentó levantarse y correr para alejarse, pero sus piernas se doblaron. La Dra. Pearson parecía sorprendida, pero amable a la vez, mientras se acercaba, y en forma vacilante se unió a Melina en el escalón inferior. Melina estaba horrorizada. No quería que nadie, en especial alguien como la Dra. Pearson, descubriera sus secretos. Mientras intentaba contener otro incómodo torrente de lágrimas, Melina tomó una bocanada de aire y descansó la cabeza sobre las rodillas. No quería hablar con la Dra. Pearson, aunque sabía que debía hacerlo.

8

Margot

Bajó con paso lento y sin energía las escaleras hacia su oficina, mientras pensaba que una vez más había desperdiciado dos horas preciosas. Otra reunión del comité de evaluación del programa que no llegó a ninguna parte, a pesar de tener una agenda clara. Después de calificar trabajos de los estudiantes hasta la medianoche, Margot se había quedado despierta hasta las 2:00 a. m. para revisar el enorme archivo de documentos que estaba programado debatir hoy. Como era costumbre, nunca ocurrió. Las últimas reuniones habían sido secuestradas por varios miembros de alto rango del cuerpo docente que cuestionaban la forma en que estaba redactada la carga general del comité. Una disertación interminable sobre cómo esto era solo otra estratagema administrativa para eliminar programas.

Con la agenda de la reunión dispuesta en forma prolija frente a ellos en la mesa de conferencias, los miembros menos experimentados del comité fingían escuchar estas diatribas inútiles mientras enviaban mensajes de texto y deseaban poder estar en otro lugar… en cualquier otro lugar. Al finalizar el tiempo previsto, el presidente pidió una moción para levantar la sesión. Al menos tres miembros del profesorado levantaron la mano sin demora y dijeron en voz alta "sí", y la sala se vació con un recordatorio que el presidente gritó de que la siguiente reunión era importante y no había que perdérsela. Margot era profesora novata y no tenía elección, así que, por supuesto, se preparaba, asistía y se frustraba, y se atrasaba aún más con su propio trabajo.

Justo antes de llegar a su oficina, la pila de informes de la reunión que aún no se habían analizado, que llevaba en un precario equilibrio en sus brazos, salió volando en todas direcciones.

—¡Maldita sea! —exclamó mientras se agachaba para recogerlos, aunque no sabía con qué propósito.

Mientras perseguía los papeles que se le escapaban, se cruzó con Melina, que había dejado el correo unos minutos antes. Ambas asintieron a modo de saludo, mientras Margot se apresuraba a recuperar los papeles arrugados y desafiantes. Se dejó caer con cansancio en su silla, y colocó las ya inútiles carpetas del comité en un rincón alejado de su escritorio. Suspiró de nuevo, por millonésima vez en el día, y hojeó el correo sin pensar. Observó una dirección de remitente que le era familiar y se animó: *¡Quizás esta vez!*

Margot arrugó la cara y respiró profundo. Abrió el sobre y leyó:

> *Después de una cuidadosa revisión de pares, hemos determinado que su manuscrito no es adecuado para nuestra revista. Quizás si trabaja en las observaciones sugeridas por los revisores, podamos reconsiderarlo más adelante.*

—¡Maldición, maldición, maldición!

Era su tercer rechazo y se estaba quedando sin opciones de publicación. Sabía, sin embargo, que los críticos tenían razón. Margot estaba avergonzada y sabía que podía hacerlo mejor, pero simplemente no tenía tiempo mientras asistía a reuniones inútiles todas las semanas y daba tres clases introductorias, además de una de investigación que generaba poco entusiasmo. No había manera de que pudiera cumplir las metas que había entregado al Dr. Berg al inicio del semestre. Esas metas incluían

la publicación de dos artículos en revistas, la presentación de una propuesta de investigación al IRB y la aceptación de al menos una solicitud
de subvención, todo antes de fin de año. El Dr. Berg las había aprobado
con entusiasmo y había prometido su apoyo, y había manifestado que
Margot había sido una excelente incorporación al cuerpo docente y que
tenía la máxima confianza en que ella alcanzara sus objetivos.

¿Cómo era entonces que todo había salido tan terriblemente mal?
¿Había sido demasiado ambiciosa? ¿Qué ocurriría si no cumplía sus
metas?

Atribuía sus fracasos en las publicaciones a la pesada carga docente
que le habían asignado. No había planeado dar cuatro cursos y no
los estaba disfrutando. Margot estaba preparada, tal vez demasiado
preparada, para cubrir el contenido descrito en el plan de estudios
del departamento, pero los estudiantes parecían totalmente desin-
teresados. ¿Estarían aprendiendo? Ella no tenía idea. Nadie hacía
preguntas y ni siquiera la miraban. Se enterraban en sus teléfonos
y computadoras portátiles durante la clase y tenían prisa por irse
cuando se acababa el tiempo. Ningún estudiante acudía a sus horas de
oficina y las tareas que entregaban eran terribles. Desde la perspectiva
de Margot, lo único positivo que había ocurrido durante las primeras
semanas era que varios estudiantes de cada curso se transfirieron a
otras secciones, lo que le daba menos tareas para calificar. Incluso con
esa racha de suerte, no tenía el tiempo que necesitaba para revisar sus
artículos, trabajar en su investigación o presentar propuestas. Nada
iba según lo planeado: incluso la clase de investigación no era satis-
factoria. Esos estudiantes, que se suponía eran más avanzados, parecían tomar el curso solo para satisfacer un requisito de graduación.
No tenían el menor interés en su investigación, ni en ninguna otra en
general, lo que la deprimía aún más.

¿Qué hacían ellos aquí?

Mientras se desplomaba detrás de su escritorio, permitió que oscuras nubes de depresión la envolvieran por completo. Cerró los ojos y pensó en la vida que había imaginado para sí misma cuando aceptó este empleo: una investigadora vibrante y una autora reconocida, involucrada a fondo con escribir y dar conferencias, rodeada de jóvenes académicos aspirantes que buscaban su consejo y tutoría. Esa era la vida que disfrutaba su padre, un investigador conocido internacionalmente que hablaba con frecuencia en eventos globales y a quien varias universidades prestigiosas habían reclutado para enseñar. Margot empezó a temer que esa vida no pudiera suceder aquí en Balsam State.

¿Cuánto tiempo podría permanecer de pie detrás de un atril y hablar para sí misma mientras los estudiantes se entretenían con videojuegos en sus dispositivos?

En ese estado agitado e irreal, oyó voces a la distancia.

—Hola, Margot. ¿Cómo estás? ¿Te importaría si algunos de mis estudiantes vienen a la oficina para hablar conmigo sobre los próximos exámenes? Era Harry, por supuesto, y como de costumbre estaba rodeado de varios estudiantes eufóricos. Ella apenas levantó la vista mientras se preguntaba por qué a él no parecía importarle tener esa bandada ruidosa siempre a su lado.

—Pasen —murmuró con poca energía.

Varios estudiantes trajeron sillas plegables desde el corredor y siguieron a Harry hasta su escritorio. Mientras organizaban las sillas para crear un círculo cerrado en torno a él, asintieron nerviosos a Margot. Creyó reconocer a uno o dos de ellos como refugiados de sus cursos, pero no podía estar segura. Por si acaso, evitó el contacto visual.

Margot intentó volver a corregir tareas, pero no podía evitar oír lo que sucedía en el lado de la oficina de Harry.

—¿Puede explicar los conceptos básicos de la teoría de Freud y en qué se diferencian de la de Adler? —preguntó un estudiante.

Otro quiso saber: —¿Qué es exactamente el "suicidio cultural"? ¿Puede darme un ejemplo?

Harry respondía con paciencia cada pregunta y se aseguraba de que entendieran antes de continuar. Nunca reprendía al estudiante por no haber leído o no prestar atención en clase. Margot estaba bastante segura de que se había cubierto ese contenido porque también estaba en su plan de estudios. ¿Por qué los dejaba salirse con la suya de esa manera? ¿No era una forma de jugar sucio? Era claro que estos estudiantes no eran responsables y recibían ayuda de un instructor justo antes de sus exámenes.

Margot lo intentó, pero no pudo concentrarse. Reordenó los papeles que debía calificar en su escritorio, y trató de motivarse para terminar con ellos de alguna manera. Al mirar las primeras páginas de cada uno, para ver si algún trabajo parecía prometedor, pensó que esos textos parecían sospechosamente como si los hubieran copiado a las corridas de Wikipedia. Consideró arrojarlos a la basura y decir a sus estudiantes que comenzaran de nuevo. *¿Los manuscritos que ella enviaba a publicar afectarían a los editores de la misma manera? ¿Era posible que los estudiantes tampoco tuvieran tiempo para esforzarse más en su trabajo? ¡No, imposible! Estos trabajos eran la razón por la que estaban aquí. Su única ocupación era dedicar tiempo a sus tareas. De eso se trataba la universidad, ¿o no?*

Se reclinó y estiró las manos sobre la cabeza: necesitaba un descanso, un cambio de escenario. Margot caminó con cautela entre los estudiantes de Harry, quienes no parecieron notarla en absoluto. Su oficina en el sótano, que una vez le había parecido un capullo cálido y estimulante, se había convertido en un calabozo frío en el que la tenían prisionera pésimos trabajos estudiantiles y deprimentes avisos de rechazo. Pensó que podría escapar al café de Crystal, donde al menos podría nutrir su alma con comida reconfortante.

Mientras se dirigía hacia la escalera, encontró a una joven que sollozaba en silencio en el escalón más bajo. La angustia de la extraña resonó en ella de manera incómoda. La joven se secó los ojos e intentó ponerse de pie, pero se tropezó y estuvo a punto de caerse.

Margot extendió la mano para sujetarla y en seguida se dio cuenta de que era la asistente de la oficina. ¿Cuál era su nombre? ¿Melina?

—Melina, ¿estás bien? —preguntó en voz baja.

—Lo siento mucho —gimoteó la joven. —No sabía que había alguien aquí abajo. Volveré a trabajar enseguida. Melina volteó para levantarse, pero Margot la guió con gentileza hacia abajo con un toque suave y se sentó en silencio a su lado.

—Está bien, Melina, quédate aquí. Parece que tenemos el mismo tipo de día. Yo me frustro tanto en días como este. Ahora mismo tengo ganas de hacer lo que haces tú: sentarme en un escalón sola… así que sentémonos aquí juntas, ¿de acuerdo?

Melina asintió lentamente y la miró con cautela. *¿Era en verdad la misma Dra. Pearson, tan inteligente y siempre tan ocupada que nunca tenía tiempo para los estudiantes? ¿La que daba su clase sin siquiera levantar la vista?*

La Dra. Pearson parecía tenerlo todo bajo control y era seguro que no tenía problemas. Melina estaba tan sorprendida por esto que por un momento olvidó sus lágrimas.

—Dra. Pearson —comenzó.

—Por favor, llámame Margot.

—Está bien… Margot. Supongo que debería haber acudido a ti antes. Necesito hablar contigo, pero no sé realmente por dónde empezar.

Un pesado silencio las rodeó como un velo mientras se acurrucaban cohibidas en el último escalón. Margot intentaba atrapar alguna idea para rescatar a Melina de la cornisa en la que parecía intentar hacer equilibrio, y se reprendió a sí misma por no saber qué decir o hacer. *¡Era psicóloga, por todos los cielos! ¿No la habían entrenado para ayudar a las personas cuando lo necesitaban? ¿Por qué estaba tan bloqueada por una estudiante cuyas frustraciones eran fáciles de entender? ¿Verdad? ¿No debería simplemente rodear a Melina con su brazo y decirle que todo estaría bien? ¿O sería mejor decirle que todos los estudiantes de primer año se frustran y que no debía preocuparse? Los exámenes terminarían pronto y si estudiaba, estaría bien. ¿Tal vez debería mostrar empatía y hacerle saber a Melina que ella también estaba frustrada?*

Ninguna de estas ideas parecía correcta, por lo que Margot solo se quedó sentada en el escalón con Melina y esperó que se le ocurriera una mejor idea, o que Melina dijera algo. La paz y la tranquilidad eran relajantes, y Margot pudo dejar de lado algunos de sus propios miedos y frustraciones. Como sentía que Melina no quería hablar, la miró con discreción por encima del hombro y notó que ya no había lágrimas, pero la hinchazón del rostro y el parpadeo febril de sus ojos le indicaban que aún no estaba fuera de peligro.

Interrumpieron esta callada agitación en forma abrupta los estudiantes de Harry, que doblaban la esquina, eufóricos.

—¡Hola, Melina y Dra. Pearson! Nos dirigimos al Antler con Harry para comer una hamburguesa. Aceptó seguir respondiendo nuestras preguntas sobre el parcial de psicología. Y adivinen qué… ¡Paga él! ¿Quieren venir?

Harry los alcanzó y repitió la invitación. —Nos encantaría que vinieran ambas. Con un guiño a Margot, agregó: —¡Es probable que la Dra. Pearson pueda responder algunas de esas preguntas tan difíciles que yo no puedo!

Margot lo miró incrédula. *¿No podía ver lo inapropiado que era esto?* Con sus lágrimas secas y su cara hinchada, era seguro que Melina no quería salir a comer hamburguesas con ese grupo bullicioso.

Para su sorpresa, Margot escuchó: —¡Gracias! Me gustaría. Tengo mucho apetito y me vendría bien algo de ayuda extra con el curso de psicología. Melina se levantó con cuidado del escalón, se pasó la mano por la hinchazón alrededor de los ojos y salió con ellos, sin mirar atrás. ¿Cómo era posible que Melina hubiera estado sollozando y sin poder hablar unos minutos antes pero ahora parecía ansiosa por unirse al grupo?

—¿Qué esperas? —preguntó Harry. —¿No vienes tú también? Yo pago. No querrás perderte esta oportunidad única en la vida, ¿o sí? Como si estuviera en trance, Margot solo meneó la cabeza y les dijo que se divirtieran.

Bueno, supongo que tenía razón, pensó Margot. Melina solo estaba inquieta por sus exámenes: nada que una hamburguesa no pudiera solucionar. Pensar en hamburguesas le dio hambre a Margot, y pensó que sería mejor dedicar más tiempo a sus propios exámenes.

Un rato después, con Biko acurrucado cerca de sus tobillos y una copa vacía que exigía una recarga más del cabernet de bajo costo que había llegado a anhelar por las noches, dio los toques finales a su examen. Quería que fuera riguroso y enviara un mensaje a los estudiantes que no hubieran hecho las lecturas debidas o asistido a clases. También planeaba usarlo como trampolín para aconsejar a tal vez un tercio de sus estudiantes que abandonaran el curso antes de reprobarlo. Aún podían retirarse sin penalización y Margot pensó que era probable que se sintieran aliviados de tener un curso menos del cual preocuparse.

¡Eso! Una breve pregunta de ensayo al final. Eso era lo que la ayudaría a separar el trigo de la paja, una expresión favorita de su madre para describir cómo eliminaban a los empleados de mal desempeño en su empresa.

A la mañana siguiente, Margot se situó detrás del atril y explicó las reglas para sus exámenes: no llegar tarde, no trabajar más allá del tiempo permitido, sin exámenes recuperatorios y sin excepciones. Margot repitió estas advertencias a cada curso. Al escudriñar a los estudiantes en busca de señales de confusión, notó que había muchos asientos vacíos y que nadie la miraba. Todos tenían la cabeza enterrada en sus computadoras portátiles. Con suerte estarían anotando sus palabras de advertencia. Al inicio de cada sesión anunciaba que era demasiado tarde para preguntas sobre el contenido, y les aseguraba que si habían estudiado y asistían a clases en forma habitual, todo iría bien.

—¿Alguna pregunta?

Al no ver manos levantadas en ninguna clase, despedía rápido a los estudiantes, no sin antes exhortarlos a dirigirse a la biblioteca y estudiar. Se sentía generosa al renunciar a esta última sesión de clase para que los estudiantes pudieran estudiar un poco más. Aunque le preocupaba bajar los estándares y sacrificar el rigor, se convenció de que esto era justo y racionalizó que sus colegas también debían hacerlo.

Pero a estas alturas del semestre, Margot tenía que admitir que algo no andaba bien. Había deseado tener más interacción con sus estudiantes, y esperaba que le preguntaran sobre el contenido que conocía tan bien o que acudieran a su oficina en el horario de atención. Después de todo, el lado de la habitación de Harry siempre estaba atestado. *¿Dónde estaban las preguntas? ¿Podría hacer más para alentarlas? Sus profesores no habían hecho nada más. Ella enseñaba de la misma manera que le habían enseñado, pero ¿por qué no funcionaba?*

Margot dejó esos pensamientos de lado y se conformó con creer que los estudiantes entendían las reglas del examen y ahora se dirigían a la biblioteca. Se apresuró a llegar a su oficina, y se dio cuenta de que también había ganado tiempo extra para realizar algo de trabajo real. Tal vez podría terminar ese manuscrito en el que había estado trabajando o comenzar a investigar para la beca que redactaban en colaboración con René. Con la asistente de posgrado que tenía ella, Heidi, encargada de la administración real y la calificación de los exámenes, Margot ahora tenía cinco días para ella sola.

Concentrada en descifrar cómo priorizaría los próximos cinco días, estaba en una nube cuando pasó junto a Shirley en el pasillo.

—¡Margot! Me alegro de encontrarte. Quería informarte que Melina dejará el campus por unos días. Eso significa que tendrás que hacer tus propias copias e impresiones durante el receso. Intentaré pedir prestado otro estudiante ayudante de Sociología para que nos asista. Melina tiene una emergencia familiar y no regresará hasta la próxima semana. ¿Está bien?

Margot respondió, algo aturdida: —¿Y qué hay de sus exámenes? Ella no puede simplemente irse, ¿o sí? ¿Preguntó si eso estaba bien?

—La familia debe ser lo primero, Margot. Le dije que se tomara el tiempo que necesitara. Ya veremos cómo manejarlo cuando regrese.

Esto debe relacionarse de alguna manera con el llanto de la niña en las escaleras ayer, pensó Margot. *¿Pero qué tan malo podría ser si Melina salía corriendo para compartir hamburguesas con Harry y los demás? Supongo que es solo que no entiende el alto estándar que debe alcanzar para tener éxito aquí. Es seguro que su emergencia familiar podía esperar hasta que terminaran los exámenes.* Al darse cuenta de que Melina desaprobaría sus exámenes si no se presentaba y, como resultado, podía perder su trabajo en el departamento, Margot sintió una punzada de arrepentimiento. Se preguntó si podía haber dicho algo que ayudara a Melina a entender la importancia de esta semana. ¿Tal vez podría haberla ayudado a establecer prioridades y posponer la emergencia de su familia por unos días?

Pensar en Melina le trajo recuerdos de su primer año. Margot prácticamente dormía en su cubículo junto a la sección de referencia de ciencias sociales de la biblioteca. Tenía el cabello grasiento y enredado, y usaba los mismos jeans rotos y la misma camiseta en cada examen. Se convirtieron en su ropa de buena suerte, pues salió aprobada en cada uno de ellos. Al saludar a sus padres que la recogieron al final de la semana, estaba ansiosa por contarles lo bien que le había ido. Su madre observó su atuendo desaliñado, sonrió sin justificación y escuchó, pero algo parecía impedirle emitir sus habituales y vivaces elogios.

Solo cuando subieron al automóvil Margot preguntó si todo estaba bien. Fue entonces cuando su madre le contó que la abuela había muerto unos días antes. Margot quedó destrozada. Ella llevaba el nombre de su abuela y estaba ansiosa por contarle historias de su vida universitaria.

—¿Qué ocurrió? ¿Por qué no me llamaron? —preguntó.

—Fue muy repentino —respondió la madre de Margot con la mirada fija en su regazo, donde sus manos temblaban ligeramente. —Sufrió un infarto y murió camino al hospital. Sabíamos que tenías tus exámenes y no queríamos distraerte. El funeral fue el martes. Lamento que no estuvieras aquí, pero no había nada que pudieras haber hecho. Y tus exámenes eran TAN importantes. Este fin de semana iremos juntas al cementerio para que tengas tiempo de asimilarlo todo. ¿Está bien, Margot?

No estaba bien, pero bajo el torrente de lágrimas que corrían por sus mejillas, pudo comprender por qué no la habían llamado.

Aunque este recuerdo la hizo ponerse otra vez al borde de las lágrimas, entendió que sus padres habían hecho lo correcto. No podía faltar a los exámenes y no había nada que pudiera haber hecho en la casa. Aprobar esos exámenes le proporcionó la sólida base académica necesaria para graduarse magna cum laude. *¿Cómo era que sus estudiantes de primer año no veían eso? ¿Por qué no lo tomaban en serio? ¿Sus familias no esperaban más de ellos?*

Con estos pensamientos que continuaban dando vueltas en su cabeza, Margot abrió la puerta de su oficina, que estaba bajo llave. Dejó escapar un profundo suspiro de alivio al encontrarla vacía. Era un placer poco común poder simular que el espacio era suyo, solo suyo.

Margot caminó alrededor de su escritorio con paso lento, y dejó que sus dedos apreciaran la sensación de la madera lustrada y absorbieran el significado de todo. Se sintió nutrida por la paz y la tranquilidad abarcadoras de ese refugio compacto que podría habitar durante los próximos cinco días. Sí, este descanso de las clases era lo que necesitaba con exactitud. Su teléfono sonó y, en su estado de ensoñación, Margot respondió sin revisar de quién era el número entrante.

—Hola, cariño. *¡Oh no, era su madre!* —Escuchamos que esta era la semana de exámenes en la universidad y no había clases, y pensamos que quizás querrías venir a casa unos días. Sería agradable verte y oír todo sobre tu empleo.

—Hola, madre. ¡Qué agradable saber de ti! ¿Cómo está el trabajo? ¿Cómo está papá?

—Estamos bien, querida. Gracias por preguntar. Estaremos libres hacia el final de esta semana, jueves y viernes. Tenemos planes para el fin de semana, pero quizás unos días fuera del trabajo te vendrían la mar de bien. ¿Qué opinas?

—Gracias, mamá, pero como no tengo clases esta semana, tengo mucho trabajo con el que debo ponerme al día. Podría ser…

Su madre la interrumpió: —No aceptaremos un no por respuesta, querida. ¿Qué tal si vienes el jueves por la tarde y te quedas hasta el sábado por la mañana? Eso aún te daría tiempo para trabajar un poco y pasar unos días con nosotros. Puedo intentar salir temprano del trabajo el jueves, así que ¿por qué no planeas llegar alrededor de las 4:00? ¿Está bien?

Margot silenció brevemente su teléfono, tomó una bocanada profunda de aire, volvió a activar el sonido de su teléfono y aceptó de mala gana la invitación materna. ¿Qué opción tenía?

—Gracias, madre. Lo espero con ansias.

—Nos vemos el jueves, querida, y trae algo bonito para ponerte. Invitaremos a algunos amigos para felicitarte por tu nuevo puesto. No pueden esperar para verte.

Margot colgó y arrojó el teléfono sobre su silla de la suerte. Tal vez la llamada telefónica había sido solo un sueño y la invitación de su madre desaparecería en el agujero tapado del brazo. Luego metió la mano en el cajón superior y sacó el frasco de ibuprofeno. Ya le dolía la cabeza y solo era martes. ¡Que sus padres la pusieran en exhibición no era como ella planeaba pasar sus vacaciones!

Melina

—¡Espera, Melina! Déjame caminar contigo —reclamó Harry. Observaba a la joven, que intentaba sonreír con su rostro hinchado y marcado de lágrimas, y pensó que estaría nerviosa por los exámenes como todos los demás. Quizás podría ofrecerle algunas palabras reconfortantes. La alcanzó mientras ella se secaba una última lágrima y le dirigía una sonrisa forzada.

—Melina, no hemos tenido mucho tiempo para conocernos. ¿Cómo van las cosas? ¿Te gusta trabajar en el departamento? Eres estudiante de primer año, ¿verdad? He notado lo concienzuda que eres en la oficina. Me encanta que mis copias estén siempre listas y apiladas a la perfección en mi escritorio cuando las necesito. ¿Sabes? Cuando estaba en primer año aquí en Balsam, también era estudiante con empleo. Trabajé en el departamento de matemática, y algunos de esos profesores eran difíciles. Creo… no, lo sé, que no era tan responsable como tú. Había días en que llamaba para avisar que estaba enfermo en lugar de repartirles el correo o hacer más copias.

Melina se sobresaltó. Ningún profesor le había hablado jamás así, como a una amiga. Esto la ponía nerviosa porque no sabía qué decir. Trastabilló un poco, pero aclaró la garganta y trató de sonar calmada.

—Supongo que todo está bien —balbuceó. Y entonces, de la nada, soltó: —Tengo… tengo un problema. No sé qué hacer. Necesito ir a casa.

Abochornada por su arrebato y mientras se sentía sonrojada y un poco débil, Melina miró sus botas que parecían más feas que nunca. Después de un silencio que pareció eterno, se atrevió a mirar hacia arriba. El rostro de Harry también miraba hacia abajo y parecía estar en otro mundo. Ella comenzó a dar la vuelta para regresar a su residencia. En verdad no pertenecía aquí. Se iría por la mañana a su casa, donde sí encajaba. Pero Harry la miró con una calidez genuina en los ojos.

—Melina, no eres la primera que tiene un problema que parece no tener solución. Yo también he deseado muchas veces irme a casa. Sería mucho más fácil que quedarnos aquí y luchar cada día para que nos respeten. Ya sabes que soy lo que llaman un profesor adjunto, o de tiempo parcial, y los demás profesores en realidad no quieren que tenga una oficina ni que asista a sus reuniones. Mis mejores amigos aquí son estudiantes como tú con quienes puedo hablar de verdad, y a quienes a veces ayudo.

Harry señaló un banco cercano para indicar a Melina que se sentara. Al mismo tiempo les gritó a los demás: —Adelante. Nos encontramos allí.

—Dime, Melina. ¿Por qué necesitas ir a tu casa?

Melina estaba avergonzada y sabía que tenía manchas rojas en el cuello que supuraban hacia su cara, pero algo en la voz del profesor, o tal vez en sus ojos, le decía que podía confiar en el Dr. Sanders, o Harry, como él prefería. Quizás podría ayudarla. No tenía nada que perder, así que mientras tocaba la cruz de Mamá, se tragó la vergüenza mientras su historia salía a borbotones.

—Mis padres vinieron a este país desde México hace 30 años y vivimos en el lado sur de la ciudad en Villacito. Mamá y Papá trabajan muy duro y tienen muchos empleos solo para cuidarnos, pero no tienen sus documentos legales. Mis hermanos y yo nacimos aquí y hacemos todo lo posible para ayudar, pero hay muchos problemas. Inmigración hizo una redada en el trabajo de Papá hace como un mes. Perdió su empleo y ahora debe acudir a una audiencia en tribunales. No habla mucho inglés y necesita que yo vaya con él. Siempre hemos tenido miedo de que a él o a Mamá, o a ambos, los deportaran a México y nunca los volviéramos a ver. Eso nos mantiene a todos despiertos la mayoría de las noches. Necesito estar ahí para mi familia. Viven a tres horas de distancia y mis padres no entienden de exámenes. Están orgullosos de mí, pero están preocupados y no saben realmente lo que significa para mí irme a casa y faltar a los exámenes.

Melina pensó que tal vez debería detenerse, pero Harry asintió y con lo que parecía un interés genuino la animó a continuar.

—No tengo dinero para el autobús y no sé cómo decirles a mis profesores que no estaré aquí. No lo entenderán, y si repruebo sus asignaturas puedo perder mi beca y tendré que volver a casa para siempre. He estudiado mucho y creo que estoy lista, pero simplemente no puedo estar aquí. Estoy tan avergonzada.

Para cuando se detuvo, el estómago de Melina estaba revuelto, y supo que no podría ponerse de pie sin desmoronarse en la acera.

Harry se quedó callado en un primer momento, y luego comenzó despacio: —Melina, suenas como una hija maravillosa y tus padres parecen personas cariñosas y responsables. Deberías sentirte orgullosa y no avergonzada. La familia debe estar primero y definitivamente está antes que los exámenes. Puede que no todos concuerden con esto, pero yo lo creo. Pensaremos esto juntos. Entiendo partes de tu problema. Vamos a desglosarlo y encontrar una solución. Primero, tienes que llegar a casa mañana y no puedes pagar el autobús ni desperdiciar el tiempo que te lleva llegar. Tengo un automóvil y me dirigiré hacia la ciudad. ¿Es ahí donde vive tu familia?

Melina asintió por respuesta.

—Si puedes esperar hasta la tarde, te llevaré. No tomará tres horas en automóvil. ¿Qué opinas? Melina se secó una lágrima y asintió otra vez.

—En segundo lugar, debes informar a cada uno de tus profesores antes de irnos y programar exámenes de recuperación con ellos. ¿Ya se lo has contado a alguien?

Melina comenzaba a sentir cierta esperanza, pero negó con la cabeza.

—No. Tengo demasiado miedo. No sé qué decir.

—Algunos serán más fáciles que otros, pero lo más importante es decirles la verdad. Sé honesta y explica que es una emergencia y que las emergencias no se programan en función de los exámenes. Hazles saber lo mucho que has estudiado y que consideras especializarte en su materia. ¡Diles también que te encanta su clase y que son excelentes profesores! Solo bromeaba con esto último, pero nunca está de más incluir un cumplido o dos.

Melina escuchó con atención, pero todavía no estaba convencida.

—¿Qué hay con la Dra. Pearson? Ella dijo que no hay recuperaciones: si perdemos su examen, lo más probable es que reprobemos su curso. No puedo hacer eso, pero me atemoriza demasiado hablar con ella.

—Bueno, Melina, la Dra. Pearson no es tan aterradora como piensas en verdad. A ella también le está costando adaptarse aquí y podría ser más flexible de lo que aparenta. Nunca olvides que, por muy seguro que alguien parezca, todos lidiamos con algo. No eres solo tú, Melina. Pero ahora ya tienes transporte a casa, así que también tendrás tiempo extra mañana por la mañana para hacer las rondas y hablar con tus profesores. Empieza a planificar en tu cabeza cómo lo harás. Comienza con los que creas que te resultarán más fáciles y avanza hasta llegar a la Dra. Pearson. Eso te dará la confianza que necesitas. Yo estaré en mi oficina si te quedas atascada, pero estoy seguro de que puedes hacerlo sola. ¿Está bien? ¿Tiene sentido?

Melina quería abrazarlo pero no le pareció bien, así que solo asintió y esta vez le brindó una sonrisa genuina.

Por mucho que Harry quisiera hablar con los profesores por ella, sabía que debía hacerlo ella misma. Él revisaría con discreción quiénes eran sus profesores. Si había alguno en especial difícil, él podría interceder por ella. Seguro intentaría hablar con Margot cuando viniera a la oficina. También sabía que era contra la política de la universidad llevar a un estudiante en automóvil fuera del campus, pero estaba dispuesto a afrontar las consecuencias si alguien lo denunciaba. Nunca olvidaría cómo Hank Gregory lo había llevado al hospital después del accidente automovilístico de su familia. También iba contra la política entonces, pero Hank no lo pensó dos veces. Era hora de que Harry ayudara a alguien sin preocuparse por las consecuencias.

Saltó del banco como si le hubiera caído un rayo. —¡Vamos a comer una hamburguesa! Creo que te agradarán los estudiantes que están conmigo hoy. Todos están preocupados por los exámenes. Quizás juntos podamos ayudarlos a superar también sus temores.

Cuando llegaron al Antler, encontraron que los estudiantes habían pedido hamburguesas para ellos. Estaban un poco frías, pero había sido un lindo gesto y al menos no habían pedido tacos para ella. Mientras Melina se apretujaba en el reservado con los demás, ellos, con bromas pero de buena gana, le hacían lugar. Sintió que, después de todo, tal vez pudiera pertenecer allí. Los alumnos de Harry hablaron sobre los exámenes, lo cansados que estaban y cómo no podían esperar a que terminaran. Harry se sentía cómodo con todos y hacía parecer que eran los únicos en el bar en ese momento. Melina se sintió muy cómoda y emocionada cuando la invitaron a unirse a su grupo de estudio. Sintió que se dejaba llevar y reía en forma genuina por primera vez desde que llegó al campus.

Todos contaron sobre estrategias para mantener la calma antes de los exámenes. Harry compartió algunas técnicas de meditación para ayudarlos a relajarse. Todos se rieron mientras cerraban los ojos y trataban de imaginar algo que los hiciera felices mientras tomaban aire, contaban hasta cinco y lo dejaban salir. El joven profesor juró que siempre le funcionaba cuando estaba estresado. Melina cerró los ojos y se imaginó la cocina de su casa y a Mamá que bailaba al compás de la música de la radio. Ya podía sentir que los músculos de su cuello estaban menos tensos.

En su camino de regreso al campus, una de las chicas, Luna, tomó a Melina del brazo y caminaron juntas. Hablaron de sus profesores y de cómo era adaptarse a este lugar nuevo y tan diferente. Luna la invitó a una sesión de "yoga para exámenes" al día siguiente en el antiguo Centro de Estudiantes. Melina nunca había oído hablar del yoga, pero confió en su nueva amiga y aceptó encontrarse con ella allí a las 11:00. Todavía estaba preocupada por Papá, pero las cosas parecían un poco más manejables cuando se separó de Luna con un cálido abrazo y se dirigió a Forbes. Armada con el consejo de Harry sobre hablar con sus maestros y la invitación de su nueva amiga, tenía la esperanza de poder dormir un poco esa noche. El mañana podría no ser tan lúgubre después de todo.

A la mañana siguiente, Melina se despertó con un verdadero propósito. Sabía que le esperaba un día difícil, pero gracias a Harry, ahora tenía un plan. Fue a su armario y tomó su único vestido bonito y su par de zapatos. Si iba a exponer su caso ante sus profesores, más le valía lucir presentable, como diría Mamá. Mientras salía de la habitación, vio la nota de Theresa sobre su escritorio.

Mel:

Mi grupo de estudio se quedó despierto toda la noche y nos quedamos en la habitación de Sonia. Regresé alrededor de la medianoche para avisarte, pero dormías como un tronco. ¡Nos vemos luego y buena suerte con tus exámenes!

Mientras Melina leía la nota, sintió que una nube de culpa se cernía sobre ella. Theresa era bastante agradable, pero no tenían nada en común. Siempre se sintió como una extraña con ella y sus amigas. Se sentía mal por no haberle dicho por qué no ayudaba a decorar su habitación, por qué no aceptaba sus invitaciones para salir a comer, o por qué sus padres nunca le enviaban un paquete de provisiones para compartir. La madre de Theresa les había regalado cortinas para las ventanas y enviaba bocadillos casi todas las semanas. Ella quería sincerarse con Theresa sobre su familia, pero no sabía cómo hacerlo. Quizás después de los exámenes lo resolvería.

Mientras Melina estaba sentada sola en su rincón habitual del comedor y comía su banana y cereales con leche con chocolate, hizo una lista de los profesores que necesitaba buscar esa mañana. También tomó algunas notas sobre lo que debía decir. Escribirlo lo hizo real. Primero vería al Dr. Gregory. Siempre parecía estar de buen humor y sonreía a los estudiantes cuando entraban a clase. Quizás la entendería. Al menos, la escucharía.

Luego estaba la Dra. Silverman. Ella dejaba que los estudiantes eligieran sus propios proyectos y no se quejaba demasiado cuando llegaban un poco tarde. Siempre los alentaba a establecer sus propias metas y utilizar sus experiencias personales para asegurarse de que una tarea fuera pertinente. Tenía sentido pensar que entendería la situación de Melina.

De los dos siguientes no estaba segura. El Dr. Stakes tenía reputación de ser estricto sobre entregas tardías. También había acentuado la importancia del examen, que sería un ensayo escrito durante una sesión cronometrada en forma estricta y supervisada.

Luego estaba la Dra. Pearson, la más dura de todos. Ella nunca jamás miraba a los estudiantes y siempre hablaba de lo importante que era cumplir con lo que llamaba estándares "rigurosos". Muchos estudiantes habían abandonado su curso, y tal vez fuera por eso. Pero Melina recordó lo de la tarde anterior, en la escalera del sótano, cuando se sentó con ella. Fue confuso, casi como si fuera otra persona. La Dra. Pearson, sin duda, sería la más difícil de que entendiera. Bueno, Harry le había dado el coraje para intentarlo, así que lo intentaría.

Mientras Melina se dirigía hacia la puerta, de repente se quedó congelada como si la hubiera alcanzado un rayo. Acababa de darse cuenta de que no tenía idea de dónde estaban sus profesores cuando no estaban en clase. Bueno, deben tener oficinas como Harry y la Dra. Pearson, ¿verdad? ¡Ay! ¿Por qué ella no sabía eso? ¿Quién podría ayudarla? La cabeza le daba vueltas tan rápido que pensó que se podría desmayar. Se sentó en la silla más cercana para estabilizarse y pensar. Se sintió tan fuera de lugar y una vez más avergonzada por su ignorancia. Tocó la cruz de su abuela, lo que le trajo un pequeño consuelo, pero ninguna respuesta. Solo había una persona en la que podía pensar: valía la pena intentarlo. Giró hacia el edificio Anderson y la oficina de Shirley.

—¡Hola, Melina! Pensé que te habías ido esta mañana a tu casa —dijo Shirley con una mirada confundida mientras Melina se acercaba a la oficina de Psicología.

—Me voy esta tarde. Harry, eh… el Dr. Sanders me lleva. Pero necesito ayuda esta mañana.

—Lo que necesites, Melina. Intentaré ayudarte.

—Bueno, necesito avisarles a mis profesores que no estaré aquí para los exámenes, pero no sé cómo encontrarlos. ¿Puedes decirme dónde están sus oficinas?

—Por supuesto. Tengo un directorio de profesores en el cajón de mi escritorio. ¡Sígueme y descubriremos dónde se esconden!

Melina estaba tan agradecida que casi chilló de alegría. En lugar de eso, se santiguó en silencio y siguió a Shirley a una oficina que se sentía cálida y amigable. Había decorado su espacio con almohadones en sillas cómodas y muchas fotos familiares. Incluso tenía una planta en el rincón. Melina se sintió como en casa tan pronto se sentó. Relajada, procedió a darle a Shirley la lista de sus profesores. Momentos después, tenía las ubicaciones de sus oficinas agregadas a su lista. Después de agradecerle a Shirley y recibir un abrazo a cambio, Melina salió como flotando de Anderson Hall con su frágil sentido de coraje recuperado. Quizás esto iba a funcionar después de todo.

Mientras pensaba qué camino tomar para encontrar al Dr. Gregory, miró hacia la torre del reloj. *¡Vaya! ¿Ya eran las 10:45? ¿No se suponía que se encontraría con Luna a las 11:00 para algo llamado "yoga para exámenes"?* Pensó en establecer prioridades, tal como aconsejaban Harry y la Sra. Ingram. Razonó que su futuro universitario podría depender de hablar con sus profesores hoy. A los ojos de Harry y la Sra. Ingram, esa sería por cierto la prioridad número uno. Pero también le enseñaron que necesitaba administrar su tiempo y establecer su propio orden de precedencia.

Solo le llevó unos minutos a Melina decidir que Luna era la prioridad número uno. Esa joven había hecho lo que hacen los amigos: la había tomado del brazo, la había invitado a un grupo de estudio, y luego le había sugerido unirse a una actividad separada de los demás. Todo eso había hecho sentir especial a Melina. Por eso decidió que hablaría con sus profesores más tarde, después de pasar tiempo con

Luna, y se fue en dirección al antiguo Centro de Estudiantes. Se sintió estúpida por no haber estado allí nunca hasta ese momento. Dedicaba la mayor parte de su tiempo a estudiar, asistir a clases y trabajar en el Departamento de Psicología. Entrar al Centro abrió todo un mundo nuevo para ella. ¡Ocurrían tantas cosas a la vez! No podía apartar la vista de los tableros de anuncios llenos de cosas gratis para hacer y se estrelló contra Luna.

—Melina, ¡mírate, *chica*! Te ves increíble, así de elegante. Pero ven conmigo. Tenemos solo unos minutos antes de que comience la sesión y necesitaré prestarte algo de ropa cómoda. Te recostarás sobre una colchoneta, y esta ropa es demasiado bonita para eso. Con esas palabras, Luna condujo a Melina a una habitación pequeña con casilleros a lo largo de una pared, donde varias otras chicas se cambiaban para hacer yoga. Abrió un casillero y extrajo un par de pantalones deportivos y una camiseta grises y desaliñados que le arrojó a Melina. —Vamos, *chica*, no tenemos mucho tiempo. Melina se cambió rápido y siguió a Luna y los demás a una gran habitación con largos tapetes azules esparcidos por todo el piso. De pie al frente de la sala había una mujer joven de piel oscura y cabello castaño recogido en una larga trenza que le caía por la espalda. —¡*Hola*! —exclamó cuando entró el pequeño grupo. —Elijan un tapete y *vamos*: ¡comenzamos!

Con una pierna en el aire y la otra "enhebrando la aguja", Melina cerró los ojos y rezó para que una respiración profunda más la ayudara a relajarse. *¡Dios mío! No puedo contener la respiración por tanto tiempo.* Soltó el aire a la cuenta de 10. *¿Todos los demás lo hacían bien? ¿Soy la única que no puede hacerlo? ¿Están todos mirándome?* Una hora más tarde, con el sudor que le corría por los brazos, Melina tenía una idea general de lo que era el yoga, pero no estaba segura de que le gustara. Escuchó el tambor que señalaba el final y trató de salir del tapete sin caerse. Una vez más, solo quería ser invisible, pero Luna sintió su tensión y le dio un abrazo húmedo. Algunos otros sonrieron y le dieron la bienvenida al grupo. Melina estaba dolorida, pero quizá volvería.

En el vestuario, Melina se deshizo de la ropa deportiva prestada con rapidez y le contó a Luna hacia dónde se dirigía. Luna escuchó con calidez y compasión; ella entendía. Mientras Melina se preparaba para salir a toda prisa por la puerta para encontrar al Dr. Gregory, Luna la abrazó de nuevo. —*Chica*, espero que todo salga bien. Tus profesores entenderán, y tu familia te necesita. Haces lo correcto. Te veré cuando regreses. *Buena suerte*, amiga mía. Este es mi número: llámame si necesitas algo. Con un rápido apretón, Melina salió apresurada a buscar a sus maestros.

Margot

Mientras rebuscaba en su armario abarrotado para encontrar el atuendo que podría gustarle a su madre, Margot se preguntó una vez más por qué eso todavía le importaba. *¿Por qué le preocupaba si su madre aprobaba su ropa? ¿No era ella una adulta con títulos universitarios, una profesión y un empleo de tiempo completo? ¿No entendía su madre que en la universidad a la gente le importaba más lo que había en sus cabezas que lo que llevaban sobre el cuerpo?* Los colegas de Margot solían mostrarse intencionadamente descuidados con su vestuario. Querían que los respetaran por su mente y no por su apariencia.

En el mundo de su madre, tanto la apariencia como el intelecto interesaban, pero a Margot le parecía que la apariencia siempre estaba primero. Su madre era precisa con su vestuario y siempre encontraba tiempo para una cita semanal con la peinadora. En casa, su aspecto era informal pero de una manera preparada con cuidado. ¡Ella no reconocería un pantalón deportivo cómodo y holgado ni aunque se acercara y le arañara los caqui que llevaba ceñidos al cuerpo! Con ese pensamiento, Margot arrojó su conjunto a la pila de "cancelado" que se quedaría allí mismo, con Biko. Él seguro apreciaría esta oportunidad única de acurrucarse en la ropa cómoda de Margot durante unos días. Esa pila era definitivamente más grande que la que aceptaba, y tropezó con ella mientras salía de su armario.

Su madre no sería directa sobre el aspecto de su hija, pero sus sentimientos serían claros. Una vez, Margot se disponía a salir para su primer día de prácticas de verano en la universidad. Su madre la llamó: —Cariño, ¡espero que les guste esa bonita y pequeña falda que elegiste para tu primer día! Asegúrate de mantener las piernas juntas y los tobillos cruzados al sentarte. Y mantén el cabello fuera de tus ojos. Quizás deberíamos recortar ese flequillo cuando vengas a casa.

En otra ocasión, asistió a una recepción en la empresa de su madre y un socio principal comentó lo bien que se veía Margot. Ella creyó que eso complacería a su madre, pero mientras él se alejaba, comentó en voz baja: —Es el que peor viste en la empresa. Desearía que alguien hablara con él sobre eso. En verdad afecta a nuestra clientela.

Por suerte esta visita era solo por dos días. Sobreviviría. Siempre lo hacía. Margot quería salir temprano a la ruta para evitar la hora pico en la ciudad. Dejó temprano su oficina sin despedirse de nadie. Sabían que ella se iba, así que en realidad no importaba, ¿no? Su asistente de posgrado le administraría los exámenes y le enviaría un correo electrónico si hubiera algún problema. Deseaba estar sola en el automóvil durante las tres horas de viaje y alejarse de todo el desasosiego departamental que se arremolinaba a su alrededor. Ella dejaría que los comentarios de la radio pública nacional la hicieran dejar a un lado sus ansiedades actuales mientras escuchaba sus preocupaciones más globales. Era mucho más fácil lidiar con eso.

Margot terminó de empacar y suavemente se despidió de Biko por última vez. Él protestó con un aullido y arqueó la espalda antes de deslizarse bajo la cama. Sabía que él odiaba que ella se fuera, así que cargó de su atún favorito el plato azul que tenía su nombre y lo llamó. Luego preparó unos cuantos tazones de esa comida seca que él odiaba, pero que evitaría que muriera de hambre hasta su regreso. El atún lo atrajo más que su partida, pero de todos modos le dio un cariñoso frote de despedida. Habría deseado poder llevarlo con ella, pero su madre era alérgica y además, sus pelos negros se adherirían a sus impecables cubiertas de cretona.

Tres horas más tarde, enterada de todas las crisis mundiales gracias a la radio pública, Margot sintió el crujido familiar de la grava al acceder a la entrada del hogar de sus padres. Llegó temprano, por lo que aún no habría nadie en casa. Ni siquiera estaba segura de si su padre estaba en la ciudad y su madre trabajaba horas extras. Encontró la llave escondida en su lugar habitual bajo un rosal espinoso junto a la puerta trasera y abrió. Una vez dentro, se ubicó en el dormitorio que solía llamar hogar. Hacía años que no se quedaba allí y en serio se sentía como un territorio extranjero con un código de vestimenta extraño y normas diferentes a las que tenían ella y Biko. Después de colgar su ropa y cerrar la puerta del armario, se sentó en la cama hecha con cuidado para dar un vistazo a su antigua habitación. Era claro que su madre había contratado a un decorador para que viniera y realizara más que unos cuantos cambios.

El cuarto que alguna vez había sido azul cielo ahora estaba pintado de blanco y lleno de obras de arte que Margot no reconocía. ¿De un viaje reciente? ¿Del manual estratégico del decorador? Lo único que sabía era que sus pósters y recuerdos de la escuela habían desaparecido. ¿Dónde estarían? Tal vez su madre había creado una pila ordenada y prolija en algún lugar de la casa etiquetada "las cosas de Margot".

Mientras se retorcía febrilmente un mechón de cabello, hizo una nota mental de preguntar. Por el momento, se acercó a la cómoda antigua, la de su abuela, y acarició su superficie pulida. Buscaba algo de calidez, algo que le trajera recuerdos felices, en especial de su abuela. Pero ninguna de sus pequeñas baratijas estaba allí. *¿Dónde estaba el pequeño pony tallado que amaba de niña? ¿O las muñecas de porcelana con las caras agrietadas y el cabello áspero? ¿Dónde estaban los retratos* *enmarcados de sus abuelos, que tenían marcos de madera antiguos?* Parecía que faltaba todo lo que alguna vez había apreciado. Al parecer, sus cosas no encajaban con la temática del decorador.

Abandonó toda esperanza de sentir la calidez que buscaba, salió de la habitación y buscó por toda la casa un lugar cómodo donde sentarse. Cuando sintió que nada surgía, Margot se tambaleó hasta un rincón soleado lleno de almohadones de cretona que parecían bastante acogedores. Se dejó caer sobre ellos, y ya extrañaba a Biko en su regazo, pero permitió que su mente vagara de regreso a los días en que vivía allí. Con frecuencia estaba sola, como ahora. A veces invitaba a sus amigos después de la escuela, pero siempre le preocupaba que hicieran un desastre. Todos comentaban lo bella que era su casa, pero nunca sabían dónde ubicarse. No había un lugar donde los niños pudieran poner los pies en alto, y la única comida en el refrigerador era la de la cena para los adultos… nada de bocadillos, y ciertamente ni un refresco. Margot había pasado muchas horas sola frente a la computadora en su habitación mientras hacía sus tareas o chismeaba con los pocos amigos que tenía. Todo eso parecía natural en ese momento. Solo ahora Margot se daba cuenta de que tal vez había sido un poco inusual que una adolescente pasara tanto tiempo sola. Por supuesto, es probable que eso la ayudara a convertirse en la graduada con el mejor promedio y a ingresar a la universidad de su primera opción. Esas cosas importaban, ¿verdad? Descubrió que ahora cuestionaba algunas de sus suposiciones anteriores.

El sonido de neumáticos sobre la grava de la entrada interrumpió con brusquedad el ensueño de Margot, y se levantó de un salto. Sin pensarlo, se apresuró a esponjar los almohadones y se detuvo para darse una mirada rápida en el espejo del pasillo y alisarse la camiseta mientras se dirigía a la puerta trasera. Cuando la abrió, su madre salía del automóvil, con el teléfono en la oreja. Margot no recordaba un momento en el que su madre no tuviera esa insignia plateada de éxito junto a su mejilla. Ella había sido una de las primeras en el vecindario en tener un teléfono celular, y todos lo habían notado. A pesar de todo, estaba emocionada de verla. Había pasado mucho tiempo, y sintió un cosquilleo familiar que le recordó que este era su hogar y esta era su madre. Era una mujer dura, pero fueron su rigor y sus altos estándares los que llevaron a Margot adonde estaba hoy.

Con una sonrisa a su madre, supo que no debía interrumpir la llamada. Esperó mientras finalizaba una operación comercial presumiblemente importante.

—Margot querida, ¡qué maravilloso verte! Estamos encantados de que hayas encontrado tiempo para estar con nosotros. No puedo esperar para presumirte a nuestros amigos. Tu padre está fuera de la ciudad para una ceremonia de presentación honoraria de algún tipo, pero regresará mañana. Mientras tanto, salgamos tú y yo a cenar esta noche y nos pondremos al día. ¿Qué tal nuestra pequeña cafetería favorita?

A Margot le costaba recordar cuál era la cafetería favorita que compartían, pero era parte de su rutina expresar siempre entusiasmo y seguirle el juego.

—Me encantaría, madre. ¡Gran idea!

—Maravilloso, Margot. Solo dame unos minutos para cambiarme. Quizás quieras ponerte una falda. Sabes que el Harbor es informal, pero por aquí nada lo es demasiado. Podría prestarte una mía si olvidaste traer una. La miró de arriba abajo, y agregó: —Creo que puedo encontrar algo que te quede bien.

—No, madre. Estoy bien. Estaré lista en un momento. Margot se retiró a la habitación que todavía llamaban suya y encontró la falda adecuada. Era un poco corta, pero como tenía un suéter que hacía juego, sabía que cumpliría con las pautas generales de su madre. Aunque creía que su atuendo actual se veía bastante bien, Margot se desprendió de él con rapidez, respiró profundo y se echó el cabello hacia atrás. Cruzó la colorida alfombra turca que delimitaba la gran sala de estar para encontrarse con su madre en el imponente vestíbulo. Unos minutos más tarde, oyó el sonido de sus tacones característicos sobre el suelo de madera lustrada. ¿Cuánto tiempo había transcurrido desde que Margot escuchara ese sonido en un pasillo? Ninguna de sus colegas en la escuela usaba tacones. Se preguntaba si alguna siquiera los tendría. Por cierto, ella no los tenía.

Al instalarse en el Harbor Café, Margot por fin se relajó un poco. Compartieron una mesa acogedora junto a una ventana en el rincón, con vista a una gran extensión de jardines coloridos que conducían al sendero frente al lago. Estaba agradecida de que tuvieran una mesa en la esquina, y se aseguró de que la silla de su madre se orientara hacia la ventana, para que no escaneara en forma constante el comedor en busca de conocidos. De esa manera Margot podría tener la oportunidad de captar toda su atención. Era un entorno encantador: flores frescas y una cesta de pan caliente parecían invitar a una conversación genuina e ininterrumpida. Margot apreciaba esos raros momentos en los que podía sentir que su madre bajaba la guardia y se relacionaba honestamente con ella.

La señora se acercó y le dio una palmadita cariñosa en el brazo a su hija.

—Margot, ¡pidamos una botella de buen vino y tengamos una noche de chicas! Hace tanto tiempo que no pasamos tiempo juntas. Extraño enterarme de todo lo que te sucede. ¿O tal vez champán, para celebrar?

Margot asintió y llamó con un gesto al atento camarero, que era claro que conocía a su madre. Regresó raudo con dos copas altas de cristal y una botella de champán en un cubo plateado que crujía con hielo. Brindaron por estar juntas y se prepararon para tener una agradable y larga velada.

—Margot, cuéntame sobre tu empleo, y en especial, sobre tu nuevo apartamento. Quiero escucharlo todo.

Margot tomó aire para calmar sus nervios y estabilizar su voz, y comenzó.

—Todo es excelente, madre. Mi oficina tiene la ubicación perfecta para permitirme realizar mi trabajo. Estoy preparando varios artículos y realizo investigaciones para una subvención que presentaré pronto. Al presidente, el Dr. Berg, le gustaron mucho las metas que establecí y me felicitó por mi ambiciosa agenda. Los estudiantes están interesados en mis clases y la gente con la que trabajo me apoya. Estamos todos ocupados así que no nos vemos seguido, pero está bien.

Margot pintó este panorama ridículo y falso de su vida sin respirar y se sintió aliviada cuando terminó. Con los años, había desarrollado un síndrome de respuesta automática a las preguntas de su madre. Solo informaba una lista de logros esperados, ya que sabía que habría poco seguimiento específico.

—Me encanta saber de tus objetivos, querida. Después de escuchar a tu padre todos estos años, sé lo importante que es complacer al jefe de tu departamento. Si continúas publicando esos artículos y enviando propuestas de subvenciones, pronto estarás lista para seguir adelante. Una vez que hayas establecido tu reputación, estoy segura de que tu padre puede ayudarte a encontrar un puesto en una institución más prestigiosa. Sabes que tiene contactos en todo el mundo y le encantaría ayudarte a ascender cuando llegue el momento.

—Gracias, madre —respondió Margot mientras retorcía nerviosa su cabello. Ahora estaba en piloto automático. —Estaré bien aquí por un tiempo. Me encanta mi nuevo apartamento. Biko y yo estamos muy cómodos. El hermoso sofá blanco que tú y papá enviaron es la pieza central de la sala de estar y hace que todo se vea muy elegante.

Elegante era una palabra que Margot sabía que su madre querría escuchar, así que aunque el espacio alrededor del sofá estaba adornado con los juguetes de Biko, además de sus propios libros y papeles, en realidad no importaba. Sabía que sus padres nunca encontrarían tiempo para visitarla. Lo que más importaba en ese momento era la ilusión del éxito temprano de Margot, para poder describir eso con más facilidad a sus amigos. Aunque no estaba en una institución prestigiosa, sus amigos imaginarían que su hija vivía en un elegante apartamento, como un indicador de logros futuros.

En un esfuerzo por distanciarse de la vida de fantasía que describía con vividez, Margot preguntó: —¿Cómo va todo en la empresa, madre? ¿Siguen siendo las mismas políticas de siempre y los mismos clientes difíciles?

—No ha cambiado mucho, querida, pero acaban de nombrarme socia gerente. Menos contacto con los clientes, pero más respeto. Todas esas cenas y creación de redes por fin dieron sus frutos. Algún día verás lo importantes que son. Cuéntame sobre tu red en la facultad, Margot. ¿Algún contacto prometedor ya?

¡Oh, aquí vamos! pensó Margot. Esa era siempre la inevitable pregunta de su madre.

—Bueno, a la persona que más veo, Harry, la respetan mucho en el campus. Lo eligieron presidente de un grupo de docentes que en verdad lo admiran, y los estudiantes le dan las más altas evaluaciones. Nuestras oficinas están cerca y nos asesoramos constantemente.

—Eso es lindo, querida. Supongo que es mayor y tiene muchas publicaciones. Continúa así, pero asegúrate de expandirte más allá de la universidad. Ya sabes, asiste a conferencias, busca oportunidades de presentación: sabes cómo es.

Margot asintió y tomó un gran trago del champán que tenía frente a ella: desaparecía rápido.

Después de lo que parecieron horas, su conversación giró de repente hacia un modo más de chisme, y el escudo fantasioso de Margot se desvaneció. Siempre le resultó más fácil escuchar a su madre hablar de las deficiencias de los vecinos que ocultar las de ella. La escuchó regodearse por el reciente divorcio de sus vecinos de al lado. Lo había predicho durante años y se preguntaba por qué les había llevado tanto tiempo descubrir que no eran el uno para el otro. Luego estaban los Benson del otro lado de la calle, que habían tomado otras vacaciones. ¿Cómo podrían tener éxito si continuaban viajando tanto? ¡Y los Hanley, en la misma cuadra, acababan de tener su cuarto hijo!

—¿Te lo imaginas?

Para el momento en que terminaron su segunda botella de champán y emprendieron el regreso a casa, la cabeza de Margot giraba, y no solo por la bebida. A través de la niebla causada por las burbujas centelleantes, Margot se preguntó si recordaría los detalles de la fantasía que había expuesto en la cena, para poder repetirlos cuando viera a su padre al día siguiente. Al menos su madre estaba feliz por ahora y tenía algo de qué alardear ante sus amigos, aunque fuera una fábula.

Apoyó con cuidado la cabeza sobre una funda de almohada blanca y almidonada y en minutos estuvo dormida.

—¡Buenos días, papá! —exclamó Margot con su voz más alegre cuando llegó a la mesa del desayuno al día siguiente. —¿Cómo estuvo tu presentación anoche? Te extrañamos en la cena.

—Cariño, solo fue otra ceremonia. Ya he tenido suficientes, pero tengo entendido que tu vida va viento en popa. Cuéntame sobre tu investigación. Sé lo importante que es para ti. ¿En qué trabajas?

Mientras Margot buscaba respuestas en lo más recóndito de su mente, su madre apareció en el arco de la puerta. Por una vez, agradeció la interrupción.

—Nos han invitado los Sherman a todos a almorzar con ellos hoy. Les encantaría ver a Margot y saber todo sobre su primer empleo. Creo que su hija, Judith, también está en casa. ¿No será divertido ponernos al día con nuestros viejos amigos?

Margot esperaba que su angustia no se notara: los Sherman eran de los amigos menos interesantes de sus padres. Judith, en particular, era imposible. Los deleitaría a todos con sus brillantes logros como asociada de segundo año en el bufete de abogados más grande de la ciudad.

Al menos no tendré que hablar, pensó Margot. Podía volver a practicar sus habilidades de escucha activa.

—Claro, mamá. ¡Eso suena genial! Le pareció que su padre había puesto los ojos en blanco antes de aceptar también, pero no podía estar segura.

Esa noche, después de sufrir el interminable almuerzo con los Sherman y soportar luego una reunión nocturna en el club de sus padres, Margot cayó en la cama completamente exhausta. Su agotamiento era total y estaba deprimida por llevar puesta esa sonrisa simulada todo el día, además de ropa que no le gustaba y zapatos que destruían sus pies. Al menos esta noche la almohada no estaba tan almidonada. Se preguntó qué tan temprano podría salir por la mañana para regresar a su nada elegante apartamento y a su ropa acogedora. Biko ciertamente no necesitaba sonrisas falsas ni ropa incómoda. Como siempre, él solo la dejaría desahogarse sobre el fin de semana y esperaría con paciencia a que terminara. No tenía grandes expectativas sobre ella. Lo único que pedía era comida dos veces al día y un lugar confortable donde acurrucarse. ¡Qué placeres tan simples! Los de Margot también se inclinaban más en esa dirección.

¡Rrrrr…rrr! ¿Estaba soñando o era su teléfono? ¿Quién la llamaría? Margot sintió el calor de la luz del sol que se metía por las cortinas de encaje blanco perfectamente colgadas en su ventana mientras trataba de sacudirse el sueño. Estiró el brazo hacia la mesita de noche donde había dejado su celular, y pudo ver que el número de donde llamaban era de la universidad.

—¿Hola? —dijo con cautela, pero con curiosidad.

—Hola —respondió su asistente graduada, Heidi. —Lamento interrumpir su fin de semana, Dra. Pearson, pero quería informarle que una de sus estudiantes no se presentó al examen. Acabo de encontrar una nota que le dejó en su escritorio. Como las calificaciones se entregan mañana, pensé que querría saberlo. Por lo general, si alguien pierde un examen, le notificamos antes de enviar las calificaciones para que pueda abandonar el curso sin desaprobados en su registro. ¿Qué quiere que haga?

—¿Leíste la nota, Heidi?

—No. Estaba cerrada con cinta adhesiva y tenía su nombre. Me pareció que no debía abrirla.

Margot no conocía a muchos de sus estudiantes por su nombre, así que no se le ocurrió preguntar de quién era. Aunque sentía curiosidad por la excusa.

—Heidi, ¿tienes la nota contigo ahora?

—Sí. Si quiere que se la lea, la abriré.

—Sí, gracias.

—Es de Melina García, Dra. Pearson. Esto es lo que dice —y recitó el contenido de la carta:

> *Dra. Pearson:*
>
> *No podré tomar el examen de psicología esta semana. Debo ir a casa y ayudar a mi familia. Intenté encontrarla pero ya no estaba. Puedo recuperarlo cuando regrese.*
>
> *Atentamente, Melina*

—Heidi, ¿qué tan bien conoces a Melina?

—No muy bien, Dra. Pearson. Solo sé que siempre llega a clase a tiempo, toma muchas notas y se sienta en la última fila. Parece bastante tímida. Cuando entrega tareas, sonríe pero nunca dice nada. Creo que trabaja duro porque obtiene buenas calificaciones en sus cuestionarios semanales. Sin embargo, cuando termina la clase, mantiene la cabeza baja y se va sin demora. Y, como sabe, es la asistente del departamento, así que también la veo a veces por la oficina.

Abochornada por no haber reconocido el nombre, Margot ya estaba completamente despierta, y confundida por lo que Heidi le decía. *¿Por qué una estudiante perdería un examen para ayudar a su familia? ¿No podía esperar hasta después de la prueba? ¿Había habido alguna muerte entre sus parientes? Eso podría explicar por qué Melina lloraba en las escaleras del sótano del edificio Anderson, pero ¿por qué no le había contado su problema en lugar de huir con Harry al Antler Bar?* Margot no sabía qué pensar; los estudiantes con frecuencia le resultaban inexplicables. Cualquiera que fuera el motivo, no había excusa para perderse un examen importante y tenía que haber consecuencias.

Por supuesto, le aconsejaría a Melina que abandonara el curso. Las reglas eran claras, y ella las había explicado bien en su última clase. Sin embargo, como Melina era la asistente del departamento, se sintió obligada a decírselo en persona, para evitar cualquier repercusión. Margot sabía que Shirley lo entendería, pero también quería decírselo primero, en caso de que necesitaran contratar un nuevo asistente estudiantil.

—Heidi, me voy de regreso ahora. Debería estar allí para la hora del almuerzo. Por favor, deja los exámenes y la nota de Melina en mi escritorio. Ah, y si tienes su información de contacto, déjala también. Intentaré comunicarme con ella hoy.

—Delo por hecho, Dra. Pearson.

Margot se apresuró a meter su ropa en la maleta y dejó una nota para sus padres, que todavía dormían. Les agradeció su hospitalidad y, al salir, guardó con cuidado la llave bajo el rosal. Estaba agradecida por tener una razón para saltarse la incómoda despedida que siempre incluía falsas promesas de visitar y llamar con más frecuencia. Margot se convenció de que sus padres también apreciarían su escapada temprana, para poder continuar con su día.

Mientras se dirigía a la autopista, Margot intentaba con inquietud entender qué podría hacer que una estudiante universitaria de primer año pusiera en peligro su educación al perderse su primer examen importante. Después de una hora de completo desconcierto, encendió la radio para escuchar algo que pudiera entender.

11
Melina

Un poco antes de las 2:00, subió las escaleras del Anderson Hall, donde Harry la esperaba para llevarla a casa. Abrazó fuerte a Rosa contra el pecho, y sintió el peso de todo, que la aplastaba. La gastada maleta era un recordatorio concreto del lugar de donde venía y de por qué iba a casa, en lugar de hacer exámenes. Con los hombros encorvados y el estómago hecho nudos, Melina temía que Harry pudiera cambiar de opinión y sentirse decepcionado de ella. Después de todo, él era profesor y esperaba que sus alumnos hicieran exámenes, ¿no? Distraída por sus preocupaciones, no se dio cuenta de que Shirley venía hacia ella por las escaleras. Se chocaron con tanta fuerza que Rosa aterrizó con un ruido sordo en el escalón superior.

—Melina, ¿estás bien? —preguntó Shirley con su voz amable que siempre la reconfortaba. —No te ves muy bien. ¿Puedo ayudarte en algo?

—No, gracias. Aunque necesito encontrar a la Dra. Pearson. ¿Está por aquí?

—No la he visto, Melina. Ayer dijo algo sobre irse a casa esta semana, así que puede que ya se haya ido. Lo lamento.

Melina le agradeció, y se preguntó si sería una buena noticia. La asustaba hablar con la Dra. Pearson, pero tenía que hacerlo, ¿no? Siguió por el corredor hacia la oficina de Harry, y se dio cuenta de que la Dra. Pearson también podría estar allí. Tomó aire y abrazó a Rosa aún más, con todas sus fuerzas.

Golpeó la puerta con suavidad, y se preguntó por qué estaría cerrada. ¿Harry se había ido sin ella? Entonces escuchó su amigable: —¡Hola! Entra, quienquiera que seas. El alivio la envolvió como una manta cálida y logró sonreír mientras abría. Harry estaba solo y rodeado de montañas de papeles, lo que hacía que pareciera que estaba encerrado tras una fortaleza impenetrable.

—Melina, me alegro mucho de que seas tú. Termino en unos minutos. Espero que no te importe esperar. Ya casi termino de calificar. Puedes sentarte en el escritorio de la Dra. Pearson, si lo deseas. Creo que se fue antes, no estoy seguro.

Sin querer molestarlo, Melina se sentó tranquila a esperar.

Harry se apartó cabello de los ojos y levantó la vista. —Por cierto, ¿pudiste ver a tus instructores esta mañana, Melina?

—Bueno, sí, pero no vi a la Dra. Pearson.

—¿Por qué no le escribes una nota y le explicas que necesitas ir a casa? Puedes dejarla en su escritorio. De esa manera lo verá apenas regrese. ¿Suena bien?

Harry arrojó un bloc de papel que cruzó la habitación hasta llegar a Melina. Sobresaltada, saltó para atraparlo. No estaba segura de que fuera una buena idea, pero era más fácil que intentar explicarlo en persona. Tomó una pluma y escribió con detalle lo que esperaba que la Dra. Pearson considerara una nota respetuosa. Quería que fuera confidencial, así que la dobló con cuidado y la cerró con cinta adhesiva antes de escribir el nombre de la profesora en la parte posterior.

Una hora más tarde, Harry terminó sus "pocos minutos" y se dirigieron al estacionamiento. Mientras Melina abrazaba a Rosa y Harry se encorvaba bajo una mochila voluminosa con más tareas de estudiantes dentro, se metieron como pudieron en su automóvil algo pequeño y bastante usado y arrancaron hacia la ciudad.

Ella estaba a punto de echar la cabeza hacia atrás y cerrar los ojos cuando Harry le preguntó: —¿Cómo fueron tus reuniones esta mañana, Melina? ¿Encontraste a todos excepto a la Dra. Pearson?

—Tenía un plan tal como lo sugeriste, así que justo después del "yoga para exámenes…"

—¡Ey! Espera un momento —se rió Harry. —¿Yoga para exámenes? ¿Qué es eso y por qué no me invitaron?

—Oh, es una clase de relajación a la que asiste Luna. Todos nos recostamos sobre tapetes y nos retorcimos en formas extrañas. Todavía me duele el cuerpo, pero nunca había estado en el Centro de Estudiantes, así que fue divertido: suceden tantas cosas a la vez allí. La profesora de yoga me recordó a una de mis primas, e incluso hablaba algo de español. Si me dejan volver a la universidad, podría volver a ir.

—¿Nadie te había hablado del Centro? Lo siento mucho. Eso debería haber estado en tu paquete de bienvenida. Es un excelente recurso en el campus y tiene muchas actividades en marcha todo el tiempo. La universidad planea ampliarlo y yo estoy en el comité asesor. Tendremos que hablar más sobre eso más adelante. Pero te interrumpí. Por favor, continúa.

—Bueno. Mi estrategia fue hablar primero con el profesor que pensé que sería el más fácil, el Dr. Gregory. Ya sabes, él siempre viene a clase con una sonrisa y se ríe mucho. Pensé que podría entenderme. Fui a su oficina y le expliqué que mi padre necesitaba mi ayuda esta semana y que tenía que ir a casa. Me escuchó y asintió, pero no dijo mucho. Yo no podía entender lo que pensaba y comencé a sentir un hormigueo en las piernas. Justo cuando pensé que me podía caer, me pidió que me sentara. Me dejé caer en la silla más cercana y no me atreví a mirar hacia arriba. Él rodeó su escritorio y se sentó a mi lado. Tenía miedo de mirar hacia arriba, pero cuando lo hice, me di cuenta de que le importaba.

Dijo: —Melina, espero que tu padre esté bien. Lo siento mucho por tu familia. Por supuesto, debes ir a tu casa. Es importante. Ya programaremos un examen de recuperación. Ven a verme cuando regreses y ahí veremos. ¿Está bien? Puedo ver lo molesta que estás y lo difícil que fue para ti venir aquí. Te respeto por eso y te deseo lo mejor—. Fue muy amable, pero temí que cambiara de opinión, así que le di las gracias y me fui a toda velocidad.

—Sabía que Hank Gregory haría lo correcto —expresó Harry. —Fuiste inteligente al acudir a él primero. Buena estrategia, Melina. ¿Qué ocurrió después?

—Traté de encontrar a la Dra. Silverman, pero no estaba en su oficina. No tenía mucho tiempo así que decidí buscar al Dr. Stakes y volver a buscarla a ella más tarde. Después del Dr. Gregory, me sentí un poco mejor por ir a sus oficinas, pero todavía me ponía nerviosa. Yo no sabía que los estudiantes podían ir a las oficinas de los profesores. Están muy ocupados y nosotros solo somos estudiantes que ven en sus aulas unas cuantas veces a la semana.

—Melina, los estudiantes son la razón por la que todos estamos aquí. ¿No has notado en el plan de estudios de tus cursos que todos los instructores incluyen dónde están sus oficinas y cuál es su horario de atención? También deberían informarlo en clase, pero es obligatorio que esté en su plan. Cuando regreses, toma todos tus planes de estudios y mira dónde está cada uno y en qué horario atienden. ¿Encontraste al Dr. Stakes?

—Bueno, nunca le presté mucha atención al plan de estudios, y no lo sabía, pero sí, lo encontré. Su puerta estaba cerrada. Golpeé, pero nadie respondió. La luz estaba encendida, así que pensé que debía haber alguien allí. Me imaginé que estaba ocupado y no debería molestarlo, pero sabía que no tenía otra opción. Mis rodillas empezaron a sentirse débiles, pero golpeé la puerta un poco más fuerte. Esta vez una voz ronca gruñó: —¿Quién está ahí? ¡Estoy ocupado y no tengo tiempo para charlas informales! —Realmente no sé qué es una charla informal, así que le dije que era una estudiante que necesitaba hablar con él un minuto. Gritó otra vez: —Bueno, entonces no te quedes ahí intentando derribar mi puerta: ¡entra!

Pensé que iba a llorar, así que parpadeé muy rápido. Estuve a punto de huir, pero en lugar de eso me obligué a mover lentamente el picaporte e intentar empujar la puerta para abrirla. Estaba cerrada con llave. Decidí irme, pero de repente la puerta se abrió de un golpe, y me jaló con ella, mientras el Dr. Stakes se quedaba allí y me miraba fijo mientras bloqueaba la entrada. —¿Quién eres? No te reconozco. ¿En qué clase estás—? Le dije que estaba en su curso de primer año de escritura en inglés y que no podía tomar el examen. Él no se movió, pero cuando recuperé el equilibrio, se quitó las gafas y se inclinó hacia mí.

—¿Entiendes lo importante que es este examen, señorita? ¿Sabes que si no lo tomas mañana por la mañana, es probable que repruebes mi curso, y tendré que denunciarte por violar el Código de Conducta Estudiantil? Eso quedará en tu expediente. ¿No tienes ningún respeto por nuestras políticas? ¿Cuál es tu excusa, de todos modos?

Yo apenas podía hablar, de tan asustada que estaba: no tenía idea de qué me hablaba él. Tenía el rostro muy cerca del mío. Seguí retrocediendo mientras intentaba decirle que tenía que ir a casa porque mi padre necesitaba ayuda, pero me interrumpió. —Ahora estás en la universidad y tu familia debe entender que no puedes ir a casa cada vez que necesitan que alguien barra el suelo. Estoy seguro de que cualquiera que sea el problema personal de ellos, puede esperar hasta que terminen los exámenes. Nos vemos mañana a las 10:00. ¡Y no llegues tarde! Este examen se cronometra.

Me cerró la puerta en la cara y me quedé sola en el corredor. Me tuve que sostener en la pared y vi un banco cerca. No sabía qué hacer, pero me temblaba todo, y no podía dejar de llorar. Casi me caigo en el duro banco de madera y apreté la cruz de la abuela, mientras esperaba que nadie me viera. De repente, sentí una mano sobre el brazo. —¿Qué ocurre, cariño? ¿Acabas de ver al Dr. Stakes? No eres la primera en sentarse en este banco y llorar. Deberíamos poner una placa que diga *banco del llorar de Stakes.*

Resultó que era la gerente de la oficina del departamento de inglés. Le conté lo sucedido y que mañana no podría asistir a su examen. Ella pareció entender y me preguntó mi nombre, cosa que él nunca hizo. Me dijo el suyo, Anne, y me pidió que fuera a verla cuando regresara. Anne me dio unos pañuelos de papel y me deseó suerte en casa. Salí de allí lo más rápido que pude por si acaso el Dr. Stakes salía de la oficina. ¡No quería volver a verlo! ¡Nunca más!

Harry respiró profundo y meneó la cabeza. Si bien no quería criticar a otro miembro del cuerpo docente, este desdén por el dilema de un estudiante era totalmente inaceptable. Tomó nota mental de programar algún tiempo para reunirse con el jefe del Departamento de Inglés cuando regresara. Mientras tanto, le aseguró a Melina que Anne sonaba como una buena persona que era probable que la ayudara.

Para completar el relato de su día, Melina continuó: —Me tomé un pequeño descanso después de eso, para calmarme y pensar en lo que estaba haciendo. Caminé hasta mi lugar favorito en el campus, un jardín escondido más allá del campo de fútbol, rodeado de arbustos verde oscuro y hermosas flores que se extienden hacia el sol. Nunca hay nadie allí, así que voy a estirarme en el césped cuando me siento confundida. Siempre es tranquilo y me da un espacio privado para pensar las cosas. Estaba tan molesta y asustada. Un millón de preguntas brotaban en mi cabeza: ¿Realmente pertenezco aquí? ¿Fue egoísta mi sueño? Mi familia es importante para mí y ya han sacrificado mucho. ¿Tal vez debería quedarme en casa y ayudar? Podría conseguir un empleo en la ciudad y ayudarlos con la renta y el cuidado de los niños. Mamá y Papá podrían trabajar menos horas. Han trabajado tanto, y están envejeciendo. ¿Tal vez sea mi turno de cuidarlos? ¡Sería más fácil que intentar encajar aquí! ¿Y el Código de Conducta Estudiantil? ¿Qué es eso, en realidad?

Luego hice lo que siempre hago cuando estoy en el jardín: Miré el cielo azul con las nubes como malvaviscos flotantes, tan hermosas y al mismo tiempo intocables. Creo que mis sueños son como esas nubes, hermosas pero imposibles de alcanzar. Por supuesto, no se quedan quietas y, a medida que avanzan hacia el horizonte, cambian de forma. Me encanta verlas. Un minuto parecen un unicornio y al siguiente un jaguar. No hay forma de predecirlo. Lo interesante es que no se quedan quietas ni permanecen iguales. Eso siempre me recuerda por qué estoy aquí. Quiero seguir avanzando y ser una buena persona que marque una diferencia, pero al igual que las nubes, no sé exactamente cómo se ve eso. También creo que eso es lo que Mamá y Papá quieren para su hija, pero los asusta tanto como a mí.

Melina miró a Harry, quien asentía con la cabeza mientras conducía.

—¿Sabes, Melina? Tienes toda la razón al decir que los sueños son hermosos, pero muchas veces difíciles de alcanzar. Todos tenemos sueños. Podrías pensar que porque los profesores tenemos empleos y somos mayores, ya hemos cumplido los nuestros, pero eso no siempre es cierto. ¡También estamos mirando esas nubes! A veces nos sentimos frustrados y confundidos igual que tú. Cuando pensamos que nuestros sueños son imposibles, a veces podemos ponernos de mal humor y no ser tan agradables con los demás. Por ejemplo, tomemos el caso del Dr. Stakes. Tal vez sueña que algún día tendrá un puesto prestigioso con menos papeles que corregir y más respeto. Él no ha alcanzado ese sueño, por lo que puede desquitarse con estudiantes como tú y actuar gruñón. No digo que ese sea su caso, pero es algo para pensar. ¡Tal vez necesita encontrar un jardín tranquilo como hiciste tú!

Eso hizo reír a Melina. No podía imaginarse al Dr. Stakes recostado en el suelo, y por cierto esperaba que nunca descubriera su jardín. Pero también proporcionaba material para reflexión. Ella suponía que sus maestros habían alcanzado sus metas máximas y ya no se esforzaban por ser algo más. Quizás estaba equivocada. Recordó cuando compartió el último escalón con la Dra. Pearson, quien habló de tener problemas. Tal vez no estaba tan sola después de todo.

—Entonces, ¿volviste a ver a la Dra. Silverman?

—Sí, lo hice. Ella tenía prisa por llegar a una reunión, pero se sentó conmigo y escuchó mi relato. Cuando le expliqué por qué no podía tomar su examen el jueves, lo pensó por un minuto y luego dijo: —Melina, vamos a pensar en una tarea alternativa para ti—. Ven a verme cuando regreses y crearemos un proyecto que combine tu experiencia en casa con el asunto de nuestra asignatura. No será fácil y tendrás un plazo ajustado, pero al menos no te presionará a tomar un examen al mismo tiempo que tu familia en verdad te necesita. —¿Suena razonable—? Asentí, ella me dio un pequeño abrazo y se apresuró a ir a su reunión. ¡Incluso conocía mi nombre!

—Estoy orgulloso de ti, Melina. Sé que no fue fácil, pero lo lograste. Ahora concéntrate en cómo ayudar a tu padre y mete todo esto en una de esas nubes que acabas de describir. Déjala ir durante los próximos días. Estará allí cuando regreses. ¿Crees que puedes hacer eso?

Melina asintió y de repente sintió que la roca que había amenazado aplastarla en los últimos días caía de sus hombros. Solo contarle a Harry cómo manejaba las cosas la hacía sentirse más capaz de hacerlo. Lo había planeado y lo había llevado a cabo. No todo había salido como había esperado, pero Melina podía empezar a dejarlo ir por ahora. Echó la cabeza hacia atrás y respiró profundo unas cuantas veces, tal como les había enseñado la instructora de yoga. Pronto estuvo profundamente dormida.

Melina y Papá estaban a punto de entrar en su audiencia cuando sintió un suave tirón en su brazo… —Melina, estamos entrando a la ciudad. Necesito que me des indicaciones. Mientras emergía de una niebla profunda y forzaba sus párpados a abrirse, Melina se avergonzó al darse cuenta de dónde estaba y que Harry intentaba despertarla. Miró por la ventana y se sintió reconfortada por la aspereza y el ruido que los rodeaba. Este era su hogar y se dio cuenta de lo mucho que lo extrañaba.

—Oh, lo siento mucho. Toma la salida de la calle 18. Nuestra casa está a solo unas cuadras de allí. Te mostraré dónde girar.

La vista de los familiares carritos callejeros de venta de elotes y fruta junto a las aceras traía una amplia sonrisa al rostro de Melina. A pesar del frío, bajó la ventanilla para asegurarse de no perderse los olores del chorizo asado de Juan en la esquina de la 18 y Ridge, o los chiles asados del puesto de Lupita.

Harry notó el cambio abrupto en Melina y exclamó: —¡Ojalá mi vecindario oliera como este! Comería todo el tiempo en la acera. Melina se enderezó un poco al sentirse de repente orgullosa de su origen. Tal vez debería traer a Sonia aquí para mostrarle cómo era realmente.

Unas cuadras más adelante, Melina le indicó que girara a la izquierda. Su familia vivía en el pequeño chalet de ladrillo de la derecha. El patio tamaño estampilla estaba ordenado y la acera barrida y limpia a pesar de las hojas que caían por todas partes. Habían colocado una bandera estadounidense en el jardín junto a la puerta principal para asegurar a Inmigraciones que dentro había una familia estadounidense leal. El jardín parecía tan bien cuidado como siempre, con sus guardianes lirios de San José plantados exactamente en el centro. Melina siempre ayudaba a Mamá a plantar nuevos arbustos en primavera después de que los inviernos fríos y ventosos se llevaban algunos. En otoño, los cubrían juntas para protegerlos. Le preocupaba que nadie ayudara a Mamá este año.

Harry redujo la velocidad del automóvil, ya que la calle y la acera estaban llenas de niños que jugaban al fútbol y saltaban la cuerda. Un niño en una patineta parecía dirigirse de frente al vehículo cuando de repente reconoció a Melina adentro y saltó, y gritó emocionado en español.

—¡Ey, todos: Melina está aquí!

De repente, rodeaban el automóvil niños de todos los tamaños que saltaban, se reían y golpeaban las ventanas. Harry vio una lágrima en la mejilla de Melina y se preguntó por qué parecía pegada a su asiento.

—¿Qué esperamos, Melina? Creo que hay algunas personas aquí emocionadas de verte —dijo mientras salía de un salto.

Melina se secó la lágrima y lo siguió con prisa. Estaba en medio de un millón de abrazos de primos y vecinos cuando miró hacia la puerta principal y se congeló al instante.

—¡Ma! Una mujer menuda, de cabello blanco cuidadosamente recogido atrás de su cuello, se limpiaba las manos en un delantal floral de colores brillantes. Su sonrisa se extendía literalmente de una oreja a la otra, pero la atravesaba un torrente de lágrimas sobre el rostro. Melina se abrió camino entre los abrazos de la acera y subió corriendo las escaleras para rodearla con sus brazos. Desaparecieron con rapidez en el interior mientras se apoyaban pesadamente una en la otra para apoyarse.

—Ma, ¡te he extrañado tanto! ¿Cómo estás?

Se sentaron en el familiar sofá cubierto de plástico en la sala de estar y se abrazaron con fuerza.

—Ma, ya estoy aquí, estoy en casa. Vine a ayudar con todo. ¿Dónde está Papá?

—Oh, Melina, hablemos de todo eso más tarde. Ahora mismo, solo celebremos que estás en casa.

Mientras Melina asentía, dos niños pequeños se perseguían uno al otro desde la habitación de atrás.

—¡Lina! ¡Lina! —gritaban ambos mientras saltaban al sofá. Habían crecido mucho en los meses que ella había estado ausente, y ¡ay!, cómo extrañaba el caos ruidoso que provocaban en esa casa. Mientras dejaban caer tres camiones rojos en su regazo, se alejaron a la carrera tan rápido como habían llegado. ¿Pero dónde estaba Papá? Melina se recompuso, se puso de pie y se dio cuenta de que se había olvidado por completo de Harry.

Oh, Santo Dios, ¿dónde estaba?

Apartó las cortinas deshilachadas, pero perfectamente planchadas, amarillas y brillantes de su madre para mirar hacia afuera y, entre los barrotes, vio a Harry que hacía rebotar una pelota de fútbol en su cabeza. Estaba en medio de un grupo de niños que se reían y se burlaban de él. Estaba tan avergonzada. ¡Él era su maestro y sus primos jugaban con él! Corrió hacia la puerta y bajó las escaleras.

—Harry, lo siento. ¡Estaba tan emocionada de ver a mi madre que me olvidé de ti! No quiero retenerte más tiempo. Sé que también quieres llegar a casa. Muchas gracias por traerme. Mi familia está muy feliz de que esté aquí para ellos.

Mientras el balón de fútbol regresaba a él, Harry gritó: —Melina, no me había divertido tanto desde que era niño y jugaba en mi calle. No soy un mal jugador, pero tus primos me están matando. Creo que he perdido mi toque. Gracias por darme tiempo para divertirme un poco.

Melina tomó su maleta del asiento trasero del destartalado vehículo de Harry y giró para caminar hacia la casa mientras él se despedía de sus nuevos amigos del fútbol. En ese momento, la madre de Melina la regañó desde el escalón más alto.

—Melina, ¿este simpático joven te trajo a casa y no vas a invitarlo a pasar?

El rostro de Melina se iluminó de vergüenza por el arrebato inesperado de Mamá. Por supuesto, Harry no querría entrar. Podría divertirse con la pelota en la calle, pero su casa era pequeña y, bueno, tan simple.

Se aferró a Rosa y comenzó a inventarle una excusa: —Tiene que… —cuando Harry lanzó su enorme sonrisa por las escaleras hacia Mamá y aceptó la invitación. Melina corrió escaleras arriba delante de él, y esperaba que sus sobrinos no regresaran con sus camiones. Entonces, habló con su madre en inglés.

—Mamá, él es el Dr. Sanders. Da clases en el Departamento de Psicología y me trajo a casa hoy.

—Señora García, por favor llámeme Harry. Es un placer conocerla. Me alegro mucho de haber podido ayudar a Melina al traerla a casa hoy. La familia es muy importante y es bueno que ella esté aquí.

Mamá adoptó un tono amistoso pero a la vez digno, y devolvió el saludo en un inglés cuidadoso.

—Dr. Sanders, ¿tiene sed? Es un largo viaje. Hoy hice horchata, con canela extra. Es uno de los favoritos de Melina.

El estómago de Melina estaba hecho un nudo porque sabía lo terrible que debía ser esto para Harry. Se hundió en el sofá y miró a la Virgen en busca de ayuda. Estaba segura de que Harry no tenía idea de lo que era la horchata y era probable que no le gustara, incluso si la tomaba solo por ser educado. Antes de que pudiera hablar, sus sobrinos aparecieron en un rincón y prácticamente derribaron a Harry. Sus camiones volaron en todas direcciones y el profesor fingió caer al suelo con ellos. Se rieron y saltaron sobre él. Se reía tanto que apenas podía hablar.

Alcanzó a decir: —Me encantaría una horchata, señora García. Sé que Melina no lo va a creer, pero la he bebido muchas veces. Los vendedores siempre la ofrecen en la calle afuera del estadio de béisbol… Y cuanta más canela, mejor. A mi papá y a mí nos encantaba compartir un vaso cuando íbamos a ver un juego. Ahora, echemos un vistazo a estos excelentes camiones. Harry y los niños comenzaron a dar volteretas en el suelo, e ignoraron por completo a Melina.

Cuando el estómago de Melina se calmó y Harry pareció estar bien, cedió a la tentación de disfrutar el regreso a casa. Todo estaba intacto desde que se había ido, unos meses atrás. Jesús todavía ocupaba el centro del escenario de respeto sobre el sofá, y la Virgen de Guadalupe estaba colgada con gran cuidado del lado de adentro de la puerta del frente y junto a la entrada de la cocina. ¡Siempre vigilante, esa Virgen! La mayoría de los muebles estaban cubiertos para mantenerlos limpios, pero no el sillón reclinable marrón de Papá, con los dos almohadones floreados aplastados en las esquinas para ajustarse a su cuerpo. Estaba en un rincón, junto a su pequeño televisor, con un montón de diarios mexicanos en una cuidadosa pila a su lado. Melina se sintió segura. Sobre todo, bajó la guardia y se permitió sonreír ante los olores familiares de la cocina que ahora llegaban a la sala de estar.

¡Ah, Mamá hizo pozole! Melina cerró los ojos y ya podía saborearlo, con su caldo sustancioso y sus chiles rojos que quemaban la parte superior de la boca.

Oyó las conocidas pantuflas rosadas con suela de plástico de Mamá que golpeaban el agrietado piso de linóleo mientras regresaba a la habitación.

—Aquí tiene, Dr. Sanders. Espero que le guste. Ella observó la reacción de él a su horchata mientras bebía un sorbo y continuó.

—Es un honor invitarlo a comer con nosotros. Cocino el pozole desde anoche. Algunos miembros de la familia, primos y tíos de Melina, vendrán a saludarla. Sé que les encantaría conocerlo.

Ya era un hecho consumado. Cuando Mamá te invitaba a cenar, no había discusión, ni tampoco había necesidad de discutir: a Harry le pareció bien. De hecho, todavía rodaba por el suelo con los chicos.

Antes de que Melina se diera cuenta, solo había lugar para estar de pie: todos aparecieron para darle la bienvenida de regreso. La tía Rosa llegó primero con sus cinco hijos. El tío Federico la siguió con sus hermanos y su madre, la tía abuela de Melina. Cuando su hermano Carlos llegó del trabajo, uno de los chicos se le subió por la pierna y trató de meterle el camión azul en la boca. Carlos lo hizo girar antes de alcanzar a Melina para darle un gran abrazo.

Ella comenzó a separarse, pero en lugar de dejarla ir, Carlos susurró:

—Melina, tenemos que hablar. Ven aquí para que pueda explicarte. Abandonaron en silencio la sala que ahora pulsaba con las vibraciones reconfortantes del apoyo amistoso y cerraron la puerta del dormitorio de los niños.

—¿Qué ocurre, Carlos?

—Lamento mucho que te hayan sacado de la facultad para ir al tribunal con Papá. Sé lo difícil que debe haber sido para ti, pero Papá y yo tuvimos problemas. Roberto, también. Lo convencimos de contactar al Sr. Salgado, que ha ayudado a otros en el vecindario, y él estará allí mañana. Pero tú eres en quien él confía, y tiene mucho miedo. Mañana, Papá se declarará culpable de dos cargos, y el señor Salgado pedirá al juez que fije una fecha de juicio para solicitar beneficios de asilo. Es una posibilidad muy remota para los mexicanos, pero lo intentarán. La única buena noticia es que la fecha del juicio no será hasta dentro de tres años, así que Papá tendrá tiempo para prepararse y ahorrar un poco más.

—¿Hay alguna manera de que pueda evitar la deportación?

—Hay otro tipo de asistencia que Roberto y yo le preguntamos al Sr. Salgado: una visa U.

—¿Qué es eso?

—¿Recuerdas el año pasado cuando le robaron la chaqueta al primo Diego y lo amenazaron con una pistola?

—Sí. Fui allí y traté de hablar con él, pero no escuchó a nadie.

—Así es. Pero después de que te fuiste a la universidad, Papá tuvo una larga charla con Diego. No quería hablar con nadie y no salía de su habitación porque tenía mucho miedo. Papá le dijo a la tía Lupita que iría y trataría de ayudar. Diego lo dejó entrar a regañadientes a su habitación, donde aún tenía las cortinas cerradas con cinta adhesiva y las luces apagadas. Papá le hizo nombrar quién fue de los Kings que le quitó la chaqueta y le apuntó con el arma. Diego temía que regresaran y le hicieran daño, pero Papá le explicó que nuestro vecindario nunca sería seguro si seguíamos asustados de las pandillas. Estaba avergonzado y no podía mirarlo a los ojos, pero todavía estaba demasiado asustado para hacer algo él mismo. Entendía lo que era mantener seguro el vecindario, así que describió al pandillero y le dio su nombre a Papá. Después de eso, Papá fue a la estación de policía e hizo una denuncia. A partir de esa información, pudieron rastrearlo y acusarlo de un delito grave. Ahora está en la cárcel, pero su hermano siguió a Papá a casa después de que testificó y lo derribó mientras amenazaba con hacerse cargo de toda su familia más adelante.

Melina se inclinó hacia adelante y dejó caer la cabeza sobre las rodillas. *¿Cómo pudo ella permitir que esto sucediera? Si hubiera estado en casa, tal vez Diego se habría abierto con ella.* Se apretó fuerte los brazos para detener el temblor mientras miraba a Carlos: —¿Papá está bien? Diego no debió dejarlo hacer eso.

—Papá cree que fue lo correcto, Melina, pero todavía tiene dolores de cabeza que le dificultan trabajar. El Sr. Salgado cree que esto podría calificar a Papá para una visa U, por lo que también solicitará ayuda ante los Servicios de Ciudadanía e Inmigración. Supongo que es un caso difícil de presentar y requiere muchos documentos, pero nos da otra opción. Nuevamente, la fecha del juicio tardaría entre tres y cuatro años.

El silencio llenó la habitación mientras miraban las paredes con temores tácitos sobre lo que podría suceder a continuación. No había nada más que decir. Papá era un buen hombre: solo tenían que demostrar que merecía quedarse aquí con su familia.

Más allá de las paredes del dormitorio, la Virgen seguía dando la bienvenida al desfile de vecinos y familiares que entraban a la casa, todos ellos con abrazos y lágrimas de felicidad por tener a Melina de regreso. Todos sabían por qué estaba en casa, pero al igual que Melina y Carlos, enterraron sus miedos por ese día.

Harry se quedó toda la noche, principalmente jugando a las escondidas con los sobrinos, que amaban su energía ilimitada. Él, por su parte, se divertía, y no tenía un mejor lugar adonde ir. Sin familia, su antigua casa se sentía sola y evitaba ir allí tanto como podía. Ahora le pertenecía, pero solo en los papeles. Ya no era un hogar. Si no hubiera sido por Melina, Harry tal vez se habría quedado en la universidad, calificando exámenes y habría ido al Antler a beber con sus amigos. Ahora que estaba de nuevo en la ciudad, debería ir a revisarla, pero no tenía prisa por llegar allí. Así que se quedó en casa de Melina hasta que se fue el último tío. Le dio un cálido abrazo a la madre y le dio las gracias en su español oxidado antes de bajar las escaleras con un recipiente plástico lleno de pozole para llevar a casa. Se volteó hacia Melina y con un rápido asentimiento le deseó suerte mientras le prometía regresar en dos días para el viaje de vuelta a la universidad.

Mamá sonrió y se hundió en el sofá de plástico, su pequeño cuerpo inclinado hacia Melina. Era casi medianoche y había estado de pie todo el día. Tenía los tobillos hinchados, pero eso era tan normal que ni siquiera lo notaba. Melina arrastró un pequeño taburete de madera y levantó los pies de Mamá para aliviarle un poco el dolor. Esa mañana, después del trabajo, se había apresurado a volver a casa para terminar de prepararse para la fiesta de bienvenida de Melina. La joven notó lo cansada y frágil que se veía. Sus manos estaban anudadas y su cabeza caída hacia ellas. Ahora que el invitado de habla inglesa se había ido, podían volver a un diálogo fácil en español.

—Mamá, sentémonos un rato. No te vi bailar ni reír como de costumbre esta noche. ¿Estás bien?

En ese momento, las lágrimas que Mamá había reprimido todo el día comenzaron a brotar como una tormenta tropical. Se desplomó, temblando, en los brazos de Melina, que la abrazó con fuerza. —Melina, lo siento, pero tenemos mucho miedo de lo que sucederá mañana. ¿Qué ocurrirá si deportan a tu padre? Trabaja en cualquier empleo que ha podido encontrar. Tiene miedo de volver a casa y también tiene miedo cada día cuando sale a buscar trabajo. Sale por la puerta trasera y regresa a casa por el callejón. Cuando está en casa, no habla; se sienta en su silla y mira al televisor con el volumen apagado por si alguien llamara a la puerta. No sabemos qué va a ocurrir, pero te necesitamos. Gracias por venir a casa.

La universidad parecía tan lejos, y esos exámenes… ¿a quién le interesaban? Mamá y Papá, toda su familia, eran más importantes para ella. Melina atrajo a su madre hacia sí, la envolvió con sus brazos y apretó fuerte, para tratar de quitarle algo de dolor. Fue entonces cuando permitió que sus propios ojos se cerraran y se rindieran al agotamiento total. Se desplomaron juntas, como una sola, Mamá y Melina. El sueño se apoderó de ellas como una nube, para protegerlas de los temores sobre lo que podría traer el día siguiente.

En lo que pareció solo un instante después, una luz brillante se clavó en sus ojos para tratar de abrirlos. A lo lejos, Melina escuchó el sonido familiar de las tortillas chisporroteando y sus fosas nasales se llenaron del olor a café fuerte con sabor a canela. La luz del sol se filtraba por las cortinas amarillas y ella se dio cuenta de que debía ser de mañana. ¿Dónde estaba? Mientras se sacudía para despertar de un sueño profundo, sintió los dolores, leves pero reales, adquiridos durante la noche en el sofá, que se extendían por todo su cuerpo. Cuando sus ojos comenzaron a enfocarse, vio a Mamá que preparaba el desayuno en la cocina. Ella no movía los pies al ritmo de la música de la radio, como de costumbre. De hecho, mientras hacía guardia junto a la estufa, Mamá pasaba los dedos sobre el rosario y a veces movía los labios en señal de oración.

Ah, sí. Hoy era ESE día. ¿Dónde estaba Papá?

—Má, déjame ayudarte. ¿Dónde está Papá? ¿A qué hora sales para el trabajo?

—No iré a trabajar hoy, hija. Iré al tribunal contigo y Papá y el Sr. Salgado, pero no diré nada. Me quedaré sentada ahí. Él llegará del trabajo en unos minutos. Desayunaremos y tomaremos el autobús a las 9:00.

En ese momento, Melina oyó que la puerta trasera crujía lentamente y Papá entraba, con los ojos entrecerrados: arrastraba los pies cansados después de trabajar en dos empleos diferentes sin dormir. Melina corrió hacia él y lo atrajo hacia todo su ser, como si quisiera decirle: *Te mantendré a salvo. Puedes contar conmigo.*

No quería soltarlo, pero podía ver que él necesitaba sentarse. Se desplomó sobre los almohadones que cubrían el sillón reclinable mientras Mamá traía su familiar taza roja astillada de México, llena de café fuerte recién hecho. Melina sonrió al recordar lo especial que siempre había sido esa taza para él: su madre se la había dado cuando él se fue de Puebla.

Con un profundo suspiro, su padre apoyó la taza en la mesita que tenía junto a él, se frotó la frente y cerró los ojos. Sus labios se movían mientras tocaba el rosario que llevaba alrededor del cuello. Justo cuando Melina pensó que podría quedarse dormido, abrió los ojos y miró en su dirección. —*Hija*, tenemos que encontrarnos con el Sr. Salgado frente al juzgado a las 10:00. Tengo algunos documentos personales y él traerá otros papeles legales que podríamos necesitar. Él presentará mi caso, pero tal vez necesiten más detalles de ti, mi hija. Es posible que no haya un traductor en la audiencia de hoy, así que quiero que me digas qué ocurre mientras el Sr. Salgado expone. Es importante para mí, ¿de acuerdo?

—Por supuesto, Pá. Para eso estoy aquí.

Veinte minutos después, dejaron a los niños bajo la atenta mirada de Josie, y Melina y sus padres bajaron de prisa las escaleras, y pasaron junto a la bandera estadounidense colocada junto a su puerta principal. Hoy no había viento, por lo que colgaba flácida de su poste. Se mantuvieron cerca uno del otro mientras se dirigían a la parada del autobús, y saludaron con la cabeza a los vecinos que acababan de regresar a casa del turno de noche. Nadie habló, pero el silencio actuó como un cordón de acero que los conectaba y desafiaba a cualquiera a separarlos.

Después de dos autobuses, vieron al Sr. Salgado que los aguardaba en la entrada del palacio de justicia. Papá asintió y lo siguieron al interior: pasaron el detector de metales, donde vaciaron sus bolsillos como si pudieran descargar sus miedos. Los guardias parecían percibir el temor de Papá, y lo llamaron a un lado para palparlo un poco más, lo que lo hizo soltar todos sus papeles. Melina intentó ayudar, pero Mamá, que temblaba de miedo, le dijo que se quedara a un lado.

El Sr. Salgado firmó su entrada y los condujo hasta tres destartaladas sillas de madera que bordeaban el pasillo exterior de la sala de audiencias asignada a los procedimientos de deportación. Se unieron a unas 100 personas que esperaban a que las llamaran mientras el Sr. Salgado les aseguraba que regresaría cuando fuera su turno. Melina podía sentir el miedo a lo largo del pasillo, oscuro y desierto salvo por ellos, mientras las familias jugueteaban con los documentos que traían consigo o retorcían sus rosarios. Algunos sostenían pilas de papel de casi un pie de alto, mientras que otros tenían sobres delgados. De vez en cuando, los papeles caían al suelo y alguien se apresuraba a colocarlos nuevamente en orden sobre su regazo. Al final del día, algunas de estas familias estarían sonriendo y otras llorarían. Por fin, el Sr. Salgado salió al pasillo con el secretario del juez y gritó el nombre de Papá: —¡Carlos García! Oírlo en ese contexto le provocó escalofríos en la espalda a Melina. Ella y Papá se levantaron en silencio y se tomaron uno del otro mientras los seguían a la sala de audiencias. Mamá permaneció en su silla: seguía moviendo sus labios en silencio y rezaba su rosario como nunca antes.

Melina sentía el peso del cuerpo de Papá contra el suyo mientras entraban a la pequeña sala del tribunal. —Pa, todo va a estar bien. Trataba de apoyar a Papá mientras seguían al Sr. Salgado hacia el estrado, pero el secretario la detuvo.

—Lo siento, señorita, pero debe quedarse aquí atrás. El frente está reservado para los abogados y sus clientes.

—Pero él es mi padre y me necesita. Papá luchaba por avanzar con el Sr. Salgado mientras el secretario conducía a Melina al fondo de la sala con otras familias. Ella no sabía quién lloraría primero.

¿Qué era ese aparato? ¿Qué le ocurría a Papá? Mientras Melina se esforzaba por ver qué sucedía al frente, sintió una suave palmadita en la rodilla.

—Solo le colocan auriculares para que pueda escuchar una traducción de lo que ocurre.

—¡Pero son tan grandes! ¿Duelen?

La mujer de cabello blanco que estaba a su lado sonrió y negó con la cabeza mientras Melina seguía preocupada por Papá. Él parecía encogerse bajo su peso.

—Sr. Salgado, se ha citado a su cliente a esta audiencia de deportación para responder a dos cargos. ¿Está dispuesto a declarar?

—Sí, su señoría. El señor García se declara culpable de los dos cargos presentados hoy. Admite su entrada ilegal a este país hace 30 años, y también admite que ha estado trabajando en forma ilegal.

Melina se inclinó hacia adelante y susurró a los rostros igualmente asustados que la rodeaban. —Mi padre es muy trabajador, señor, y no ha tenido tiempo para estudiar inglés. Su empleo no lo requiere, así que su familia lo ayuda. Es un buen ciudadano y un padre responsable. Lleva aquí 30 años, no ha faltado un solo día a trabajar, y no ha cometido ningún delito.

Nadie en la última fila le prestaba atención. Todos practicaban sus propios guiones.

—Sr. Salgado, ¿su cliente busca alguna compensación?

—Sí, señor. Solicitamos una fecha de juicio para una audiencia de asilo.

—El juicio se fija para el 24 de abril de 2025. Deberá presentar su solicitud en los próximos dos meses, antes del 24 de abril de 2021. Cerrado. Próximo.

Con la barbilla hundida en el pecho, Papá regresó por el pasillo hacia Melina. Hacía todo lo posible para ser invisible. Si no levantaba la vista, quizá nadie lo vería. Tal vez olvidarían que acaba de declararse culpable de dos cargos. Esos cargos que podrían ocasionar su separación de su familia y su hogar. Estaba asustado y avergonzado.

Mientras regresaban por el pasillo hacia Mamá, el Sr. Salgado se inclinó y dijo: —Sr. García, nos reuniremos la próxima semana para iniciar la solicitud de asilo. Una vez hecho eso, comenzaré con la solicitud de la visa U. Necesitamos recolectar muchos documentos y le pediré ayuda a su familia. Por ahora, debería quedarse en casa. Si alguien viene a verlo, no tiene que hablar con él a menos que tenga una orden judicial. ¿Lo entiende?

Un guardia uniformado los escoltó a la salida y eso fue todo. Sin respuestas. Sin empleo. Solo más vergüenza. Más temor y más noches de insomnio.

Durante varias horas después de la audiencia de Papá, en su casa resonaba el silencio, pero la comida llenó el espacio callado mientras Mamá encendía la pequeña parrilla en la cocina y hacía tortillas. Papá estaba sentado en silencio en su silla, con el rostro fijo en el televisor mudo, donde repetían un viejo juego de fútbol. Se sentaron juntos a compartir tortillas y chiles asados, pero nadie habló. Cuando terminaron, Papá recogió sus cosas y salió por la puerta trasera a buscar trabajo, de cualquier tipo. Todavía no había dormido, pero eso no importaba. Lo más probable es que no pudiera dormir de todos modos.

Antes de irse miró a Melina con sus ojos tristes y llenos de lágrimas y le dijo: —Gracias, hija. Lo siento. Luego la abrazó con todas las fuerzas que pudo reunir y se abrió paso ante la mirada protectora de la Virgen. Melina podía notar que se sentía avergonzado y asustado. Quiso correr tras él y decirle que tuviera cuidado, que todo estaría bien, que ella siempre estaría allí para él. Pero no lo hizo. Todo lo que podía hacer era llorar.

La mañana siguiente fue como en los viejos tiempos, pero sin escuela. Con Mamá y Papá en el trabajo, Melina se hizo cargo de los niños. Ella hizo aparecer una de esas nubes que Harry había sugerido, y con cuidado metió la audiencia de ayer y el juicio de asilo en sus holgados pliegues. Todo quedó oculto mientras ella rodaba por el suelo con Berto y Hugo. Los pequeños chillaban de risa mientras jugaban al escondite, y ella rió con ellos. Todo parecía tan natural. Justo cuando estaba a punto de calentarles el almuerzo, oyó un ligero golpe en la puerta principal. Berto se abalanzó sobre los juguetes mientras intentaba vencer a Hugo para ver quién era.

—Shh, chicos —advirtió Melina. Eran demasiado pequeños para entender que nadie abría esa puerta a menos que supieran quién estaba al otro lado. Los levantó a ambos para que pudieran ver por la mirilla que Papá había instalado. Melina se quedó atónita al ver un rostro familiar y abrió la puerta.

—¡Sra. Ingram! Por favor, pase.

—¡Melina! Gabriela me dijo que estabas en casa y quería pasar a saludarte. Espero que todo esté bien.

—Por supuesto que sí —respondió Melina mientras reñía con los niños y pateaba algunos juguetes a un lado. —Ayer vine para estar con Papá en el tribunal, y necesito volver a la facultad mañana. La Sra. Ingram nunca había estado en su casa, pero Melina estaba tan feliz de ver una cara amigable que se olvidó de preocuparse por el desorden en todo el piso.

—Sí... No puedo quedarme mucho tiempo: estoy en mi hora de almuerzo. Pero quería preguntar por tu padre y también saber sobre tus experiencias en Balsam.

A los niños les encantó tener un nuevo compañero de juegos, así que pusieron todos sus camiones en el regazo de la Sra. Ingram mientras ella y Melina se sentaron.

—Berto y Hugo, vayan a lavarse para el almuerzo mientras hablamos, por favor. Corrieron una carrera por el pasillo mientras Melina analizaba en detalle cuáles de sus experiencias debía compartir.

—Bueno, ayer fuimos al tribunal: Papá se declaró culpable de dos cargos y su abogado pidió lo que se llama asilo. El juez programó una fecha de juicio para escuchar su caso en cuatro años. ¡Cuatro años! El Sr. Salgado, el abogado de Papá, también va a solicitar una visa U. Tenemos muchos documentos que reunir y no sabemos qué ocurrirá después. Estamos asustados. Mis padres trabajan muchas horas para asegurarse de que haya suficiente dinero si lo deportan. Vine a casa esta semana para ayudarlos y siento que debería quedarme en caso de que algo suceda. Me necesitan aquí, pero también debería estar en la universidad. Acabo de perderme mis exámenes y temo tener problemas cuando regrese. En verdad estoy confundida ahora mismo.

No había tenido intención de compartir todo eso y de inmediato quiso tragarse sus palabras y fingir que nunca las había dicho. ¿Podía confiar en la Sra. Ingram? ¿Tenía ella que denunciar conversaciones como esta? Se suponía que Papá estaría en casa, no en busca de empleo. Melina mantuvo la cabeza baja, temerosa de mirar hacia arriba.

—Melina, hiciste lo correcto al regresar. Tu familia te necesitaba y estabas ahí para ellos. También puedo ver cuánto disfrutas estar con tus sobrinos y en tu hogar. La Sra. Ingram se inclinó para abrazar a Melina, y continuó: —Rezaré por tu familia y haré todo lo que pueda para ayudar. Y Melina, puedes confiar en mí. Ahora, cuéntame sobre Balsam.

La joven respiró hondo y compartió con la Sra. Ingram detalles que no le había contado a nadie más: lo difícil que era hacer amigos, que no podía ser honesta con su compañera de cuarto, lo mucho que la avergonzaba no poder darse el lujo de salir a comer o adornar su lado del cuarto. Ella ni siquiera tenía una mochila como todos los demás en el campus. Qué fuera de lugar se sentía todo el tiempo.

Los hombros de la Sra. Ingram se desplomaron.

—Debería haberte preparado mejor, Melina. El primer año en la universidad es un momento difícil para todos. Estás lejos de casa, vives con personas de diferentes orígenes, y lleva tiempo adaptarse. Mi primera compañera de cuarto en la universidad fue horrible. No nos llevábamos nada bien. Ella organizaba fiestas en nuestra habitación todo el tiempo y fumaba, incluso cuando le pedía que no lo hiciera. Por fin me pude ir de ese cuarto, pero no fue fácil porque ella era muy popular y nadie entendía mi postura.

—¡Qué asco! —exclamó Melina. —La mía no es así. Ella nunca está en la habitación. Pasa todas las noches con sus amigas en el Antler o estudia en la habitación de alguien, donde toman cerveza a escondidas y fuman marihuana. Siempre me invitan, pero no creo que lo digan en serio y realmente no quiero ir.

Justo cuando la Sra. Ingram comenzaba a responder, Melina levantó la vista y comenzó a reír. Como era de esperarse, Berto había hecho volar un avión de papel hacia el sofá, y de alguna manera había aterrizado con todo su brillante esplendor rojo sobre la cabeza de la Sra. Ingram. Todos terminaron en un montón en el sofá: los chicos a los gritos y las dos mujeres desternilladas de risa genuina.

Cinco minutos después, la Sra. Ingram se levantó para irse, después de que Melina le prometiera que se abriría a su compañera de cuarto y comenzaría a escribir en su diario para que todos esos pensamientos no quedaran enterrados demasiado profundo. Le agradeció por venir y pensó una vez más que las cosas podrían estar bien.

Eso había sido ayer. Hoy tenía que regresar a los estudios y afrontar las consecuencias. Era hora de perseguir esa nube en la que había reservado sus preocupaciones y enfrentarlas en tiempo real. Le ayudó un poco encontrar una nueva mochila azul en la entrada, con una nota que decía: *¡Ánimo, Melina!*

Margot

Si Margot esperaba que Biko viniera corriendo hacia la puerta cuando ella giró la llave y abrió la cerradura, estaba tristemente equivocada. El felino se ocultaba pacíficamente en lo profundo de la pila de ropa que ella había dejado en el suelo dos días antes. Mientras dejaba caer la maleta sobre la cama para desempacar, él arqueó la espalda y estiró sus patas delanteras. Fue una bienvenida tan grandiosa como ella podía esperar y fue dulce. Después de un breve abrazo, se dirigieron juntos a la cocina, donde ella volvió a llenar sus tazones con algunos de sus alimentos favoritos y luego centró su atención en el motivo por el que había regresado temprano: Melina.

Margot no estaba del todo segura sobre el protocolo en torno a faltar a un examen. Sabía que era necesario informar a la Decana de Estudiantes. *¿Era una violación del Código de Conducta Estudiantil? ¿Se requeriría una audiencia o solo era cuestión de asesorar al estudiante?* No había leído los múltiples archivos de documentos electrónicos que Shirley le había enviado al aceptar este puesto, por lo que no sabía nada sobre las reglas y reglamentaciones para el alumnado, pero necesitaba averiguarlo. Primero, quería leer la nota que Melina le había dejado. *¿Tal vez también debería ponerse en contacto con ella y averiguar por qué se había ido temprano a casa? ¿Qué podría ser tan importante como para no esperar unos días?* Ella no entendía por qué una estudiante de primer año se iría a su casa y faltaría a un examen importante a menos que planeara dejar la universidad de todos modos. Era todo un misterio para Margot, así que dejó su maleta en la cama, se puso ropa cómoda y se dirigió a la puerta para ir a su oficina a resolverlo.

Lo primero que notó cuando abrió la puerta de la oficina fue la luz roja parpadeante en su teléfono fijo.

Ah, bien. Melina debe haber llamado y dejado un mensaje para explicar lo que ocurrió. Quizás había una buena razón para perderse el examen. Si alguien de su familia hubiera muerto, tal vez no necesitaría informar eso a la Decana.

Margot dio la vuelta apresurada a su escritorio, con cuidado de no tirar las rebosantes pilas de exámenes y la lista de calificaciones de estudiantes para llegar a su teléfono. El mensaje era de la Oficina de la Decana y Margot se perturbó al escuchar las palabras grabadas:

> *Dra. Pearson, estamos haciendo seguimiento a todos los estudiantes de primer año que faltaron a más de dos exámenes. Se ha informado que una de sus alumnas, Melina García, faltó a varios. Necesitamos saber si ella se perdió el de usted. Según nuestros nuevos procedimientos de intervención temprana, si así fuera, ella deberá reunirse con un consejero esta semana para explicar lo sucedido y que podamos revisar con ella las opciones sobre cómo completar el trimestre con éxito. Si usted la disculpó, esto no será necesario. Tendríamos que saber de usted antes de las 9:00 de la mañana del lunes. Haga el favor de dejar un mensaje en este número. Gracias.*

Margot colgó y se sentó a considerar lo que debía hacer. Quería hablar con Melina antes de devolver esa llamada, pero Heidi no le había dejado ninguna información de contacto. Margot no tenía idea de cómo ubicarla. Tomó la nota de Melina y la volvió a escanear en busca de pistas. Si solo hubiera dado una razón, habría sido más fácil para Margot disculparla y terminar con esto. Pero Melina no había hecho nada para ayudarla: no había un motivo para irse ni un número de teléfono. Después del breve tiempo juntas en la escalera la semana anterior, Margot sintió un vínculo tácito, pero necesitaba más que eso para desobedecer la política de la universidad, en especial como nuevo miembro del cuerpo docente.

Se le ocurrió que tal vez Shirley estaría en la oficina hoy aunque fuera fin de semana. Como Melina trabajaba para el departamento, era seguro que Shirley sabría cómo comunicarse con ella. Margot cerró la oficina con llave y subió a ver. La oficina estaba abierta, pero Shirley no estaba. En el mostrador había una lista de todo el personal, incluidos los estudiantes trabajadores. Margot le echó un vistazo, hasta que encontró los datos de Melina: no había número de teléfono, pero descubrió que vivía en el campus, en Forbes Hall.

No estaba segura de dónde estaba Forbes y se dio cuenta de que nunca se había molestado en explorar el campus más allá de las áreas frecuentadas por los profesores: aulas, salas de conferencias, laboratorios de investigación, el auditorio. Salió a la luz del sol y buscó una señal, un mapa, un directorio del campus. Con una inesperada sensación de logro, encontró Forbes con facilidad en el mapa y se dirigió hacia el otro lado del campus para intentar hallar a Melina. Era un día hermoso y estaba agradecida de haber regresado temprano. El campus estaba tranquilo y parecía tan idílico, en especial con un ligero frío en el aire y las hojas que comenzaban a formar una alfombra sobre el suelo.

Cuando entró en Forbes, apenas notó a la mujer que se balanceaba sobre una escalera mientras sostenía una botella de plástico azul y se estiraba para alcanzar la parte superior del vidrio de la puerta de entrada. Margot intentó esquivar el proyecto de limpieza, pero sintió la humedad del limpiador en aerosol en su dirección cuando atrapó una ráfaga de viento de la puerta. Lo ignoró y fue en busca de un directorio con la lista de los estudiantes y sus números de habitación. No encontró nada, y regresó a la puerta principal.

—Disculpe —le dijo a la mujer que lavaba las ventanas. —Busco a una estudiante, Melina García, que vive aquí. ¿Sabe dónde puedo encontrarla?

—Ah, sí, conozco a Melina. Se fue a casa para ayudar a su padre hace unos días. No ha regresado.

—¿Sabe qué le ocurrió a su padre? —preguntó Margot. —Soy una de sus profesores y ella faltó a mi examen la semana pasada. Necesito hablar con ella.

La mujer bajó con cuidado unos peldaños y respondió: —No lo sé, pero creo que tal vez sea algo serio. Melina se fue a toda prisa.

—Gracias. Si la ve, ¿por favor le dice que la Dra. Pearson necesita hablar con ella lo antes posible? Margot sacó rápido una tarjeta de su bolsillo con su número de oficina y se la entregó a la mujer de la limpieza.

—Sí, doctora, se lo haré saber.

Con ese breve intercambio y sin una dirección clara a tomar, Margot abandonó Forbes. En lugar de regresar a la oficina, se desvió hacia la cafetería de Crystal. Tal vez si se sentaba en su rincón habitual con algo de comida reconfortante, podría deducir qué hacer. Mientras pedía lo de siempre, sintió que alguien se acercaba por detrás.

Una voz desconocida consultó: —¿Dra. Pearson? Soy Jack Stakes y me gustaría hablar contigo, si no te molesta que te interrumpa.

Desconcertada e irritada por la inesperada intromisión en su tiempo a solas, Margot no tuvo más remedio que invitarlo a sentarse.

—Jack, no creo que nos hayamos conocido. ¿O sí?

—No, no nos habíamos presentado, pero tenemos algo en común. Ambos tenemos una alumna, Melina García, que decidió que su familia era más importante que nuestros exámenes. Ella vino a verme la semana pasada a decirme que tenía que irse a casa porque su familia la necesitaba. Le dije que eso no era posible y que esperaba verla para mi examen al día siguiente. Aún así, no se presentó. La denuncié a la Decana de Estudiantes y revisé qué otros exámenes pudo haber perdido. El tuyo fue uno de ellos. ¿También te vio a ti?

—En realidad, salí un poco temprano, pero ella me escribió una nota. Y lo que sí recibí fue un mensaje de la Oficina de la Decana, en el que me pedían que confirmara que ella faltó a mi examen. Intenté encontrarla hoy, pero aún no ha regresado. ¿Tienes idea de qué fue tan importante?

—No, y no es asunto mío. Es una estudiante universitaria, y la Srta. García y su familia necesitan entender que su trabajo aquí es primero. No la excusé del examen. ¿Lo hiciste tú? Este lugar se está volviendo demasiado blando. En lugar de acudir a un consejero para que los asesore, estudiantes como ella necesitan pagar un precio por no tomar nuestro trabajo en serio. Estoy aquí para pedirte que te unas a mí para ir a la Decana y solicitar una sanción que ella recuerde.

Margot se sintió atrapada. Por un lado, allí estaba ella, una profesora de primer año que probablemente no debería hablar de algo que en verdad no entendía. Además, ¿quién era para cuestionar a un miembro del profesorado de alto rango, seguramente titular, aunque fuera tan malhumorado? Se inclinaba a aceptar que Melina debería haber hecho sus exámenes y esperar para irse a su casa, pero recordó haber compartido ese momento en la escalera y sintió una conexión inexplicable con ella. Mientras retorcía su cabello, sumida en sus pensamientos, podía sentir la mirada clavada en ella de Jack Stakes. También percibía su impaciencia, y una arrogancia que lindaba con una aversión extrema hacia cualquiera que no estuviera de acuerdo con él.

—Dra. Pearson, en realidad no hay nada que pensar. Esta estudiante tiene ausencias injustificadas en al menos dos exámenes, tal vez más. Si faltó al tuyo y no la disculpaste, deberá explicarse. Podemos agendar una reunión con la Decana y la Srta. García para decidir cómo proceder. Tendrá que presentarnos una declaración escrita y una promesa de que no volverá a suceder. Quizás eso la asuste lo suficiente como para empezar a tomar en serio la universidad y nuestros cursos. Ella no es la única, pero es quien tuvo la temeridad de interrumpirme y luego no escuchar lo que dije. ¿Tengo su confirmación de que se me unirá en esta reunión?

Perdida en una maraña de emociones, Margot no pudo encontrar un motivo racional para rechazarlo, así que solo contestó: —Ahí estaré. Solo déjame saber cuándo y dónde.

No muy satisfecho, Jack Stakes puso los ojos en blanco mientras se levantaba abruptamente para irse. Con un profundo suspiro y un movimiento de cabeza, se disculpó una vez más por interrumpirla. No fue necesaria más conversación, así que con paso pomposo regresó directamente a su mesa al otro lado del salón usualmente alegre donde estaba sentado solo, escondido tras una pila de libros. No miraba ni a la derecha ni a la izquierda, sino que mantenía los ojos fijos en sus libros, ajeno a todos los demás.

Margot lo observó durante unos minutos y se preguntó cuántas personas verían el mundo como él, con su rígida certidumbre y sus términos tan antipáticos. Creyó que sin duda sería más fácil si hubiera una respuesta correcta o incorrecta para todo y se dio cuenta de que era probable que, con demasiada frecuencia, también ella se comportara de acuerdo con una especie de manual de políticas universales y siguiera los procedimientos formales al pie de la letra. Había funcionado en el pasado, entonces ¿por qué esta vez se sentía diferente?

Margot ya no tenía hambre: se apartó de la mesa, canceló su pedido y salió del café. Sin ningún plan específico más allá de alejarse de Jack Stakes, decidió regresar a la oficina.

Tal vez Melina ya haya dejado un mensaje. ¡Oh, cuánto más fácil sería si alguien hubiera muerto en su familia! Ella todavía buscaba un gancho concreto en el que poder colgar sus pensamientos y examinarlos de manera racional. Margot estaba enojada consigo misma por haberse rendido con tanta facilidad ante Jack Stakes y no hacer más preguntas. *Tal vez había hecho lo correcto al confirmar que Melina había faltado a su examen sin estar justificada, pero ¿y si se equivocaba? ¿Y si Melina tuviera una buena razón para irse a casa y todo lo que ella tuviera que hacer fuera excusarla?* La propia Margot había sido un tipo de estudiante muy diferente. Nunca habría faltado a un examen por su familia, y su familia nunca se lo habría pedido. Era un desafío ponerse en el lugar de Melina, pero...

Para cuando llegó a Anderson Hall, Margot estaba convencida de que había hecho lo correcto. No tenía por qué gustarle la actitud abrupta o la exigencia grosera de Jack Stakes, pero sí necesitaba escuchar a un profesor de alto nivel que podría estar en posición de decidir su destino en el futuro. Se sintió un poco más tranquila hasta que se dio cuenta de que estaba a punto de pisar el último escalón del corredor del sótano, el mismo lugar donde ella y Melina habían experimentado esa breve pero significativa conexión una semana antes. No podía expresarlo con palabras y se sentía extraña al pensar que podría resolverlo con solo sentarse ahí, pero por si acaso se sentó en el frío y rígido escalón.

Se quedó allí en total silencio durante unos minutos, hasta que notó una luz brillante que provenía de su oficina. ¡No era posible que se hubiera olvidado de cerrarla, no con todos esos exámenes adentro! Se levantó con brusquedad, mientras se rependría a sí misma que no debía perderse en sus pensamientos.

Mientras se acercaba, la perturbó ver que era claro que había alguien adentro. Perpleja por esta inesperada interrupción del momento de tranquilidad que buscaba con desesperación, Margot empujó la puerta para abrirla en seguida. *¡Oh, no! ¡Harry había regresado temprano!* Hasta ahí llegaba su intento de resolver su dilema sola.

—Hola, Margot. ¿Cómo estuvo tu descanso? —preguntó Harry, sin su habitual sonrisa de bienvenida. Parecía estar afligido, algo inusual en él.

—Estuvo bien. Fui a pasar un tiempo con mis padres, así que no puedo decir que fue divertido. Pero estuvo bien poder escaparse unos días.

Con toda intención, Margot no le preguntó sobre su descanso. No quería prolongar la conversación, pero Harry estaba de humor para hablar.

—Margot, ¿encontraste una nota en tu escritorio cuando llegaste hoy? ¿Una nota de una de tus estudiantes, Melina?

La pregunta llamó su atención. Harry se llevaba muy bien con los estudiantes: tal vez podría ser útil en esta ocasión, y parecía saber de la ausencia de Melina.

—Sí, había una nota. Ella no dio ninguna excusa, solo dijo que tenía que ir a casa por su familia. Eso en verdad no es suficiente para excusarla formalmente, pero espero que esté bien. ¿Tú sabes qué era tan grave en su casa?

—Sí. Yo mismo la llevé y le insistí para que te dejara una nota. Había tratado de encontrarte, pero creo que te fuiste temprano. Melina realmente quería hablar contigo en persona, pero tengo que decirte... tenía bastante miedo de lo que pudieras decirle.

—Bueno... Lamento oír que me tiene miedo. La busqué hoy para poder entender qué ocurría, pero ella no estaba en su residencia. Algunos integrantes del cuerpo docente, uno en particular, están bastante molestos porque ella faltó a los exámenes. Jack Stakes ya programa una reunión en la que se le pedirá que explique por qué se fue. Me pidió que estuviera presente para confirmar que no asistió a mi examen.

Cuanto más hablaba, más podía ver Margot que el rostro de Harry se enrojecía y que todo su cuerpo se ponía en estado de agitación. Nunca lo había visto así. Era claro que ella había desencadenado algo cuando él golpeó su escritorio e hizo volar papeles por toda la habitación. Harry se puso de pie con tanta fuerza que ella temió que pudiera explotar.

Gritó, literalmente: —Margot, llevé a Melina a su casa porque su familia de verdad la necesitaba. Era algo que no podía esperar. Existimos gracias a los estudiantes, ¡pero nunca los ponemos en primer lugar! Melina tenía una responsabilidad con su familia, que no sabe en absoluto cómo funciona una universidad. ¡Sus padres no estudiaron! Están muy orgullosos de ella, pero para ellos, la familia siempre será lo primero.

Harry respiró profundo y se sentó.

—Oye, lo siento, Margot, pero esto se ha vuelto personal para mí. Perdí a mi familia hace unos años, así que entiendo a Melina y quiero ayudarla. También estoy harto de los profesores tradicionales de aquí, como Jack Stakes, que ven el castigo como una estrategia más eficaz que intervenir cuando un estudiante necesita ayuda.

Aturdida por el arrebato de Harry, junto con su confesión personal, Margot se quedó sin palabras. En su mente regresó a su propia visita familiar del fin de semana, y recordó que no había nadie en casa cuando ella llegó. *¿Cómo pueden ser tan diferentes las familias?*

Reunió sus pensamientos y se hizo un recordatorio de preguntarle a Harry sobre su propia familia más tarde. Por ahora, lo único que pudo decir fue: —Harry, por favor dime qué era tan importante. Si lo supiera, podría pensar en excusar formalmente a Melina. Pero sin saber, no puedo ir en contra de Jack Stakes.

—No me corresponde contar esa historia, Margot. Lo único que puedo decir es que fue en extremo difícil para ella y que, al final, no tenía otra opción.

Margot se sorprendió a sí misma y respondió: —Harry, ¿qué debo hacer? ¿Cómo funciona esto? ¿Existe la posibilidad de que le pidan a Melina que deje la universidad?

La ira de Harry regresó.

—Con Jack Stakes en la mezcla, cualquier cosa puede ocurrir. Es un hombre enojado y sin empatía hacia los estudiantes. Su trabajo es su vida y espera lo mismo de sus alumnos. Cuando su esposa estaba viva, mostraba un poco más de comprensión, pero cuando ella murió, se dedicó por completo a su trabajo y se alejó de todas las relaciones personales. También tiene un hijo que ha estado en una institución estatal la mayor parte de su vida. La mayoría de los fines de semana, Jack lo visita y siempre regresa más gruñón y más difícil de tratar. Compadezco a los estudiantes que toman cualquiera de sus cursos un lunes por la mañana. Una parte de mí siente pena por él. Lo ha pasado muy mal, pero no puedo racionalizar cómo trata a nuestros jóvenes. El problema es que es un profesor titular de alto nivel que aporta mucho dinero a esta universidad. Estará aquí hasta el día de su muerte. A nadie le gusta, pero todos le tienen miedo, así que lo dejan tranquilo para que atemorice a nuestros estudiantes.

—Esa es una historia bastante interesante, Harry. ¿Cómo sabes tanto sobre él?

—Todos en Balsam saben acerca del Dr. Stakes. Se tomó un año sabático para cuidar a su esposa cuando ella estaba demasiado enferma para seguir trabajando. Se celebró un servicio conmemorativo en la capilla cuando ella murió. Era muy querida aquí y siempre esperábamos que lo ablandara.

—Veo que eso no funcionó. Sigue. ¿Qué ocurrirá en esta reunión?

—En esta reunión, le pedirán a Melina que explique por qué faltó a sus exámenes, y Stakes tal vez querrá alguna prueba escrita de su excusa. También se les puede pedir a sus otros profesores que ofrezcan sus opiniones sobre la actitud general y el desempeño de Melina, y que compartan sus perspectivas. Después de eso, podrían poner a Melina en licencia temporal y no podrá asistir a clases ni acceder a los servicios universitarios. También abandonará su trabajo en el departamento.

No veo cómo poner a un estudiante en licencia puede ayudar en este tipo de situaciones.

Es un proceso anticuado que los margina y los hace avergonzarse. Ella necesita el trabajo para pagar sus cuentas universitarias y necesita apoyo para descubrir cómo tener éxito aquí en Balsam, sin renunciar a sus responsabilidades familiares. El año pasado, cuando presidí el Consejo Adjunto, redactamos una propuesta que exigiría asesoramiento para cualquier estudiante que durante el primer semestre no cumpliera con alguno de los indicadores principales, como mala asistencia, tareas faltantes y no presentarse a exámenes importantes. La Oficina de la Decana la aceptó, pero no algunos de los profesores más tradicionales, que insisten en que la intervención temprana y de apoyo es demasiado blanda. Jack Stakes lideró ese grupo, y esta es su manera de mostrarnos que nuestras propuestas no importan.

Margot se retorcía el cabello nerviosa y sintió un latido sordo que empezaba en la parte de atrás de su cabeza. Pensar que ella contribuiría a ese proceso la perturbaba.

—¿Hay algo que pueda hacer para ayudar a Melina?

—¿Por qué no vuelves a su residencia y tratas de encontrarla? Estoy segura de que te contará su historia, aunque podría resultarle difícil. Una vez que la entiendas, tal vez puedas orientarla sobre qué decir en la reunión y hablar con los demás profesores que podrían asistir debido al acoso de Stakes.

Las palabras de Harry daban vueltas en la cabeza palpitante de Margot mientras él salió a buscar el almuerzo. Cerró los ojos y trató de desenredar sus pensamientos. Nunca había tomado a Harry en serio: después de todo, él era un adjunto que solo estaría allí unos pocos meses hasta que Miriam regresara. Él no parecía profundamente serio, ya que siempre andaba con estudiantes. El impacto que causó en ella ahora fue sorprendente. *¿Por qué era tan diferente ahora? Ella nunca había sido el tipo de estudiante que se perdía un examen por ningún motivo. Pero tampoco había sido nunca de las que se sientan en una escalera y se encierran en sí misma con tristeza. ¿Quién era Melina? ¿Qué ocurría en su familia que la había destrozado tanto?* Al final, Margot decidió que tenía que intentar averiguarlo.

Se levantó de su silla con tal revuelo que sus bien apilados exámenes volaron por toda la habitación. Dudó un momento y casi se detuvo para ordenar todo, pero no, no había tiempo para eso ahora. Caminó con una intensidad ciega por el campus. Margot no se daba cuenta de lo que la rodeaba y tropezó con un pequeño bote de basura que un grupo de estudiantes usaba como meta para algún juego que practicaban. La lata le provocó daños menores en la rodilla y el codo, pero tampoco tuvo tiempo para eso, ni para las risitas que oyó del grupo de atletas. Llegó en seguida a Forbes, y se dio cuenta de que todavía no tenía idea de cómo encontrar a Melina.

Esta residencia era un pequeño edificio de gran altura y no había directorio. Se preguntó quién creaba esos ambientes tan hostiles y estériles para los jóvenes y se prometió formar parte de algún comité del cuerpo docente que pudiera hacer algo al respecto. Mientras deambulaba por el área del vestíbulo, oyó voces, y lo que parecían llantos, que venían del final del pasillo. Al no ver a nadie más en el vestíbulo, Margot fue en esa dirección. Solo echaría un vistazo para ver si alguien podía ayudarla.

Lo que vio la sorprendió. Una persona joven, una estudiante, pensó, estaba sentada allí, al lado de la pequeña mujer que antes estaba limpiando la puerta principal. La cabeza de la estudiante estaba enterrada entre sus manos y oculta tras una cortina de cabello largo y oscuro. Ella lloraba. Margot golpeó con cautela la puerta abierta.

—Hola… ¿Se acuerda de mí? Lamento molestarla, pero estuve aquí más temprano en busca de una estudiante que vive aquí. Su nombre es Melina García. No sé dónde encontrarla.

Con esto, la estudiante levantó la cabeza y Margot vio que era Melina. La mujer mayor se puso de pie y caminó hacia Margot.

—La recuerdo. La Dra. Pearson, ¿verdad? Yo soy María. Melina está aquí.

—Melina, lamento mucho interrumpir, pero encontré tu nota y quiero saber por qué era tan importante para ti regresar a casa. ¿Debería regresar? En realidad necesitamos hablar esta noche o mañana, pero no tiene que ser ahora.

Melina intentó con desesperación dejar de llorar: se estremeció y tragó aire en un esfuerzo por recomponerse. María le ofreció unos pañuelos de papel y le habló, con amabilidad y suavemente, en español.

Con la mano que le cubría la boca en forma parcial, Melina dijo:
—Gracias por encontrarme, Dra. Pearson. Me siento muy mal y quisiera explicar lo que ocurrió en mi familia. Tuve que ir a casa. No tenía elección, pero sé que estoy en problemas.

María le indicó a Margot que se acercara al pequeño sofá, que se sentara y luego se fue en silencio, para darle a Melina el espacio que necesitaba para contar su historia.

Una hora más tarde, fue el turno de Margot de secarse las lágrimas. Le contó a Melina sobre la reunión en la Oficina de la Decana y le aseguró que irían juntas. Quería que pareciera que no era gran cosa, pero como ni ella misma estaba segura, quizá no era muy convincente.

Abrazó a Melina y le agradeció a María antes de correr por el vestíbulo hacia la puerta principal.

Al salir de Forbes, Margot se sorprendió al principio de lo oscuro que estaba: ¿era realmente tan tarde? Por suerte, una luna llena iluminaba la acera. Ahora sabía lo que debía hacer y lo único que quería era volver a casa y confiarle todo a Biko antes de hacer la llamada telefónica.

13
Melina

El silencio de la casa aún cubría a Melina mientras se deslizaba en el automóvil junto a Harry. Mamá lo saludó desde la entrada y le lanzó un beso por cuidar a su hija. Harry una vez más le envió una enorme sonrisa hacia las escaleras mientras se alejaba de la acera. Era una mañana gris y la calle no estaba llena del alegre caos de niños como cuando llegaron. No. Había silencio, un silencio sepulcral, envuelto en miedo y ansiedad. Las puertas estaban cerradas a lo largo de la calle, pero el elemento común era que en casi todas las casas habían colgado una bandera estadounidense para mostrar en forma prominente la lealtad y confiabilidad de las familias que vivían adentro.

El consuelo del interludio del día anterior con la Sra. Ingram también había desaparecido, y Melina se sentía mal del estómago. Se abrazó con fuerza a sí misma para no temblar. Seguía repitiendo en su mente la escena en el tribunal con Papá y la abrumaban el miedo y la ira. *Él siempre había intentado hacer lo correcto. Era un hombre responsable que trabajaba horas extras para cuidar de su familia. Lo que le hacían simplemente no tenía sentido. Había intentado conseguir sus documentos hacía mucho tiempo y se los habían denegado debido a cuestiones legales que no entendía. Pensó que si se mantenía alejado de los problemas y tenía un empleo, todo saldría bien. ¿Y qué había hecho ella para ayudar? ¡Nada! Solo se sentó en la última fila cuando cerraron la audiencia y criticaron su falta de inglés. ¿Por qué no había hecho más? ¿Habría hecho lo suficiente el Sr. Salgado? ¿Podría ella haberlo ayudado? Y habían fijado una fecha para dentro de cuatro años para otra audiencia… ¿Cómo se prepara una familia para eso? ¿Papá volvería a ser el mismo alguna vez?*

Cerró los ojos pero no pudo dormir. Había demasiados pensamientos en su cabeza, y todos competían por llamar su atención. Melina sabía que los sentimientos que había mantenido guardados en las nubes durante los últimos días necesitaban ser liberados. ¿Qué podía hacer ella? Quizá podría hablar con Harry, pero tenía miedo de oír lo que él pudiera decir. Ella le echó un vistazo mientras él los alejaba de su familia y los llevaba de regreso a la universidad. Tarareaba en voz baja la música de la radio, y ella entendió que él respetaba su necesidad de silencio. Pero… ella necesitaba su ayuda.

—Dr. Sanders, quiero decir, Harry, ¿qué ocurrirá ahora? Creo que estoy en un gran problema.

Harry apagó la radio y miró en dirección a Melina. Se había preparado para este momento.

—Vamos paso a paso, Melina. Lo primero que debes hacer es volver a ver a tus profesores y hacerles saber que has regresado. Diles que quieres recuperar tus exámenes lo antes posible. Con suerte, eso será el final del asunto. Harás los exámenes y comenzarás a ir a clases como antes. También existe otra posibilidad: pueden pedirte que te reúnas con un consejero que se te asignará para apoyarte. El Centro de Asesoramiento es un lugar donde puedes sentirte segura al hacer preguntas y contar tu historia. Puedes informarles sobre tu familia y confiar en que todo lo que les cuentes será confidencial. Te asesorarán sobre políticas estudiantiles y te indicarán recursos universitarios que es probable que nadie más te haya mencionado.

—¿Un consejero cuesta dinero? ¿Me quitarán mi beca y mi empleo? ¿Todo el mundo tiene que saberlo? —preguntó Melina.

—Melina, no es un castigo. Un consejero está ahí para ayudarte y no tiene costo. No necesitas decírselo a nadie si no quieres.

Melina se hundió aún más en el asiento delantero para pensar en lo que Harry acababa de decir. A primera hora de la mañana, ella iría a buscar a sus profesores y les preguntaría sobre la posibilidad de realizar los exámenes perdidos. *Sabía que el Dr. Gregory y la Dra. Silverman estarían bien, pero ¿qué ocurriría con el Dr. Stakes y la Dra. Pearson? El Dr. Stakes había sido tan cruel que ella ni siquiera había visto a la Dra. Pearson. ¿Y si estuvieran enojados con ella y no entendieran su responsabilidad hacia su familia? ¿Y si no la dejaran recuperar sus exámenes? En la escuela secundaria, ver a un consejero significaba que uno estaba en problemas: el siguiente paso era la suspensión. Todos se reían y chismorreaban cuando alguien tenía que ver a un consejero, y ella estaba segura de que los consejeros hablaban entre ellos sobre los niños que veían.* Ahora tenía jaqueca y le dolía el estómago. Cerró los ojos e intentó contener con todas sus fuerzas las lágrimas que amenazaban con desbordarse.

Melina permaneció así durante el resto del viaje de regreso a la universidad. Sabía que debía agradecerle a Harry por explicarle las cosas, pero tenía demasiado miedo para hablar. Si abría la boca sabía que empezaría a llorar. Harry regresó a su estación de radio de rock 'n' roll y dejó a Melina deambular por su propio mundo privado de ansiedades y confusión mientras le dolía la cabeza.

Después de lo que parecieron varias horas, pero fueron menos de tres, se detuvieron frente a Forbes Hall. Melina se tomó su tiempo para salir del automóvil mientras luchaba por evitar que las piernas le fallaran. Apenas la sostuvieron mientras ella alcanzaba a Rosa y a su nueva mochila del asiento de atrás. El estómago le gruñía y la cabeza le pulsaba, y apenas logró agradecerle a Harry su amabilidad. Se colgó la nueva mochila al hombro como hacían los otros estudiantes y se dirigió hacia las grandes puertas de vidrio que parecían llamarla en forma siniestra. Melina sabía que nunca encajaría del todo en ese mundo, ni siquiera con una mochila azul. Qué diferente era de su verdadero hogar, donde mamá la esperaba en el escalón superior para ofrecerle un cálido abrazo. Vio a Harry alejarse y consideró huir en la otra dirección, hacia la estación de autobuses. *¿No sería más fácil solo subirse a un autobús con Rosa y regresar a casa? Su familia la necesitaba, y este sueño suyo de ir a la universidad, no era lo que ella creyó que sería.* De hecho, se estaba volviendo complicado, con tantas partes confusas por sortear, como las constantes luchas de Papá con las autoridades de inmigración.

Melina se arrastró hacia Forbes por una niebla vertiginosa, sin estar segura de cuáles deberían ser sus siguientes pasos. *¿Y si Teresa hubiera regresado antes?* Aunque Melina le había prometido a la Sra. Ingram que hablaría con ella, parecía algo demasiado difícil en ese momento. A medida que se deprimía cada vez más, vio a alguien que la saludaba salvajemente a través de la puerta de vidrio. ¡María! Melina casi gritó en voz alta con alivio. María entendería. Encontró una fuerza renovada en sus piernas temblorosas.

Una vez adentro, el abrazo de María le dio calor y le recordó el de Mamá.

—¡Oh, estoy tan feliz de verte, Melina! ¡Me preocupé cuando no regresabas! ¿Estás bien? ¿Cómo está tu familia?

Tan pronto como escuchó la palabra *familia*, ya no pudo sostener su máscara. Corrieron lágrimas húmedas por su rostro, que lavaban su disfraz y empapaban su bufanda, mientras todo su cuerpo se sacudía, como si le hubiera caído un rayo.

María la estabilizó y le dijo: —Ven conmigo, Melina. Tengo algo que te hará sentir mejor. Sentémonos y hablemos, ¿de acuerdo?

—Gracias, María —dijo Melina entre sollozos. Me gustaría mucho eso.

Juntas, del brazo, caminaron por el pasillo hasta llegar a la habitación de María.

—Siéntate aquí, Melina. —Voy a prepararnos un té de hierbas y huevos con canela.

Después de encender una pequeña vela amarilla que olía a lirios, María desapareció en la cocina para preparar sus antídotos contra la tristeza. Rodeada de algunas de las comodidades del hogar, Melina comenzó a creer que había esperanza. Se sintió reconfortada por la Virgen de Guadalupe: de hecho, había varias aquí que velaban por ellas, como en casa. Las familiares cubiertas de plástico, las flores, el olor a canela en la cocina… incluso la vela amarilla era la misma que mamá encendía cuando se sentía estresada. El dolor punzante en la cabeza de Melina disminuyó un poco y su estómago comenzó a aquietarse.

—¡Aquí estamos! Espero que esto te haga sentir mejor María regresó a la habitación con una bandeja de plástico colorida llena de té y huevos cubiertos de canela, rodeados de ramitas de menta. Estos eran remedios familiares para Melina, y sonrió por primera vez desde que regresó a su casa días atrás.

María se sentó a su lado y una vez más le preguntó por su familia. Esta vez, Melina estaba lista para hablar. Le contó todo lo sucedido durante los últimos dos días y sintió que su carga disminuía porque se lo contaba a alguien que la entendía. María la alentaba con suavidad mientras colocaba las piezas y la ayudó a completar los detalles cuando a veces vacilaba.

La buena señora esperó hasta estar segura de que Melina había terminado. Entonces, respiró profundo.

—Melina, siento mucho escuchar todo esto. Voy a compartir contigo algo de lo que nunca hablo. Cuando mi hija, Dulce, se inscribió aquí en

Balsam, tuvimos exactamente el mismo problema, lo creas o no. Mi esposo, su papá, tampoco tenía su permiso de residencia, y lo citaron al tribunal para un proceso de deportación. Mi inglés no era muy bueno y Dulce vino a casa para apoyarlo en su audiencia, tal como lo hiciste tú. No teníamos un abogado como el Sr. Salgado, así que ella reunió todos los documentos que pudo encontrar. Faltó a muchas clases. Cuando regresó a la universidad, tuvo que reunirse con los profesores aquí y trabajar duro para demostrar su valía y volver a ponerse en camino. Yo no trabajaba aquí en ese tiempo. De todos modos, deportaron a mi marido a México y no lo hemos vuelto a ver desde entonces. De alguna manera, a Dulce se le metió en la cabeza que era su culpa que deportaran a su padre, como si pudiera haber hecho algo más o de manera diferente. Todavía está demasiado triste para hablar de eso.

Melina sintió que las lágrimas volvían a brotar mientras la escuchaba. —Lo siento mucho por tu esposo, María. ¿Sabes dónde está?

—Está de regreso en Reynosa con su madre y seis hermanos. Tiene un buen empleo y nos envía dinero cuando puede, pero lo extrañamos. Es una gran ayuda para su madre. Está bien. Es lo que es. Sabemos que está a salvo y ya no tenemos que preocuparnos de que alguien venga a nuestra casa en mitad de la noche.

—¿Por qué tú y Dulce se quedan aquí? ¿No quieres estar con él en México? —preguntó Melina.

—Bueno, Dulce se graduó de la universidad y tiene un buen trabajo en la ciudad. Ella nació aquí, es ciudadana, ¿sabes? Yo no puedo dejarla aquí sola, ella es mi hija. Aquí es donde está nuestra vida. Y la universidad me contrató después de lo que le ocurrió a ella.

—¿Qué ocurrió cuando Dulce regresó y habló con el cuerpo docente? ¿Entendieron?

—No, la verdad es que no. No lo entendieron; le dijeron que faltaba a demasiadas clases. Perdió su beca y regresó a casa.

—Pero pensé que se había graduado. ¿Qué sucedió?

—Bueno, hubo una persona que nos ayudó, una buena profesora. Ella ayudó a Dulce a escribir una carta de apelación, para poder obtener otra beca y regresar al año siguiente. También me ayudó a conseguir este empleo. Con mi trabajo, más uno de medio tiempo aquí para Dulce, pudimos pagar sus estudios y ella se graduó en seis años. Obtuvimos un permiso especial para vivir juntas en esta habitación. Ella no tenía muchos amigos, pero estudiaba mucho. Ahora tiene un buen empleo y a veces me visita los fines de semana.

El cuerpo de Melina se hundió más profundo en el sofá de María. Echó la cabeza hacia atrás y tomó aire varias veces. Mientras inhalaba, se dio cuenta otra vez de que quizás enfrentaría un problema serio. No se arrepentía de su decisión, pero le preocupaba que Mamá y Papá se culparan si ella regresaba a casa en forma definitiva. Ella también sería otra carga para ellos. —¿Qué será de mí ahora? Mis profesores no entienden por qué me fui y me pedirán que deje la universidad, ¿no? Si me envían a casa, no creo que pueda regresar. No tendré suerte como Dulce porque no tengo un maestro aquí que se preocupe por mí. El Dr. Sanders es una buena persona, pero no es uno de mis profesores. Quizás él pueda ayudar, pero no estoy segura de poder pedírselo.

—Melina, a veces la gente te sorprende. Nunca se sabe. ¿Conoces a la Dra. Pearson? Ella estuvo aquí hoy y quería verte. ¿No es ella una de tus profesoras?

Melina se sentó derecha y tomó más té mientras su estómago comenzaba a revolverse de nuevo.

—¿Qué quería? —balbuceó. ¿Por qué me buscaba? La Dra. Pearson parece un poco desalmada y no muy amigable con los estudiantes. Ni siquiera pude encontrarla para decirle que me iba. Sé que es probable que esté enfadada.

Melina se cubrió la cabeza con las manos y lloró sin control. María la abrazó como si fuera su propia hija y en silencio prometió consolar a Melina durante el tiempo que fuera necesario para que se calmara. Sin previo aviso, interrumpió su abrazo un suave golpe en la puerta entreabierta. María miró hacia arriba y vio a la Dra. Pearson.

—La recuerdo. Dra. Pearson, ¿verdad? —preguntó María. Ante esto, Melina levantó la mirada a través de las lágrimas y trató de dejar de temblar. Era imposible, así que se cubrió la boca y se esmeró por estabilizar su voz.

—Gracias por encontrarme, Dra. Pearson. Me da vergüenza, pero me gustaría explicar lo que pasó en mi familia.

María dudó un momento y se levantó del sofá. Le hizo un gesto a Margot para que ocupara su lugar. —¿Puedo traerle un poco de té, Dra. Pearson? Margot, que estaba nerviosa, lo aceptó de buena gana y se acomodó a una distancia respetuosa de Melina, pero inclinada hacia ella con total atención. No sabía qué esperar, pero estaba dispuesta a escuchar.

Melina respiró profundo y contó la historia de su familia. En lugar de comenzar con los detalles de la semana anterior, hizo un recorrido en zigzag por sus antecedentes: habló de su familia y su hogar, su vecindario... la pequeñez de todo, el caos, el amor. Habló de Mamá y Papá y de lo duro que trabajaban para cuidar de ella y de sus hermanos, y de lo mucho que querían que ella se quedara en casa y consiguiera un empleo, en lugar de ir a la universidad. Incluso habló de la Sra. Ingram y de lo mucho que la había ayudado. Tuvo la sensación de que la Dra. Pearson escuchaba con atención y esperaba algo específico.

Bueno, por supuesto que sí: aún no he llegado a explicar por qué me perdí los exámenes, pensó Melina para sí misma. Una vez que empezó a hablar, su corazón la guió, pero ella sabía que a la Dra. Pearson no le importaría su vida familiar. Solo querría saber dónde había estado la semana anterior.

—Dra. Pearson, lo siento mucho. Es difícil hablar de mi familia en fragmentos. Cuando pienso en nosotros, es como si viera un mosaico gigante y me resulta difícil mirar las piezas individuales. Por separado, no significan nada. Lo lamento. Le contaré lo que ocurrió la semana pasada…

Ahora esperamos a ver qué puede hacer el Sr. Salgado por nosotros. Dice que todos debemos ayudarlo a reunir los documentos que Papá necesita para el juicio de asilo y la solicitud de visa U. Mientras tanto, Mamá trabajará su turno de noche, volverá a casa y encontrará paz en la cocina, donde está más cómoda. Cuidará a los niños y cocinará más comida de la que nadie puede comer. Papá seguirá tomando empleos diarios para ganar suficiente dinero para irse con Mamá en caso de que lo deporten. Cuando trabaja tan duro y le pagan en efectivo, esconde el dinero dentro de las fundas de las almohadas de su sillón reclinable, para que nadie sepa que lo tiene. A ambos les preocupa que los roben. Rezarán para que nadie llame a la puerta y Papá mirará el fútbol en silencio en su sillón reclinable. Nadie dormirá mucho, pero seguro que todos aumentarán de peso.

Margot se sintió como si estuviera en un sueño. Nunca había escuchado una historia como esta y nunca había conocido una familia como la de Melina. ¿Qué podría decir ella que pudiera ayudar? Con toda su formación en psicología, no tenía idea de cómo ayudar a esta joven a entender todo esto. Lo máximo que pudo decir fue: —Melina, gracias por compartir esto conmigo. No tenía ni idea. Tu familia suena muy cariñosa y cálida. Eres afortunada de que se preocupen tanto por ti. Lamento mucho lo que están atravesando todos ustedes.

Luego, sin pensarlo, se inclinó sobre el sofá y atrajo a Melina hacia sus brazos. Se quedaron unidas por ese abrazo durante unos minutos, tal como se habían conectado en la escalera una semana antes. —No sé qué pasará aquí en la universidad, Melina, pero te prometo que haré todo lo que pueda para ayudar. Para eso, necesito ir ahora y llamar a la Oficina de la Decana. Intenta dormir un poco esta noche y nos vemos mañana. ¿Te parece?

Dicho esto, Margot le dio una palmadita rápida al sofá cubierto de plástico y salió de la habitación en silencio, tal como había entrado varias horas antes. La historia de Melina la había fascinado tanto que se había olvidado por completo de la taza de barro llena de té que María había preparado y que todavía estaba sobre la mesa.

Margot

Mientras caminaba a su casa, la mente de Margot corría una carrera para procesar todo lo que acababa de escuchar. Se preguntó cómo había podido estar tan ciega y ser tan insensible. ¿Cómo podía ella, una psicóloga, no darse cuenta de lo angustiada que estaba una de sus estudiantes? *¿Tal vez no era solo Melina? Tal vez había otras personas en su clase que tenían dificultades. Era algo más allá de lo que Margot jamás había experimentado. ¿Cómo se suponía que iba a conocer las historias de vida de todos los inscritos en sus clases cuando solo levantaban la vista para tomar notas de las diapositivas que ella pasaba?*

Recordó sus días de estudiante: *sus profesores nunca se habían interesado en forma personal por ella, y nunca le habían preguntado si todo estaba bien en casa. La verdad era que las cosas no siempre iban bien, pero ella se zambullía en su trabajo en la universidad, y dejaba todo lo demás de lado. ¿O solo lo había enterrado? ¿Era mejor lo que hacía Melina? Era cierto que estaba estresada, pero no se sacudía de encima a su familia.*

Una vez que se resuelva toda esta situación, tengo que pensar cómo interactuaré con mis estudiantes. Cómo puedo conocerlos, para no estar tan ciega si hay una próxima vez.

Evitó regresar a la oficina, a pesar de que recordaba el desorden de papeles que había dejado esparcido por el suelo. En lugar de eso, se fue a casa. Mientras hacía girar la llave en la puerta principal, oyó algo del otro lado. Suponía que Biko dormiría profundamente en el dormitorio, y se sobresaltó porque casi tropezó con él al entrar. ¡Qué sorpresa! Él se rozó contra su pierna y estiró sus patas delanteras sobre su muslo como si quisiera que lo levantara.

Este gato debería ser el psicólogo, no yo, pensó Margot. *Él sabe por qué volví a casa. Necesito una sesión de terapia, y él es el único que al menos fingirá escucharme.*

Lo levantó con un cálido abrazo y fueron a sentarse en el elegante sofá blanco, para ordenar sus pensamientos. Jaló una manta desgastada de rayas azules y los cubrió a ambos con ella, y así comenzó Margot la sesión. Intentaba poner sus pensamientos confusos en palabras que tuvieran sentido.

—Bueno, Biko, estoy en medio de un dilema emocional muy real, y no tengo ni idea de cómo afrontarlo.

Mientras observaba su nuevo apartamento con sus primeros muebles decentes, pensó en cómo Melina había descrito su casa como pequeña, pero llena de amor y unión familiar. De repente, el sofá blanco y las cortinas flamantes parecieron fríos y excesivos. *Además de Biko, ¿dónde estaban el amor y la calidez?* Ella se retorció un mechón de cabello y continuó.

—Una de mis alumnas, Melina, está en problemas. Si la defiendo, puedo estar ignorando la política de la universidad y es probable que mis colegas no me apoyen. Podría perder mi empleo. Soy apenas una docente de primer año, sin titularidad. Si eso sucede, tendremos que abandonar nuestro lindo y nuevo lugar e irnos quién sabe adónde. Ni siquiera llevo un año aquí, por lo que en realidad debería seguir cualquier política que establezca consecuencias para los estudiantes que faltan a demasiadas clases o exámenes. La universidad cree que los estudios son lo primero y las familias deben entender eso cuando envían a sus hijos aquí. Una vez inscritos, se convierten en nuestros estudiantes y dejan de ser sus hijos. Si se comienzan a hacer excepciones, nadie se presentará a nada jamás. Los jóvenes pensarán que pueden hacer que todo les resulte conveniente y los horarios universitarios caerán en el caos. Yo nunca falté a un examen. ¡Mis padres me habrían matado! Los estudios eran lo primero, siempre… sin excepciones. Maldita sea, ¿qué me estoy perdiendo aquí?

Biko se revolvió en el regazo de Margot y se volteó para mirarla. Soltó un ruidoso *miaaau* y se estiró de nuevo, mientras metía la cabeza bajo la manta. ¿Respondía a sus divagaciones o solo le estaba dando permiso para continuar? Cualquiera fuera la señal, Margot retomó el tema donde lo había dejado y pasó a defender a Melina.

—El compromiso con su familia son los cimientos de esta chica. Es lo que mantiene unida su vida. Todos se apoyan mutuamente y hacen sacrificios unos por otros. A ella le importa mucho eso, pero también tiene el sueño de obtener un título universitario que le daría independencia y ayudaría a mejorar la posición y la seguridad de la familia. Ella quiere terminar su educación para poder restituir a su familia y dar algo a su comunidad. El tejido que mantiene unida a su familia se está estirando en tantas direcciones que comienza a deshilacharse en los bordes, y ella necesita evitar que se despedace. Cuando se fue a su casa durante la semana de exámenes, pensó que no tenía otra opción. Aunque no puede cambiar el resultado del juicio contra su padre, les brindó apoyo emocional a él y a su madre. Según dijo Harry, todo el vecindario salió a darle la bienvenida cuando llegó. ¿Cómo puede una institución castigar a alguien así?

Mientras Margot reflexionaba sobre estas perspectivas contrapuestas, frotó con su mano el sofá blanco y aterciopelado. *Este sofá era el modo en que su madre premiaba la excelencia: era la única manera que conocían sus padres de reconocer sus logros. Si la hubieran expulsado de la universidad o no hubiera podido conseguir un empleo, no habría habido sofá nuevo. Ella sabía que su madre no entendería este dilema. Después de todo, su única hija había sido Phi Beta Kappa y la primera de su clase. Su consejo sería simple y directo.*

—Margot, has trabajado duro para llegar adonde estás. Esta estudiante, esta chica Melina, es probable que no debiera haber ido a la universidad en primer lugar. Es claro que no está preparada para hacer los sacrificios necesarios para triunfar. ¿Vas a desacelerar tu carrera por alguien que en realidad no pertenece allí?

Margot cerró los ojos mientras se frotaba las sienes, con la esperanza de arreglar algo del desorden en su interior. Por supuesto, Melina estaba haciendo sacrificios. Trabajaba más duro de lo que Margot había tenido que hacerlo jamás para que su sueño se hiciera realidad. Margot estudió mucho, pero nunca tuvo que preocuparse por el bienestar de sus padres. No completó sus estudios para retribuir algo a su familia ni a ninguna otra persona. Su familia tenía todos los recursos que necesitaba y más. Nunca habían vivido con temor de que los enviaran lejos. No, Melina recorrería un camino más difícil del que Margot había experimentado jamás.

Miró a Biko, acurrucado en una bola apretada en su regazo debajo de la manta, que ronroneaba contento. No había respuestas allí. Margot cerró los ojos con esperanza de que eso la ayudara a pensar mejor. Una hora después, cuando sus pensamientos ya no tronaban como una cascada furiosa contra su frente, Margot supo lo que tenía que hacer. Llamaría a la Oficina de la Decana. La llamada podría ir en dos direcciones: podría mentir por Melina y decir que no había faltado al examen, o solo decirle a la Decana que ella excusaba la ausencia.

No le pareció correcto mentir cuando la joven había sido tan franca con su historia, así que decidió decir la verdad: excusaba la ausencia. Decidido. Pero después de pensarlo mejor, no llamaría. Esperaría hasta la mañana y se lo diría en persona. Eso siempre funcionaba mejor.

¡Brrr… rrr! ¿Por qué tenía tanto frío? Margot se sacudió el sueño de los ojos y los abrió lo suficiente para ver que todavía estaba en el sofá y que Biko había rodado hasta el suelo, y había jalado de la manta con eso. La luz que entraba por la ventana y las nuevas cortinas blancas y sedosas indicaban que el día había comenzado sin ella, pero Biko no: él daba vueltas bajo la manta para llamar su atención. Margot se dio cuenta de que había dormido en el sofá toda la noche y se había olvidado de poner la alarma. *¿Qué hora sería, de todos modos?*

¡Maldición, ya eran las 9:00!

Como se apresuró a levantarse del sofá, se enredó con la manta y cayó encima de Biko. Él maulló y se escurrió bajo el mueble, sin dejar de protestar todo el tiempo. Cuando Margot intentó levantarse, le falló el tobillo y se desplomó en el suelo. Biko salió arrastrándose para frotarse contra su pierna, pero ella no tenía tiempo para su intento de consolarla. Ella rechazó sus esfuerzos, usó el sofá como apoyo y cojeó hasta el baño para apresurarse en lo que tendría que ser una rutina matinal abreviada. La cabeza de Margot había dejado de retumbar en algún momento durante la noche y, mientras se cepillaba los dientes, se sorprendió de sentirse bien. Ya no tenía dudas sobre apoyar a Melina. Sus pensamientos revueltos se ordenaron mientras dormía y confirmaron su decisión. Se echó el cabello hacia atrás para ocultar su aspecto desaliñado y sin lavar, y se puso un atuendo presentable. Necesitaba toda su credibilidad ante la Decana esta mañana.

Echó atún al tazón de Biko, y le prometió que estaría de regreso pronto. Mientras alcanzaba el picaporte de la puerta e intentaba ignorar el dolor en su tobillo, oyó que sonaba su teléfono, alto y claro. ¡Rrrr… rrr! Dios, no tenía tiempo para esto. Lo agarró y casi gritó: —¡Hola!

La voz del otro lado respondió con un tono más formal y serio: —Hola. ¿Es la Dra. Pearson?

—Sí, sí, soy yo, pero tengo mucha prisa. ¿Puedo llamarlo después?

—No. Esta es la Oficina de la Decana, y solo será un minuto. Hemos programado una reunión de revisión estudiantil para mañana por la mañana a las 9:00 para hablar sobre una de sus estudiantes, Melina García.

Margot respondió con rapidez y en tono aliviado.

—Ah, me alegro mucho de que me haya encontrado. Justo salía para su oficina. Ha habido un error. Yo excusé a Melina de hacer mi examen la semana pasada. Programaremos un examen de recuperación más tarde hoy. No es necesaria una reunión.

—Lo siento, Dra. Pearson, pero el Dr. Stakes ya había solicitado la reunión y hemos invitado a Melina a venir. Nos vemos mañana a las 9:00 en la sala de conferencias del primer piso aquí en Clawson Hall. Que tenga un bonito día.

—¡Espere! ¿Es realmente necesario? Puedo escribir una carta formal en la que excuso a Melina y entregársela en unos diez minutos. ¿Hola?

En la oficina de la Decana ya habían colgado. Margot se desplomó en el suelo donde de repente sintió un dolor en el tobillo que se disparaba como una llama caliente por su pierna. *¿Qué había hecho? Ojalá no se hubiera quedado dormida en el sofá y no se hubiera levantado tan tarde. Si solo hubiera confiado en Melina desde el principio… ¿Cómo podría ayudar ahora?* El primer pensamiento de Margot fue contactar a Melina y decirle que todo esto era un error. Ahora correría hasta su residencia para hablarle. Ella giró para irse, pero tan pronto como su peso aterrizó sobre su tobillo, tropezó y cayó al piso de madera. Incapaz de ponerse en pie, Margot se arrastró por el suelo de la cocina hasta el sofá. Biko se precipitó a jugar también ese juego, pero ella lo empujó a un lado, como si hubiera olvidado su papel de terapeuta.

Una vez en el sofá, Margot intentó pensar en una solución, pero el dolor agudo en su tobillo le embotaba el cerebro. Rodó y cayó al suelo una vez más, y debió arrastrarse hasta el baño esta vez, donde guardaba analgésicos para sus jaquecas intermitentes. Por suerte, estaban en un estante bajo: tomó la botella y puso dos comprimidos en su mano. Como no podía alcanzar el agua, logró molerlos hasta convertirlos en polvo con los dientes y se los tragó de una vez. Se apoyó contra la pared y respiró hondo mientras esperaba que actuaran y apagaran las llamas que lamían su tobillo.

Al despertar en el suelo, con ojos borrosos y el cuello inclinado en un ángulo extraño, oyó, a la distancia, el borroso rugido de su teléfono. *Maldita sea, ¿dónde lo dejé?* Margot volteó y lo vio en el suelo, a unos 50 pies de distancia, junto al sofá. Mientras recobraba el sentido de a poco, recordó por qué estaba en el suelo. Ella sabía que era mejor no intentar levantarse, pero ¿cuántas píldoras había tomado, de todos modos? Se dio cuenta de que su tobillo ya no ardía, solo dolía un poco.

Alcanzó el teléfono, pero ya era demasiado tarde. Vio un mensaje que le dejaron desde un número de la universidad: presionó el botón y escuchó.

—Margot, es Harry. Melina acaba de estar en la oficina y te buscaba. Parece que al Dr. Stakes le han permitido convocar una reunión de revisión estudiantil mañana por la mañana. Melina está avergonzada y muy asustada. No sabe qué hacer, pero pensó que podrías apoyarla y quería hablar contigo. Ella me preocupa. Llámame lo antes posible.

Margot volvió a llamar y Harry contestó al instante.

—Harry, no puedo creer que estén haciendo esto. Hablé con la Oficina de la Decana esta mañana y les dije que excusaba a Melina, pero me dijeron que la reunión ya estaba programada y que la habían notificado. ¿Alguna idea de lo que puedo hacer en este punto?

—Margot, ¿qué tal si vas a Forbes y hablas con Melina? La ayudará saber que la excusaste y que estarás allí para ella en la mañana. Quizás también puedas entrenarla sobre cómo contar su historia. Ah, y deberías dejar por escrito que la excusas.

—Harry, no puedo llegar allí. Me torcí gravemente el tobillo y no puedo levantarme del suelo.

—No te preocupes por eso. Yo me rompí la pierna el año pasado y todavía tengo las muletas. Puede que sean un poco largas para ti, pero deberían funcionar. Dame tu dirección y te las llevaré enseguida. Incluso haré otra cosa más. Te llevaré a su residencia. Harry se despidió en forma abrupta, luego de asegurarle que estaría allí pronto.

Margot colgó y se dio cuenta del desastre que era. Harry solía estar desaliñado, pero ella realmente debería hacer algo para limpiarse. Se apoyó en el respaldo del sofá para incorporarse, y descansó allí durante un minuto. Avanzó lento por el piso hasta el dormitorio, logró encontrar unos pantalones deportivos grandes y cómodos, y decidió que eran mejores que los ajustados que se había puesto solo para la Oficina de la Decana. El simple acto de ponerse la ropa deportiva y cepillarse el pelo enmarañado la dejó sudada y exhausta. Se sentó en la cama y trató de trazar la ruta más segura para regresar al sofá. Preocupada de que Biko pudiera salir en cualquier momento y hacerla tropezar, esperó hasta saber exactamente dónde estaba y luego comenzó su simple pero peligroso viaje por la habitación.

Mientras esperaba en el sofá a Harry, Margot reflexionó sobre su situación actual. Qué irónico que su compañero de oficina, antes no deseado, fuera su aliado ahora. Se sentía un poco extraño colaborar con él, pero no había nadie más en quien confiara para entender la historia de Melina. Se asombró de nuevo de lo mal que había entendido esa parte de su empleo. Se trataba de algo más que solo llenar las cabezas de los estudiantes con contenido académico. Había que ayudarlos a aprender a sobrevivir en ese entorno, y eso significaba desarrollar relaciones con ellos. No tenía idea de cómo hacerlo, pero intentaría averiguarlo. Era extraño pero quizás fuera Harry el que la ayudara con eso.

Margot estaba sumida en sus pensamientos cuando oyó un brioso golpeteo en la puerta. Mientras Biko se escabullía bajo el sofá, escuchó:

—¿Hay alguien en casa?

—Entra. Está abierto, Harry. Para su sorpresa, estaba agradecida de escuchar su voz alegre y esperaba ver su sonrisa absurdamente contagiosa. Harry entró con muletas de hospital con rasguños sobre el hombro. Respiró profundo, dejó las muletas a un lado y se sentó en el sofá sin invitación. Era el típico Harry, con su cabello revuelto y su chaqueta de pana raída con coderas rotas.

—Me tomé la libertad de llamar al Dr. Stakes antes de venir aquí. Espero que no te importe, pero pensé que tal vez podría razonar con él y lograr que cancelara la reunión. Le recordé el proceso aprobado en el que un estudiante de primer año solo se sienta con la Decana y se le asigna un consejero que le brinda apoyo para avanzar. Es muy agresivo y me enteré de que acaba de solicitar un puesto en el decanato para el año próximo. Cree que acatar la antigua política tradicional escrita por los profesores de alto rango podría ayudarle a conseguir su apoyo y obtener el puesto. Él también ascendió de la forma difícil, sin descansos, y está convencido de que todos deberían hacerlo de la misma manera. Ah, y afirma que el proceso que recomendamos el año pasado nunca obtuvo la aprobación formal y no tiene ningún respeto por el profesor adjunto que lo escribió.

—Bueno, ¿y qué dijo?

—No tiene ninguna compasión por Melina. En especial porque como es una estudiante de primer año, él cree que, fuera de la muerte de un pariente, ella debería haberse esforzado más para asumir la responsabilidad de sus obligaciones académicas y decirle a su familia que su emergencia tenía que esperar. Incluso si no lo hiciera, los suyos deberían haber sabido lo importante que era para ella poner sus estudios en primer lugar. Él considera que es una falta de respeto hacia sus profesores faltar a sus exámenes. Fin de la historia.

—¿Estás bromeando? ¿Ella no actuó con responsabilidad? ¿Sabe que ellos nunca cursaron estudios? ¿Que ella es la primera de su familia en tener esta oportunidad?

—No, y no le importa. Su respuesta a eso tal vez sería que ella no pertenece aquí. No está preparada para cumplir con las expectativas de una universidad.

Margot se retorció el cabello con furia y sintió que el dolor de su tobillo regresaba.

—Tendremos que ayudar a Melina a contar su historia y recordarle a la Decana la promesa de implementar nuestro proceso de intervención temprana —continuó Harry. —Tal vez lo entienda. Vamos a ver a Melina ahora.

Margot cojeó hasta el automóvil de Harry con sus muletas que sí eran demasiado altas. Se sentía como si la lanzaran hacia un terraplén empinado cada vez que se impulsaba hacia adelante. Harry tenía tanta prisa que apenas la notó hasta que llegaron al vehículo y ella no sabía cómo entrar. Él agarró las muletas mientras ella se dejaba caer en el asiento delantero y se fueron. Cinco minutos después, llegaron a Forbes. Una vez dentro, Margot caminó con muletas por el pasillo conocido e impecablemente limpio hacia el apartamento de María porque todavía no tenía idea de dónde vivía Melina en ese cubo de vidrio extra grande. En forma atropellada le explicó a Harry quién era María y por qué era tan importante para Melina. Harry llamó a la puerta que siempre estaba entreabierta.

—¡Ya voy! —escuchó desde el otro lado junto con un rápido arrastre de pantuflas sobre el piso de madera. Mientras se secaba las manos con una toalla, María abrió la puerta del todo con el pie: esperaba encontrar a un estudiante que necesitara ayuda.

—Hola, María. Soy el Dr. Sanders, pero por favor llámame Harry. Estoy aquí con la Dra. Pearson, para ver a Melina García. ¿Sabes dónde podemos encontrarla?

Claramente sorprendida, María miró más allá de Harry, como si intentara confirmar su historia. Cuando vio a Margot y sus muletas, chilló: —¡Oh, no! ¿Qué le ocurrió a usted? Adelante. Siéntense. ¿Quieren té?

Margot aceptó con gusto la invitación a sentarse. Con torpeza encontró su camino y atravesó el umbral, y casi volcó un jarrón de flores de plástico mientras se esforzaba por llegar al sofá. Una vez que estuvo acomodada con las muletas apoyadas con cuidado en una silla cercana, miró a su alrededor, casi esperando ver a Melina. Entonces se concentró en María y vio que sus dulces ojos marrones habían estado llorando hacía poco.

—¿Qué ocurre, María? ¿Dónde está Melina?

María miró fijo su reloj como si quisiera retroceder el día y respondió con suavidad: —Melina regresó con su familia. Le di dinero para un pasaje de autobús y no estoy segura de que vuelva. Llevaba una maleta con ella. Tiene miedo de la reunión de mañana. Quiere volver a casa por su cuenta antes de que la universidad le pida que se vaya. Intento ayudarla pero ella no escucha. Quizás sea bueno para ella estar con la familia por un tiempo.

Margot quiso saltar y abrazar a María para asegurarle que no era su culpa, pero no podía moverse. No era solo su tobillo: todo su cuerpo estaba flácido y sin energía. Estaba en una lucha por lo que debía decir cuando, por suerte, Harry intervino con su sonrisa habitual. Margot sabía que la exhibía solo para María.

—María, la Dra. Pearson y yo intentaremos alcanzar a Melina. Si no podemos encontrarla, iremos a la reunión mañana por la mañana y hablaremos por ella. Le contaremos a la Decana lo sucedido y que ella es exactamente el tipo de estudiante que esta universidad debería estar orgullosa de apoyar.

Margot respiró profundo y se sintió un poco mejor. Él era muy convincente: tal vez podrían solucionar esto después de todo. María miró a la Virgen y se santiguó.

Luego se volvió para mirarlos, con los ojos húmedos de lágrimas, y susurró: —Gracias. Ustedes son buenas personas.

María se apoyó en la puerta mientras se secaba los ojos, y Margot y Harry se dirigieron al vestíbulo. Margot se dio cuenta de que Harry se quedaba a su lado en caso de que ella necesitara ayuda para equilibrarse con las muletas. María pudo notar que la Dra. Pearson no era el tipo de persona que pedía ayuda, ni siquiera cuando la necesitaba. ¿Un poco como Melina, quizás? Tal vez estos dos eran el salvavidas que Melina necesitaba. María se santiguó de nuevo al volver a entrar, y esta vez cerró la puerta del todo.

Melina

Melina se desplomó en la protección de plástico pegajoso del sofá de María. Estaba agotada después de contarle su historia a la Dra. Pearson. Le preocupaba haber dicho demasiado. *¿La Dra. Pearson denunciaría a su familia a la universidad… o al Gobierno? ¿La universidad denunciaría a su familia y metería en problemas a Mamá y Papá? ¿Por qué lloraba al final? ¿Eso significaba que iba a apoyarla o a pedirle a Melina que dejara de estudiar?* Estaba confundida y no sabía qué hacer. Debería subir a su habitación y dormir un poco, pero se sentía mucho más segura allí, donde podía ser ella misma y no tener tantos secretos. No quería ver a Theresa y su grupo esta noche. En lugar de eso, cerró los ojos por un minuto y luego se sobresaltó al oír la suave voz de María cerca de su hombro.

—Melina, ¿por qué no subes y duermes bien esta noche? Mañana será un día muy ocupado para ti y estoy aquí para ayudarte. Quiero que subas, te deslices bajo esa cálida colcha azul y pienses en tu familia y en lo mucho que te aman. Te prometo que te sentirás mejor por la mañana.

Juntas miraron implorantes a la Virgen en busca de confirmación y se santiguaron. Melina volvió a tocar la pequeña cruz dorada de su mamá mientras se colocaba su nueva mochila sobre el hombro cansado y se arrastraba, junto con Rosa, hacia la puerta principal. Mientras se dirigía a los elevadores, en el vestíbulo resonaban los gritos de los estudiantes que regresaban del largo fin de semana de vacaciones, por lo que sabía que era probable que Theresa estuviera de regreso en su habitación. Mantuvo la cabeza gacha para evitar conversar en el elevador y se bajó en el quinto piso con varias personas más. En todo el corredor, había estudiantes que reían y contaban a viva voz toda la diversión que habían tenido mientras estaban en casa. Algunos la llamaron, pero Melina se quedó con la vista clavada al suelo y fingió no escuchar, para que nadie le preguntara sobre su descanso. Tan pronto como abrió la puerta de su habitación, todo cambió.

—¡Hola, Mel ha vuelto! ¿Cómo estás? —gritó Theresa desde el otro lado del cuarto, en medio de la música a todo volumen. Sus amigas estaban dispersas en ambas camas, pero hicieron lugar para Melina tan pronto como entró.

—Te fuiste a principios de la semana pasada y no pudimos despedirnos. ¿Todo está bien? ¿Te divertiste?

Melina se encogió de hombros y se dejó caer en su cama desarreglada, salpicada con trozos de los envoltorios rotos de los paquetes que todas habían estado abriendo. Intentó alisar sutilmente la colcha azul de María y esperar que nadie se diera cuenta. Estaba claro que llevaban allí un tiempo y no tenían intención de irse. Su presencia escandalosa, su felicidad y el estruendo de su música paralizaban a Melina, que quería escapar y regresar al tranquilo refugio de María. ¿Pero cómo ayudaría eso? Se suponía que esa habitación ahora era su hogar, por lo que debería sentirse como si perteneciera allí. Pero eso no sucedía. Ella se sentó en la cama y se sintió muy sola. Las demás apenas lo notaron. Subió las rodillas hasta el mentón y trató de hacerse invisible mientras se acurrucaba en la colcha. Theresa advirtió su nueva mochila. —Mel, es genial. Me encantan los colores brillantes. Se parece un poco a la mía. ¡Hará que acarrear tus cosas sea mucho más fácil! Las otras la miraron pero era claro que no estaban impresionadas con su mochila de aspecto normal. Melina se sonrojó ya que todas las demás ya tenían una, así que bajó la mirada para ocultar su rostro que estaba en llamas y acercó un poco más la bolsa. Theresa volvió su atención a sus amigas con rapidez.

El suelo estaba cubierto de papel de seda de colores brillantes y cajas vacías, y todas comparaban la ropa nueva que habían comprado durante las vacaciones y hablaban de compartirla en las próximas semanas.

¡Qué descanso tan diferente tuvieron el fin de semana! Sin temores. Sin responsabilidades. ¿Sus familias tenían algún problema? ¿Alguna vez habían sujetado a su padre cuando entraba en una sala del tribunal?

—¡Impresionante! —chilló Roxy. —Ese suéter azul que compró Terry me quedará genial con mi nueva falda verde. —¡Ah, sí! —coincidió Theresa. —Puedes prestarme esa loca bufanda amarilla que compraste para combinar con mi camisa blanca enorme. También conseguí unas nuevas Lulus que creo que nos quedarán bien a todas. Tuve suerte en casa. ¡Mi tía estaba de visita y pasamos un día entero en el centro comercial! Incluso me dejó tomar una copa de vino y vapear un poco para celebrar nuestro tiempo juntas, y después pagó para que nos hiciéramos ambas un cambio de imagen en Sephora. Sonia dijo, para superarla: —Mi hermano me dio un poco de marihuana que escondí bajo el colchón. Suficiente para compartir con todas ustedes más tarde.

Melina tenía miedo de abrir su maleta con la poca ropa vieja, que no le sentaba bien, que había llevado consigo a casa y estaba sin lavar. No había tenido tiempo de sacar nada de la maleta cuando estuvo en su casa y no quería que vieran lo desordenado que estaba todo. Se sentó con los brazos fuertemente apretados a sus rodillas y retorció sus dedos hacia adelante y hacia atrás sobre el cubrecama, con el deseo de poder estar en cualquier otro lugar menos allí. Mientras su mente se alejaba cada vez más de su entorno, Theresa la llamó.

—Mel, ¿sabes qué? Mi mamá compró otra lámpara para nuestra habitación. De esta manera, cada una tendrá una junto a su cama. Ya no tendrás que usar esa linterna cuando oscurezca. Genial, ¿verdad? Dicho esto, abrió la última caja y sacó una lámpara enorme y de aspecto costoso que arrastró y colocó junto a la cama de Melina. —Espero que te guste.

Luego, con voz cantarina, agregó: —Y... tenemos más chucherías para el refrigerador. ¡Mi hermano me dio unos paquetes de latas de cervezas junto con las barras nutricionales de mi mamá!

Theresa no notó la leve sonrisa de Melina ni su silencioso agradecimiento mientras ella y las demás volvían a probarse ropa e intercambiar nuevos labiales y rubores. Melina estaba satisfecha de que ahora se había vuelto invisible y podía acurrucarse en su edredón sin que nadie lo notara.

Para interrumpir la locura de la habitación 503 y a lo largo de todo el quinto piso, Abby, la asesora residente, gritó: —¡Bienvenidos de nuevo, chicos! Espero que todos hayan festejado mucho durante el fin de semana y se hayan librado de los nervios por los exámenes. Hay bocadillos en el salón y me gustaría invitarlos a todos a celebrar nuestro regreso a Forbes. Traje algunos sonidos nuevos y geniales con videos, y podremos mostrar nuestros nuevos movimientos antes de que comiencen otra vez las clases. ¿Qué tal eso?

—¡Impresionante! —¡Suena genial! —gritaron las chicas. —Estaremos ahí.

Pisotearon las cajas destrozadas y el papel de seda, que patearon y con lo que crearon un camino sinuoso hacia la puerta.

—Lo sacaremos más tarde, y María podrá recogerlo por la mañana —gritó Sonia mientras corría hacia afuera, con cualquier pensamiento de limpiar fuera de su mente. La música seguía a todo volumen y ahora toda la habitación era simplemente un receptáculo de sus sobrantes y

Melina. Nadie se dio cuenta de que no se les había unido. Ella estaba agradecida de que la dejaran sola, escondida debajo de todo, y en lugar de limpiar o siquiera apagar la música, se cubrió con la colcha y se acurrucó en posición fetal, como lo hacían sus sobrinos cuando estaban por fin exhaustos. Tal vez cuando despertara, todo habría desaparecido.

Por mucho que quisiera, Melina no pudo dormir. Se retorció y giró de todas las maneras posibles, pero extrañaba la comodidad de su colchón ajustado a su forma en el suelo de su casa. Probó algunos de los ejercicios mentales de "yoga para exámenes" que había aprendido hacía unos días, pero nada detenía el tornado de pensamientos que se arremolinaba dentro de su cabeza. Se preguntaba cómo estarían Mamá y Papá. *¿Estarán a salvo? ¿Podrán dormir esta noche?* Recordó lo cansado que parecía Papá cuando lo vio por última vez. ¡Ojalá hubiera podido ayudarlo! Tal vez si regresara a casa podría encontrar más formas de ayudar, de ser una mejor hija. *¿Habrían vuelto a hablar con el Sr. Salgado? ¿Tal vez podría encontrar una manera de llamarlo?*

Aferrada con fuerza a la pequeña cruz de oro, Melina sufría. Recordó lo orgullosa que estaba Mamá cuando usó el dinero que había escondido durante meses para llevarla de compras justo antes de irse a la universidad. Ese día rieron juntas y compartieron un verdadero aprecio por cada prenda que habían elegido con cuidado. *¿Estas chicas apreciaban todas las cosas nuevas que tenían?*

Cuando Melina abrió los ojos nuevamente, vio que Theresa estaba desmayada en su cama, encima del edredón amarillo. Roncaba igual que Papá cuando se quedaba dormido en su sillón reclinable. Además, alguien había limpiado el suelo del arcoíris de papeles de seda. Mientras miraba a su alrededor, notó un sobre de aspecto oficial apoyado contra la lámpara del escritorio. *¿Tal vez debería acercarse en silencio al escritorio y ver si el sobre era para ella?* Tuvo cuidado de no tocar nada en su camino hacia el escritorio y tomó el sobre, que tenía su nombre. No tenía sello. *¿Alguien más lo había leído? ¿Cuánto tiempo había estado allí?*

El mensaje que leyó la dejó sin aliento:

> *Estimada Srta. García: Se requiere que asista a una reunión en la Oficina de la Decana el miércoles por la mañana a las 9:00 a.m. Queremos hablar con usted sobre los exámenes a los que faltó la semana pasada. La reunión se llevará a cabo en la sala de conferencias del primer piso, Clawson Hall. Mi nombre es Sofie. Si tiene alguna pregunta sobre esta reunión, envíeme un mensaje de texto al 800-821-0900. Si tiene algún documento que nos ayude a entender sus ausencias, como una excusa médica, tráigalos. Pero debe asistir. Gracias.*

¿Documentos? Para los oídos de Melina, eso sonaba como otra versión de los problemas legales de su padre. Se sujetó al borde del escritorio y se obligó a no derrumbarse mientras contenía las lágrimas. *¿Teresa habría leído este mensaje? Podría haber abierto el sobre sin ver el nombre para asegurarse de que no era para ella cuando regresó anoche. ¿Las demás también lo sabrían?* Melina se sentía muy avergonzada. Metió el sobre en su mochila a toda velocidad y regresó a su cama. Conmocionada como estaba, solo le tomó un minuto decidir. Dobló la colcha con cuidado, acomodó a Rosa y la mochila bajo el brazo y, en absoluto silencio, salió de puntillas de la habitación, mientras dejaba la puerta ligeramente entreabierta para no despertar a Theresa.

Daba miedo caminar por el corredor hacia los elevadores a esa hora del día, cuando todavía estaba oscuro y estaba todo vacío de música y risas. Melina se sintió un poco asustada porque le recordó las calles y callejones de su vecindario, que Mamá le advertía que no recorriera sola. *Tal vez debería ir más rápido*, pensó, y miró por encima del hombro. Sintió un nudo en el estómago al llegar a los elevadores y las piernas débiles. Tenía ganas de vomitar, pero necesitaba seguir adelante. No había tiempo para sentarse y respirar profundo. Decidió tomar las escaleras. De alguna manera, parecían más seguras. La colcha azul se le escapaba constantemente de las manos y los bordes se arrastraban por los escalones. Estuvo a punto de tropezar más de una vez, por lo que dejó a Rosa un minuto en el descanso y se acomodó la colcha con seguridad sobre los hombros. Era pesada, pero su peso y su calor le recordaron que Mamá y María cuidarían de ella.

Melina sabía lo desaliñada que se veía cuando al fin cruzó la puerta al pie de la escalera, mientras abrazaba a Rosa fuertemente contra su pecho. Las brillantes luces del vestíbulo la sobresaltaron después de la oscura escalera, y tuvo que apoyarse contra la pared para no caerse. Se tomó un momento para recomponerse y solo entonces se dio cuenta de que llevaba la misma ropa que ayer y el día anterior. Su cabello se sentía grasoso y enredado. También se había olvidado de ponerse los zapatos. Todavía estaban debajo de su cama, pero ella no quería volver y despertar a Theresa.

¡Dios mío! Esperaba que no hubiera nadie más cerca mientras giraba a la derecha y se dirigía directamente al apartamento de María. ¿Ya estaría levantada? Melina no tenía reloj y no tenía idea de qué hora era, pero todavía estaba oscuro afuera. Como ya tenía su colcha, decidió acurrucarse con ella justo afuera de la puerta de María. ¿Habían transcurrido unos minutos? ¿Una hora?

Levantó la cabeza bruscamente cuando oyó: —¡Melina! ¿Qué haces ahí? ¿Estás bien? Entra, entra. ¿Qué sucede?

De alguna manera, logró levantarse del suelo liso y frío y, tambalearse, cansada, para entrar en el apartamento de María. Se dejó caer en el sofá, todavía envuelta en la cálida colcha azul. Le dolía el cuello por cómo lo había torcido mientras dormía, y extendió la mano para frotárselo. No sirvió de nada: le dolerían el cuello y la cabeza todo el día. María se preocupó y ladeó la cabeza mientras observaba a Melina que se frotaba para intentar quitarse el dolor. Fue a la cocina, humedeció una toalla y la colocó con suavidad alrededor del cuello de la joven, mientras le alisaba el cabello. Se sentó junto a Melina y se inclinó, dispuesta a escuchar.

—María, no puedo quedarme aquí. Tengo que ir a casa. Ahí es donde pertenezco. No encajo aquí y en casa me necesitan en verdad.

—¿Qué ocurre, Melina? ¿Está bien tu familia? ¿Te llamaron?

—No, no me han llamado, pero sé que me necesitan y no pertenezco aquí.

—¿Por qué, Melina? ¿Por qué esta decisión hoy?

—Me dejaron una nota de la Oficina de la Decana en la que decían que debo asistir a una reunión para explicar por qué falté a mis exámenes. Dijeron que debería llevar documentos para demostrar por qué no estuve. No tengo ningún documento, María. Me fui porque tenía que hacerlo. No tengo nada escrito como ellos quieren. No entenderán lo de mi familia. ¡Tengo que irme antes de que me echen! Es como el tribunal… Solo porque Papá no tiene los documentos que quieren, pueden decidir enviarlo lejos.

Melina se estremeció y se aferró a la colcha con más fuerza que nunca. Los amables ojos de María la miraron y con su brazo alrededor de ella preguntó: —¿Y la Dra. Pearson? Ella parece agradable. ¿No te ayudará?

—No lo sé… pero sí sé que este no es mi lugar. Anoche, cuando subí las escaleras, me senté en mi cama y mi compañera de cuarto y sus amigas apenas notaron que estaba allí. Ellas gritaban sobre todas sus cosas nuevas. Cosas que no necesitan. Lo único que podía pensar era en Mamá y Papá y en que nunca tienen cosas nuevas. Todo parecía estar tan mal.

—Te prepararé el desayuno y hablaremos. ¿Está bien? Ve a mi baño ahora mientras hago eso, ¿de acuerdo? Te sentirás mejor si te aseas un poco y te arreglas el cabello. No te ves muy bien.

—Está bien, María. Gracias.

Durante un desayuno de huevos, frijoles y tortillas, Melina describió su plan mientras María escuchaba. —Quiero irme hoy, antes de que intenten encontrarme. No quiero hablar con nadie. Solo quiero ir a casa.

—¿Y qué hay de tu trabajo, Melina? ¿Y tu compañera de cuarto, y tus profesores? Deberías decirles antes de irte. Ellos se preocuparán por ti y tú también tienes una responsabilidad hacia ellos.

—No, María, no se preocuparán por mí. De todos modos, es probable que crean que no pertenezco aquí. No necesito despedirme. Si alguien viene a buscarme puedes decirle que me fui a casa, ¿de acuerdo? Me siento mal por la Sra. Munson del Departamento de Psicología. Ella ha sido muy amable conmigo, pero estoy segura de que podrá encontrar otro estudiante que la ayude.

—¿Estás segura de que es una buena decisión, Melina?

—Sí, María, totalmente.

—¿Necesitas dinero para el autobús?

Melina sintió la primera lágrima rodar por su mejilla. No había pensado en ninguno de esos detalles. No podía ni mirar a María, que era tan amable. En cambio, se quedó mirando su plato y se preguntó cómo podía ser tan estúpida. *¿Cómo podía confesar que en realidad no había pensado en esto?*

—Melina, tengo algo de dinero. Lo usas para tomar el autobús y así poder volver a casa. Está bien.

—María, eres tan amable conmigo. No sé cómo pagarte.

—Melina, solo quiero que seas feliz como mi Dulce. Vete a casa y piensa en lo que quieres hacer. Cuando estés lista, regresarás y te estaré esperando.

María se agachó hasta su silla floreada junto al sofá y sacó algo de dinero que le dio a Melina.

—Esto debería alcanzar para el pasaje de autobús y algo de comida. No olvides comer, Melina.

Se acercó y abrazó a María como hubiera abrazado a su mamá. Se sentía tan segura aquí en esta habitación. Dio una última mirada al pequeño espacio que tanto le recordaba a su hogar y se sintió triste. Pero recordó enseguida lo que tenía que hacer. Se puso unos zapatos que María le ofreció y recogió sus cosas. Tomó a Rosa y dejó la colcha en el sofá. Mientras caminaba hacia la puerta, María la siguió con la colcha.

—Melina, es tuya ahora. Guárdala y recuérdame. Te mantendrá cálida y segura.

María observó como Melina se tambaleaba por el pasillo con la cabeza gacha, y luego salía al día nublado y lluvioso. Se preocupó por ella, pero sabía que con el tiempo encontraría su camino. Le recordaba a su propia hija, Dulce. Ella había encontrado su camino, pero no había sido fácil.

Margot

Después de un breve, pero acalorado, intercambio sobre si Margot debería ir a urgencias para que le revisaran el tobillo, Harry la dejó en paz y aceptó un plan sin ninguna relación: irían al café de Crystal a buscar algo de comida y a pensar qué hacer luego. Margot insistió en que estaba bien y que su tobillo se curaría solo con el tiempo. Lo que en verdad la haría sentir mejor sería idear un plan para encontrar a Melina, o intentar asegurarse de que la estudiante no sufriera un castigo significativo por parte de la universidad.

Llegaron al estacionamiento junto al Crystal y, para demostrar su punto, Margot cojeó hasta el café sin muletas. Sus axilas estaban cansadas por el esfuerzo de levantarse un poco para avanzar, por lo que permanecieron inclinadas con desprolijidad en el asiento trasero del destartalado automóvil de Harry. Las muletas y el vehículo parecían hechos el uno para el otro.

Al entrar, descubrieron que el café estaba lleno, tal vez porque muchos estudiantes, al regresar de las vacaciones, necesitaban un lugar donde reunirse. Se abrieron paso a codazos hasta una mesa en un rincón, apretujados detrás de otra que estaba cubierta de libros y papeles. Margot no tuvo oportunidad de ver quién estaba alrededor mientras intentaba con todas sus fuerzas ocultar el dolor en su tobillo y mantener el equilibrio al mismo tiempo. Llegaron a la mesa con solo unos cuantos baches en el camino, y fue entonces cuando se dio cuenta de quién estaba sentado detrás de los libros y papeles. Demasiado tarde, advirtió que era Jack Stakes. Fue como si nunca se hubiera movido desde que la confrontó sobre Melina.

Con un suave codazo a Harry en el costado, Margot susurró: —No mires ahora, pero adivina quién está ahí. Quizás deberíamos irnos. Este podría no sea el mejor lugar para elaborar una estrategia para ayudar a Melina.

—No seas tonta. Es perfecto —dijo Harry, y se puso de pie de un salto.

—Dr. Stakes! Qué bueno verlo de nuevo. Puede que no me recuerde. Harry Sanders, Departamento de Psicología. Hablamos temprano por teléfono.

Al principio, Harry no estaba seguro de que Stakes lo hubiera escuchado. Su cabeza permaneció enterrada tan profunda entre los papeles que solo era visible su calva mientras su mano marcaba con fuerza palabras con tinta roja brillante sobre los trabajos que corregía.

De repente, agitó su pluma en el aire y exclamó a cualquiera que estuviera a menos de diez pies: —¡Estos estudiantes! ¡Ninguno de ellos sabe escribir y no pertenecen aquí! ¡Qué pérdida de mi tiempo! Varias cabezas giraron y Margot observó con astucia desde su asiento detrás de ellas. El tono feroz de Stakes incluso la asustó.

Harry se preguntó: *¿Quién usa tinta roja todavía? Aterra muchísimo a los chicos y nunca lo leen.*

Harry no se dejó intimidar, pero se esforzó por continuar en un tono más deferente: —Lamento interrumpir, señor, cuando veo lo ocupado que está, pero me preguntaba si podría hablar con usted un minuto.

Con eso, Jack Stakes levantó la vista y miró con desprecio a Harry de la cabeza a los pies.

—¿Quién dijo que era? ¿Nos conocemos?

Con la voz más tranquila que Harry pudo conseguir, respondió:
—Nos hemos visto en las reuniones del cuerpo docente, Dr. Stakes. Presenté una propuesta en la reunión de otoño en nombre del Consejo Adjunto sobre un programa de intervención temprana para estudiantes de primer año que creo que la Oficina de la Decana aceptó. Soy Harry Sanders y en la actualidad estoy asignado a un puesto temporal de tiempo completo en el Departamento de Psicología.

Jack miró a Harry con los ojos entrecerrados y con una mueca dijo:
—Oh, claro que te recuerdo. Tú eres quien siempre se levanta para decirnos que los estudiantes no reciben un trato justo, y no sabemos lo que estamos haciendo, ¿verdad? De tiempo parcial, ¿no? ¿No me llamaste hoy temprano?

—Sí, señor. Hablamos brevemente por teléfono. Soy temporal de tiempo completo este año, en reemplazo de la Dra. Moore, que está de licencia.

Jack Stakes agitó la pluma con más énfasis que nunca, y respondió:
—Bueno, puedes ver que estoy ocupado. Sabes cómo siento y no tengo más tiempo para hablar de por qué estas personas necesitan nuestra ayuda. Lo que necesitamos es ayuda para atraer a estudiantes mejor preparados. ¡Mira estos trabajos... todos terribles! Llevo meses trabajando con ellos y todavía no saben escribir. Dicho esto, agarró su taza de café muy oscuro y humeante y dio un gran trago, como para despedir a Harry por completo.

—Lamento que se sienta así, señor, pero en verdad necesito hablarle sobre una de sus alumnas, Melina García. Ella...

Antes de que pudiera continuar, Stakes lo interrumpió.

—¡Melina García! Vino a mi oficina con alguna excusa loca sobre irse a su casa. ¡Ningún sentido de responsabilidad o respeto hacia mí o hacia la universidad! La Decana ha accedido a convocar una reunión para mañana por la mañana y pedirle que se explique. Dudo que aparezca siquiera. Le pediremos que deje la universidad para que pueda quedarse en su casa y ayudar a su familia todo lo que desee. Eso deja una oportunidad para un joven que pueda entender lo que significa ser un verdadero estudiante. Dio un puñetazo sobre la mesa.

—Bueno, me alegro que recuerde a Melina porque es exactamente de lo que quería hablarle. La llevé en mi automóvil a su casa la semana pasada y sé por qué se perdió su examen. Ella tenía una verdadera y legítima emergencia familiar y necesitaba estar allí para ayudar a su padre. Conocí a su familia y puedo asistir a la reunión mañana para explicarles si Melina no puede venir ella misma.

Jack Stakes meneó la cabeza antes de responder: —Primero, tú también violaste la política de la universidad al llevar en tu automóvil a un estudiante fuera del campus. No me sorprende, ya que sé lo ingenuo que eres cuando se trata de nuestros alumnos. También debería denunciarte. En segundo lugar, no necesito oír de ti que las excusas son legítimas. Cuando tienen la suerte de que los acepten en esta universidad, tienen la responsabilidad de poner sus estudios por delante de todo lo demás y eso incluye a la familia y a los amigos. La mitad de ellos se van de fiesta toda la semana y la otra mitad vuelve a casa con sus familias cuando las cosas se ponen difíciles. Esos estudiantes saben que tienen personas como tú que apoyarán sus decisiones, así que no se preocupan. Planeo cambiar eso este año con procedimientos más estrictos. La veré mañana por la mañana. Ahora, hazme el favor de dejarme solo. Estoy ocupado… ¡y tú también deberías estarlo! ¿No tienes trabajos que corregir o les das una A a todos solo por presentarse?

Con eso, una vez más comenzó a marcar el ensayo que tenía delante, con tanta fuerza que Harry pensó que era probable que todo el documento quedara reducido a pedazos.

Jack Stakes sabía en el fondo que si su esposa todavía estuviera viva, lo habría amonestado por ese arrebato. Ella era la única que conocía su lado amable y sensible y le habría hecho acordar de su propio hijo y lo mucho que dependían del apoyo de los demás para ayudarlo, para contar su historia. Pero ella no estaba allí y él estaba resentido por eso. También estaba enojado porque su hijo, con tantos desafíos físicos y emocionales, no había tenido la oportunidad de ir a la universidad como estos niños a quienes ahora enseñaba. Daban todo por sentado y se sentían con derecho a ello. La vida no era justa y Jack Stakes tenía mucha rabia en su interior. La descargaba contra sus estudiantes y profesores de tiempo parcial como Harry, pero sus arrebatos habituales parecían aislarlo más que nunca. No importaba: una vez que fuera decano, lo escucharían.

Harry meneó la cabeza y, con un suspiro audible deliberado, regresó a su mesa, donde Margot se había esforzado por captar los matices del ensordecedor discurso.

—Bueno, no hay forma de detenerlo —informó Harry. —La reunión con la Decana está en marcha, y él está dispuesto a destruir a Melina tal como destruye esos papeles en los que trabaja allí. Es un imbécil ávido de poder que cree que ser duro eleva los estándares y, por lo tanto, su estatura. A él no le importa nada la enseñanza. En cambio, solo quiere trabajar con los que ya son competentes, para poder atribuirse el mérito.

Cuanto más hablaba Harry, más se oía su voz en todo el café: nunca había tenido reparos en dejar saber sus sentimientos, en especial cuando se trataba de apoyar a los estudiantes. Todas las cabezas voltearon, pero si Jack Stakes escuchó los insultos que le dirigían, nunca lo demostró. Mientras tanto, Harry estaba tan frenético que ya no podían esperar disfrutar de una comida relajante. Una vez más, Margot salió del café sin comer.

Ella cojeó y Harry caminó de regreso a su automóvil mientras continuaban haciendo planes para la mañana siguiente. Arreglar la situación de Melina no iba a ser fácil, y se dieron cuenta de la necesidad de pedir ayuda a otros. La idea de Harry era reunir a su cohorte de estridentes colegas de medio tiempo y organizar una protesta afuera de la sala de conferencias donde estaba programada la reunión. Sugirió imprimir volantes, y solicitar directamente el apoyo del cuerpo docente. Harry había utilizado este enfoque muchas veces para transmitir un mensaje a grupos administrativos. Las protestas públicas le hacían sentir que hacía algo y llamaba la atención hacia los problemas: no veía cómo una pequeña manifestación podía hacer daño.

Margot escuchó con atención mientras retorcía sus manos en su regazo. Apreciaba que Harry se preocupara tanto, pero nunca había estado involucrada en ningún tipo de concentración y en lo personal creía que muchas veces las dirigían personas que no eran del todo racionales. Siempre había aceptado las cosas como eran y había dejado las protestas a otros. Mantenerse alejada del foco de atención y centrarse en su futuro siempre le había funcionado. Pero esta vez era diferente, más personal, no una cuestión abstracta. Tenía el potencial de impactar la vida de alguien de manera muy significativa. Margot creía profundamente que las posibles consecuencias eran del todo injustas para Melina, pero también que esa no era su historia para hacerla pública. Era la historia de Melina, y no quería sumar dificultades a su vida al ponerla aún más en el foco de atención.

Todavía encorvada en el automóvil, Margot sugirió una alternativa. —¿Qué tal si contactamos a los demás profesores cuyos exámenes Melina no realizó y les pedimos que asistan a la reunión para hablar en su nombre?

Ese parecía un enfoque más racional y mucho menos polémico. La historia de Melina se compartiría solo con unos pocos, y la Oficina de la Decana escucharía las pruebas pertinentes, incluso sin documentos que, por supuesto, la llevarían a apoyarla. Después de todo, Melina se puso en contacto con los profesores directamente involucrados y les pidió que la excusaran de sus exámenes. Excepto por el Dr. Stakes, que lamentablemente también estaría allí, todos acordaron reprogramar el examen cuando regresara. A Margot le parecía un enfoque lógico y civilizado.

Pero Harry no escuchaba. Su rostro parecía un arándano rojo brillante a punto de estallar, y su cabello normalmente rebelde estaba por todos lados y pegado a su frente, y le cubría la mayor parte de los ojos. Su ira desenfrenada aumentó y puso a Margot un poco nerviosa: a ella le preocupaba que él pudiera sufrir un derrame cerebral allí mismo, en su viejo y sucio automóvil. Harry encontraba el plan de Margot demasiado ingenuo, pasivo y dependiente de otros. Él creía que hacer mucho ruido llamaría la atención y, con el tiempo, produciría un cambio.

—Margot, no conoces a este cuerpo docente y su tendencia a cumplir con las políticas y procedimientos tradicionales. Todos tienen miedo de no conseguir la titularidad o de que no les extiendan el contrato, y no pelearán con la administración por nada, y mucho menos por una sola estudiante. Melina tomó la decisión correcta, pero violó la Política de Conducta Estudiantil y querrán que sea un ejemplo para los demás. Necesitamos luchar por la nueva política de intervención temprana y contarles a todos que historias como la de Melina no son tan inusuales. Al usar la situación de ella, podemos hacerles ver que las políticas deben estar más centradas en los estudiantes y brindarles más apoyo.

Con honestidad, Margot no entendía este tipo de pensamiento. Siempre había tenido miedo de romper las reglas y nunca cuestionaba la autoridad. Cuando su asesora de tesis dejó la universidad, el jefe del departamento le dijo a Margot que era probable que eso afectara su cronograma de finalización a menos que presentara una apelación para solicitar una excepción a la política departamental. Ella no apeló; en lugar de eso, solo aceptó un nuevo asesor que siguió el protocolo esperado. No quería causar problemas ni violar la política departamental. Simplemente trabajó más duro para complacer a un nuevo asesor para poder completar su trabajo a tiempo. No importaba que su investigación se viera comprometida en el proceso. Mientras tanto, a su primera asesora se le pidió que devolviera la beca de tesis que había recibido de la universidad. Si Margot hubiera tomado una posición y apoyado a su asesora original, eso no habría sucedido. Pero esta situación era diferente. La vida de Melina y la de toda su familia podría ponerse de cabeza por una política obsoleta basada en castigo en lugar de apoyo. Margot realmente quería luchar por Melina.

Harry trasnfirió su ira y su frustración a su acelerador, que pisó a fondo por encima del límite de velocidad para llevarlos de regreso a su oficina. Se mantuvieron firmes en sus estrategias claramente diferentes y por fin acordaron estar en desacuerdo. Coincidían en una cosa: la meta final era influir en la forma de pensar sobre el caso de Melina en la reunión de mañana. Decidieron que Margot se pondría en contacto con los otros dos profesores directamente involucrados, mientras Harry diseñaba un panfleto y reuniría a un grupo de manifestantes.

Harry entró al estacionamiento de Anderson, saltó del automóvil, cerró la puerta de un golpe, y dejó a Margot dentro. A pesar de que la temperatura era muy baja, Margot veía el sudor que le corría por las orejas y el cuello: parecía más desaliñado que de costumbre, como un terrier abandonado en una tormenta. Se pasó la mano por el cabello y corrió, y en su prisa se olvidó por completo de Margot y su tobillo.

Veinte minutos después, Margot llegó a su oficina, aliviada por una vez al ver la puerta abierta y las luces encendidas. Para llegar al extremo del corredor tuvo que equilibrarse sobre una pierna y agarrarse de las grietas de la pared con su mano opuesta. Se cayó en su silla, lo que la hizo retroceder y hacer un giro total en un ángulo de 90 grados. *¡Maldición!* Apretó sus dedos alrededor de los apoyabrazos fríos de acero, y mientras luchaba por no caer al suelo, miró mareada a Harry. Era claro que él estaba en un estado zombie, en el que no notaba nada más que la pantalla frente a él. Mientras golpeaba las teclas, gritó:

—¿Cómo suena esto, Margot?

> *La reunión de hoy en la Oficina de la Decana es importante. Se decidirá el destino de una de nuestras estudiantes, que perdió sus exámenes debido a una emergencia familiar. Debemos acabar con la vieja política de conducta estudiantil que castiga con sus estándares de comportamiento rígidos e inflexibles a nuestros jóvenes responsables. ¡Levanten su voz ahora!*

Lo imprimiré en papel amarillo brillante para que no lo pasen por alto. Los voy a distribuir por el campus esta noche para que mucha gente proteste fuera de la sala de conferencias. ¿Qué opinas? Supongo que le falta la hora y el lugar. ¿Debería agregar la foto de Melina?

Margot no estaba segura de si fue por su silla giratoria, su tobillo o el volante de Harry que rugía, pero su cabeza palpitaba con muchos pensamientos contradictorios. De repente, recordó la promesa que le habían hecho a María, de tratar de encontrar a Melina antes de que abandonara el campus.

—Harry, ¿tienes alguna idea de adónde podría ir Melina antes de dirigirse al autobús? ¿Alguna vez te mencionó...? Harry saltó en medio de su pregunta.

—¡Sí! Brillante idea, Margot. Ella me habló de un jardín junto al campo de atletismo donde le gusta tumbarse y observar las nubes que pasan flotando. Vamos.

Harry salió a toda prisa mientras Margot lo seguía. Diez minutos después, llegaron al estacionamiento más cercano al campo de fútbol. Ninguno de los dos sabía nada sobre un jardín en esa zona, y el área

Martha E. Casazza

alrededor del campo se extendía como rayos de una rueda en todas direcciones. Cada uno se dirigió a cubrir un área diferente. Margot había olvidado otra vez las muletas en su afán por encontrar a Melina, y divisó una zona verde rodeada de arbustos en el extremo del campo. Cojeó hacia allí y quedó encantada al encontrar un espacio verde inexplicable, rodeado de arbustos y flores coloridas. Ese sería un lugar perfecto para estar solo y pensar. Mientras se dejaba caer en un banco cercano, vio debajo una mochila azul brillante. Se preguntó si eso podría ayudarla a encontrar a Melina, y la tomó. Mientras lo hacía, una tarjeta cayó del bolsillo delantero. Odiaba invadir la privacidad de alguien, pero la leyó de todos modos. *¡Ánimo, Melina!*

—¡Harry! —gritó—. Ven aquí. Encontré algo. Harry corrió y vio a Margot en unas torpes cuclillas junto a un banco con una nota en sus manos.

—No estoy segura de qué significa esto, Harry, pero esta mochila tiene una nota para Melina. ¿Puedes buscar entre esos arbustos? Tal vez Melina se acostó y está dormida… En realidad no puedo moverme muy rápido, pero ella podría estar aquí en alguna parte.

Harry, que nunca se quedaba callado, empezó a llamarla.

—¡Melina! ¡Melina! ¿Estás aquí? La Dra. Pearson y yo estamos aquí para apoyarte. Ayúdanos a encontrarte.

Sin embargo, eso resultó inútil. Ella no estaba allí. Harry y Margot se sentaron en el banco, uno a cada lado de la mochila azul de Melina. Los pensamientos de Harry fueron los primeros en brotar: —¿Por qué la dejó? ¿Cuánto hace que estuvo aquí?

Margot pensó en voz alta: —Si tan solo hubiéramos venido aquí primero y no hubiéramos estado tan preocupados por qué hacer. Se supone que debemos ser maduros y actuar en forma responsable para ayudar a nuestros estudiantes. Hasta ahora hemos fracasado miserablemente con Melina. ¡Maldición!

Con eso, agarró la mochila y con Harry detrás, se dirigieron a la oficina para comenzar de nuevo. Admiraba a Melina por ser la racional aquí: había tomado una decisión y la había pensado bien antes de actuar. *¿Cuánto tiempo había estado sola en el jardín? Todo lo que ella y Harry hicieron fue enojarse y discutir sobre qué ideas eran mejores. ¿No los habían entrenado para pensar de manera racional y encontrar soluciones a los problemas?* Margot supuso que eso solo ocurría en el lindo y ordenado mundo de los libros de texto y la investigación, no en el mundo real, donde las cosas eran un poco más desordenadas.

Margot trató de contactar a ambos profesores, Silverman y Gregory, y les pidió que asistieran a la reunión del día siguiente. Esperaba que fueran comprensivos ya que Melina le había dicho que ambos parecían entender cuando les dijo que tenía que irse a casa. El buzón de correo universitario del Dr. Gregory estaba lleno, por lo que era probable que aún no regresara del receso. Le dejó un mensaje a la Dra. Silverman, y con suerte, ella estaría de regreso y revisaría sus mensajes. Lástima que no tuviera los números personales de ellos, ya que un mensaje de texto podría haber funcionado más rápido. No pudo comunicarse con ninguno de los dos.

Por suerte, en ese momento la silla ya no giraba y Margot pudo desenredar sus pensamientos y recuperar la compostura. No pudo evitar sentirse como si estuviera en medio de un juego de ping pong con pelotas que le llegaban, rápidas y fuertes, desde ambos lados. Si se movía, estaba segura de que el dolor de su tobillo y su cabeza de alguna manera colisionarían en el medio y harían que su cuerpo explotara. Antes de que eso sucediera, decidió volver a casa, tomar un Advil, ponerse hielo en el tobillo y pedir pizza. Por supuesto, Biko también se acurrucaría en su regazo, para asumir su papel habitual.

¡Maldición! Lo había vuelto a hacer… Con un sobresalto, Margot vio el sol que se asomaba a través de sus cortinas y la empujaba con poca gentileza para que despertara. Mientras parpadeaba y abría los ojos, vio una caja de pizza en el suelo y una copa de vino, todavía medio llena, sobre la mesa. Al mismo tiempo, sintió algo empapado por todo el pie. Al mirar hacia abajo, vio los restos de la bolsa de plástico que alguna vez contuviera varios cubos de hielo y sirviera como compresa fría para su tobillo. Ahora era solo un desastre húmedo y vacío, abierto y ubicado con descuido sobre su pie. El sofá estaba empapado, con una mancha de agua que tal vez saldría o no. *¡Maldita sea!*

Al mirar su reloj, Margot vio que tenía una hora para llegar a la reunión con la Decana para defender a Melina. ¿Se atrevía a probar su tobillo? El dolor había disminuido mucho, pero ¿podría brindarle el apoyo que necesitaba hoy con tanta desesperación? Se dio cuenta de que todavía llevaba la ropa de ayer. El peor escenario, reflexionó, sería solo lavarse la cara y cojear hasta la reunión con su ropa deportiva arrugada. ¡No! Por supuesto, eso no era posible. Las palabras de su madre resonaron con fuerza en su cerebro aturdido: *Margot, nadie te tomará en serio si te vez como que recién despertaste. Tienes que prestar más atención a tu apariencia si quieres que la gente te escuche.*

Miró a su alrededor para asegurarse de que Biko no la estuviera acechando, listo para hacerla tropezar tan pronto como saliera del sofá. Apoyó su tobillo en el suelo con cuidado, se levantó y respiró profundo aliviada al darse cuenta de que al menos podría llegar hasta el baño y ponerse presentable.

Cuarenta minutos después, Margot borró el último cabello de Biko de su chaqueta antes de cerrar la puerta tras ella y encarar un temido enfrentamiento con Jack Stakes y cualquiera que apareciera. Con suerte, Harry y otros profesores de Melina también estarían allí. Mientras subía cojeando las escaleras hacia la reunión, de inmediato se vio rodeada por un remolino de volantes amarillos y voces que coreaban: "¡Los estudiantes primero!"

Vio a Harry en la entrada de la sala de conferencias, al frente de un grupo pequeño, pero apasionado, de estudiantes y algunos de sus colegas del Consejo de Profesores Adjuntos. No quería que la incluyeran en ese grupo, así que hizo un gesto seco con la cabeza en su dirección y caminó con cautela hacia la puerta. Harry se peinó con la mano para quitarse el cabello de los ojos, se alisó la chaqueta y se apartó para seguir a Margot al interior del salón.

La habitación tenía una mesa de madera oscura, muy pulida, y paredes alrededor con paneles aún más oscuros que la hacían parecer una fortaleza. No había ventanas y Margot notó que las luces no estaban encendidas. *Entonces, ¿era así como se veía la sala de conferencias de la Decana de Estudiantes? ¿Cuántas veces los habrían sometido a esto?* La propia Margot estaba nerviosa: imaginaba cómo se sentiría un estudiante. Margot estaba contenta de que Melina no estuviera allí para sufrir esta experiencia intimidante e impersonal.

Jack Stakes estaba sentado en el extremo más alejado de la mesa, en una posición rígida, y parecía estar a una milla de distancia. Estaba solo y parecía bastante cómodo con eso. Como siempre, lo rodeaba una pila de papeles y manuales. Nunca levantó la vista, ni siquiera cuando la Decana entró con una sonrisa y encendió las luces. Se acercó a Margot y Harry y dejó a Jack solo en el otro extremo de la habitación, y con la mano extendida, se presentó.

—¡Hola! Soy Sharon Scott, la nueva Decana de Estudiantes aquí. Es muy agradable conocerlos a ambos. En verdad aprecio que hayan venido hoy. ¿No es esta una habitación deprimente? Diablos, es una de las primeras cosas que pienso cambiar cuando me sienta más establecida. No creo que me den permiso para recortar ventanas en las paredes, pero podemos iluminar la sala para que los estudiantes se sientan más cómodos aquí. ¿Qué son esos volantes amarillos de afuera? Un bonito y colorido toque para empezar esta mañana. Siempre me encanta ver a los jóvenes actuar en algo que los apasiona.

Tan pronto como la Decana Scott respiró hondo, oyeron a Stake aclarar la garganta e intentar iniciar la reunión con mucha formalidad, como si fuera suya. Con gran ceremonia, como si se tratara de un guión y sin presentaciones, comenzó.

—Estamos aquí para confirmar que Melina García violó la política de conducta estudiantil al faltar a cuatro exámenes parciales sin justificación válida del cuerpo docente. Empezó a agitar un documento grueso con una cubierta oscura y brillante, cuando lo interrumpió la Decana.

—Dr. Stakes, mi oficina convocó esta reunión para escuchar a una estudiante de primer año, Melina García, contarnos por qué no pudo presentarse a sus exámenes. No es una reunión de su Junta de Revisión del cuerpo docente y yo dispondré la forma en que procederemos. Nuestra meta es primero escucharla y luego brindarle todo el apoyo que pueda necesitar para tener éxito aquí en Balsam. ¿Lo entiende?

Mientras Margot repasaba la historia de Melina en su cabeza, escuchó vagamente la voz fuerte y autoritaria de Stakes que le decía a la Decana: —Déjeme leer la sección que describe de manera muy específica las consecuencias de faltar a exámenes sin el permiso de los docentes. Dice que se suspenderá al estudiante en todas las actividades universitarias por hasta un semestre, momento en el cual podrá apelar para que vuelvan a admitirlo. Ahora, como todos ustedes saben, a la estudiante en este caso, Melina García, se le informó que era necesario que estuviera presente para contar su versión de la historia. No la veo aquí. Considero eso una insubordinación y una falta de respeto a las normas universitarias.

Después de escuchar con la mayor educación posible, la Decana Scott giró bruscamente la cabeza para mirar a Harry y Margot.

—Dres. Pearson y Sanders, gracias por acompañarnos hoy. El Dr. Stakes solicitó esta reunión y en verdad agradezco que hayan venido a apoyar a la Srta. García. ¿Estará ella con nosotros esta mañana?

Margot respondió con rapidez: —Ella no puede estar aquí hoy, pero el Dr. Sanders y yo queremos contar su historia y brindarle nuestro apoyo.

Stakes la interrumpió abruptamente y ladró con énfasis: —Dra. Pearson, ¿no me confirmó ayer que la Srta. García faltó a su examen y que usted no la había excusado?

—Sí, eso es correcto. Pero había circunstancias atenuantes y Melina me dejó una nota escrita que encontré cuando regresé a la escuela. También tuve la oportunidad de reunirme con ella y creo que su razón para irse a su casa era legítima. Su familia realmente la necesitaba y ella planea recuperar sus exámenes. Margot se sintió un poco conmocionada por su tono, pero se recompuso lo suficiente para agregar: —También sé que se reunió con sus otros dos profesores, la Dra. Silverman y el Dr. Gregory. Ambos acordaron programar un examen de recuperación con ella. Parece que usted es el único que se resiste, Dr. Stakes.

—Bueno, ¿dónde están ellos, Dra. Pearson? ¿Por qué no están aquí? Tal vez también necesiten una lección sobre la importancia de acatar la política universitaria y respetar a sus colegas lo suficiente como para presentarse a una reunión en la Oficina de la Decana.

—Con el debido respeto, Dr. Stakes —balbuceó Margot—, esta reunión se convocó muy rápido y no creo que hayan regresado al campus todavía. ¿Tal vez podríamos aplazar la reunión hasta que tengamos la oportunidad de incluirlos también? Me haré responsable de contactarlos si así lo desean.

Una vez más, la Decana interrumpió la conversación.

—Dr. Stakes, tal vez haya olvidado que a fines del año pasado adoptamos una nueva política más solidaria para los alumnos de primer año, que no es tan punitiva como la anterior. Ahora les damos el respeto de escuchar sus razones por las cuales faltan a cosas como exámenes o clases. Si descubrimos que el personal docente está dispuesto a excusarlos, les asignamos un consejero, que les brindará apoyo y los dirigirá a los recursos del campus que los ayudarán a tener éxito. Creo que el Dr. Sanders fue uno de los profesores que recomendó esa política. ¿Estoy en lo cierto?

Harry asintió vigorosamente con la cabeza. Stakes frunció el ceño mientras sacudía la suya y les recordaba la importancia de mantener los estándares.

—¿Por qué no está ella aquí? —repitió. —Propongo suspender a la Srta. García hasta el final del semestre de primavera. Si desea regresar, puede apelar ante mi Junta de Revisión del cuerpo docente. ¿Alguien me secunda?

Margot estaba atónita y la Decana volvió a recordarle que ella era quien dirigía la reunión y que esa simplemente no era una opción. En lugar de eso, ofreció: —Dres. Pearson y Sanders, ¿podrían avisarle a Melina que nos hemos reunido y queremos ayudarla? Tengo consejeros y tutores en el personal que trabajarán con ella. Desde mi oficina pueden intentar llamarla, pero como ambos tienen una relación personal con ella, sería mejor que ustedes la contacten primero. Ella debería venir a verme pronto y elaboraremos un plan de intervención.

Al oír eso, Stakes recogió sus papeles y el manual de políticas obsoleto, no miró ni a la izquierda ni a la derecha y abandonó la sala con un gesto aparatoso, solo para que lo hiciera perder el equilibrio una ráfaga de volantes amarillos.

Melina

Mientras apretaba fuerte a Rosa contra su pecho y subía con cuidado las esquinas de la colcha azul para que no arrastraran, Melina se encorvaba sobre ese montón desordenado de cosas esenciales como si su vida dependiera de ello. No miró hacia atrás. Quería hacerlo, pero esta vez no se atrevía. En lugar de eso, se apoyó en las pesadas puertas de vidrio del Forbes Hall que estabilizaban la burbuja que separaba del mundo real a los cientos de chicas que estaban adentro. Las abrió con un empujón de su hombro derecho y comenzó el viaje que sabía que debía emprender. No sería fácil, pero tenía que hacerlo. Ya le dolían los pies porque los zapatos que le había prestado María le apretaban los dedos. *¿Cómo había olvidado sus viejas y cómodas botas debajo de la cama del piso de arriba? Lo más probable era que Theresa se riera cuando las encontrara y viera lo gastadas que estaban. Se las mostraría a sus mejores amigas y luego las arrojaría a la basura después de aceptar que Melina simplemente no encajaba. O tal vez Tracy tomaría las botas ligeramente usadas para guardarlas en el fondo de su armario.*

Melina sabía que María la observaba tal como lo habría hecho su mamá, pero también sabía que si volvía a mirar ese rostro amable con ojos dulces, podría seguir el camino más fácil directo de regreso a la habitación de ella, donde podría acurrucarse bajo la colcha azul y sentirse segura. Pero eso era solo un sueño y no ayudaría a resolver su problema. Entonces, ella sola, sacó sus cosas al día gris que comenzaba a apoderarse del campus. Quería moverse rápido para no encontrarse con nadie que pudiera reconocerla, pero en realidad no sabía cuál era el mejor camino para llegar a la estación de autobuses. De hecho, solo tenía una ligera idea de hacia dónde girar. Debería haberle preguntado a María, pero no había pensado con claridad cómo llevar a cabo su plan. Recordó que Harry le aconsejó que desarmara un problema y pensara en los pasos necesarios para resolverlo.

Con ese consejo en mente, se apresuró a ir a su jardín secreto para planificar los próximos pasos. Nadie la vería allí y podría pensar. Se quitó los zapatos de María mientras caminaba y de inmediato sintió la humedad del rocío de la tarde que refrescaba sus pies y aliviaba el dolor mientras la acera la conducía en la dirección correcta.

Unos minutos después, cuando se deslizó hacia el jardín, Melina empezó a ensamblar sus pensamientos en algo que tenía sentido. Estaba en problemas y lo sabía. Tan pronto como leyó el mensaje de la oficina de la Decana, pensó en lo que Harry le había dicho en el automóvil: La juzgarían por una decisión que tomó, de la que no se arrepentía y por la que no se disculpaba. Lo mejor que podía hacer en esta reunión era ser honesta y explicar sobre su familia. Pero si lo hacía, Melina temía que sus respuestas los pusieran en más problemas. No podía correr ese riesgo.

Ya había decepcionado bastante a Mamá y Papá al venir aquí en primer lugar. La universidad le pediría que se fuera y ella volvería a casa avergonzada. Todo el mundo sabría que había fracasado. Asistir a esa reunión estaba totalmente fuera de discusión, aunque Harry y la Dra. Pearson parecían estar de su lado. Melina sabía que no podía mentir, pero también sabía que no podía decir la verdad. La única solución era irse ahora cuando tenía elección. Una vez que estuviera en casa, iría a ver a la Sra. Ingram y le preguntaría cómo proceder para abandonar formalmente la universidad y renunciar a su beca. Tal vez todavía podría ir a uno de los institutos de educación superior en la ciudad y no renunciar por completo a su sueño de ser independiente. La Sra. Ingram sabría cómo ayudar.

Melina miró las nubes e imaginó su sueño de un título universitario que flotaba en esa que parecía un poco un dragón. Recostada en el jardín, sobre su edredón azul, mientras observaba las nubes, se sentía reconfortada en forma extraña, así que se dejó llevar por la somnolencia y cerró los ojos. Cuando los abrió, el sol había atravesado la niebla de la mañana y el día ya estaba bien avanzado. Vio una nube a la derecha que estaba sola, y se alejaba de las demás en una dirección del todo diferente. No había vacilación en sus movimientos, y su forma de alguna manera se volvía más hermosa a medida que se movía. Ya sabía exactamente lo que tenía que hacer.

Metió la mano en su mochila y sacó el diario que la Sra. Ingram le había dado meses atrás. Comenzó a dibujar las nubes durante unas cuantas páginas y, de manera inesperada, los dibujos comenzaron a convertirse en palabras. Al principio, eran una o dos palabras: solitaria, avergonzada, fuera de lugar, familia… cada una con una nube diferente al lado. Luego las palabras se transformaron en oraciones y Melina se dio cuenta de que estaba usando palabras para decidir qué hacer a continuación.

No pertenezco aquí. No soy como los demás. Su música es diferente y tienen muchísimas cosas. No me entienden. Ven mi ropa gastada y mi falta de dinero como razones para no salir conmigo. Mi familia me necesita y creo que yo los necesito. En casa encajo. Acá no, y nunca lo haré. Si voy a ver a un consejero, me sentiré muy avergonzada de que todos sepan que necesito ayuda. Todos se reirán de mí y mi familia se sentirá avergonzada. Necesito ir a casa y ayudar a cuidarlos.

Fue una idea egoísta venir aquí. Mi familia me necesita.
Mamá y Papá siempre se ven tan cansados. Puedo con-
seguir un empleo y hacerles la vida más fácil. Les diré
que cometí un error. Nadie aquí me extrañará, así que
me iré ahora. Nunca olvidaré a María. Quizás pueda
regresar algún día y agradecerle por ser tan amable.

Escribir todo esto ayudó a disipar la niebla que la había envuelto desde que llegó por primera vez a Balsam State. Poner sus pensamientos en palabras le permitió ver lo egoísta que había sido y que no tenía otra opción que volver. Recogió sus cosas húmedas por el rocío, apretó la cruz de oro entre sus dedos y después de frotarse los aún doloridos dedos de los pies, comenzó a caminar en busca de la estación de autobuses.

& & &

—Vuelvo pronto, Má. ¿Necesitas algo? Melina gritó por encima del hombro mientras pasaba con prisa delante de la Virgen y salía de la casa.

—No, hija, gracias por preguntar —respondió su madre.

Melina se ajustó su bufanda azul favorita alrededor de la cara para protegerse del fuerte viento y bajó las escaleras. Hacía un mes que estaba en casa. Hacer recados familiares era algo normal y ciertamente más normal que vivir en una habitación a medio decorar rodeada de extraños. Cuando salió a la acera y giró hacia la cercana tienda del vecindario, notó, con el rabillo del ojo, que las cortinas amarillas encima de ella se separaban un poco mientras Mamá la veía irse. La preocupación de Mamá le produjo una sensación cálida y agradable contra el frío, y se volteó a saludarla. Qué curioso, pensó, que la colcha de su compañera de habitación, símbolo de lo extraña que Melina se sentía en la escuela, también fuera amarilla. Mamá cerró las cortinas con rapidez, con la esperanza de que Melina no la viera. Había sido demasiado protectora con la niña desde su regreso, y sabía que era probable que eso molestara a su única hija.

—¡Hola! Melina le sonrió a la Sra. López, su vecina de al lado. —¿Cómo están hoy?

—Estamos muy bien, Melina, gracias. ¡Qué agradable es tenerte de nuevo por aquí!

La Sra. López era la mejor amiga de Mamá desde hacía más de 20 años, y a Melina le hacía sentir bien verla pasear por la acera a su viejo y arrugado terrier, Pedro. Cuando era pequeña, Pedro la perseguía todas las mañanas camino a la escuela, mientras la Sra. López lo llamaba desde el escalón más alto en su casa. Ahora la señora caminaba con un bastón y él apenas podía ver, pero Melina esperaba que él recordara su voz mientras se inclinaba para rascarle las orejas puntiagudas.

Unos metros más allá de su cuadra, vio al Sr. Montero que comenzaba a bajar las escaleras para retirar su periódico matutino, que había caído en la acera de abajo. Melina lo agarró y corrió escaleras arriba para entregárselo.

—Gracias, Melina. Es bueno verte de nuevo.

Ella le sonrió y continuó su camino. Inhaló profundo y llenó sus fosas nasales con los tentadores aromas del carrito de chorizo a la parrilla y chiles asados de Manuel, que siempre estaba plantado al final de la calle. Y como de costumbre, Manuel le puso una tortilla fresca en la mano: —Para que entres en calor, Melina —exclamó.

Se preguntó por qué todo esto la hacía sentir tan contenta. *¿No debería estar enojada? ¿No debería estar resentida por no estar viviendo más su sueño?* Ella estaba de nuevo en el vecindario del que había luchado por escapar. *Estas últimas semanas habían puesto su* *mundo de cabeza. Había tantas emociones que colisionaban en su interior, y todas se chocaban, mientras buscaban algo de paz y un lugar de aterrizaje lógico. Ya no vivía con otras personas que no la entendían, y ya no tenía que luchar todos los días para mentirles sobre por qué no quería salir de fiesta o a comer. En cambio, sus días transcurrían entre las rutinas conocidas y cómodas de ayudar a su familia. Mamá necesitaba ayuda con los niños, ya que sus turnos de trabajo eran cada vez más largos. Papá necesitaba que alguien le pusiera una comida caliente delante cuando llegaba cansado al final de las escaleras traseras después de otra serie maratónica de trabajos. Su débil y cansada sonrisa era todo lo que ella necesitaba cuando ahuecaba la almohada en su sillón reclinable mientras él se dejaba caer allí para una siesta muy necesaria.*

Cuando caminaba por su calle, ver los mismos rostros que habían estado allí desde siempre la hacía sentir segura y protegida. Por cierto que no era lo mismo que caminar por los pasillos de Forbes, donde se perdía todo el tiempo, y cuando llegaba a donde iba, no estaba segura de por qué estaba allí en primer lugar. Uno de sus hermanos se había ido hacía poco de la casa, por lo que mejoró de un colchón en el corredor a compartir el dormitorio con sus sobrinos. No había edredones a juego ni paredes coloridas, solo los gritos y las risas de dos niños felices. Ella tropezaba con sus camiones todas las mañanas, pero cuando necesitaban ayuda, entendía exactamente qué hacer. No era un juego de adivinanzas ni una prueba para ver si acertaba.

La mayoría de las noches veía telenovelas en el sofá. A veces, Mamá y una de sus primas se le sumaban: eso nunca pasaba de moda. Melina se reía un minuto y lloraba al siguiente, junto con las actrices conocidas. A veces se quedaba dormida en el sofá y se despertaba con la piel arrugada y pegajosa por la funda de plástico. Cuando despertaba así en mitad de la noche, se iba a su habitación y se desplomaba en su viejo colchón, ahora montado sobre una cama de resortes, bajo la colcha azul de María y junto a los letreros que había vuelto a pegar en la pared. Si estaba demasiado cansada, se quedaba allí en el sofá hasta que oía el desayuno chisporrotear ante la atenta mirada de Mamá.

Algunas mañanas, venía Gabriela y caminaban juntas hasta el parque. Era extraño estar con ella ahora: tenía un bebé nuevo y vivía en casa con su madre. El bebé por fin había ayudado a la mamá a superar el dolor por el tiroteo de Chuy. El novio de Gabriela, Juan, se había ido a México para ayudar a su familia y ella no estaba segura de cuándo regresaría. Gabriela no tenía otros amigos aparte de Melina y estaba feliz de tener alguien con quien hablar, aunque el bebé era el único tema del que hablaba. Trabajaba medio tiempo en la tienda local para ayudar en casa y siempre estaba cansada, igual que Mamá. Se veía mucho mayor ahora. Decía que se sentía necesitada por primera vez y que Melina también debería pensar en formar una familia. Melina pensaba que el bebé era lindo, pero no estaba preparada para ese tipo de compromiso, así que se reía.

—Gabriela, ¡ni siquiera tengo novio! Y si lo tuviera, es seguro que no estaría lista para tener un bebé.

Y no era solo su amiga. Las primas también intentaban convencerla de que le faltaba algo especial. Rosita seguía trayendo chicos a la casa con la esperanza de que surgieran chispas. En una ocasión, Melina se interesó un poco por Ignacio, Nacho para sus amigos: era atractivo y tenía una hermosa sonrisa. Fueron al cine unas cuantas veces y se reían de las mismas cosas. Él le tomó la mano y la hizo sentir especial. Mamá lo invitó a cenar y más tarde esa noche en el sofá le dijo a Melina que sería un buen esposo.

—Pero Má, yo no quiero casarme todavía. Quiero recibir una educación y que te sientas orgullosa. Solo que no he descubierto cómo hacerlo.

—Melina, a tu abuela le encantaría tener otro bebé en la familia, una niñita. Ella adora a los niños, pero en realidad quiere tener fotos de una niñita para mostrarles a sus amigos en Puebla y hacerle ropa. Se está haciendo mayor, ¿sabes?

—Má, simplemente no estoy lista. ¿Lo entiendes?

—Trato de entender. Yo quiero que seas feliz.

Melina comenzó a escribir otra vez en su diario.

Me gusta estar en casa pero aquí nadie me entiende de verdad. Gabriela quiere que sea su mejor amiga y tenga un bebé como ella. ¡Dios mío, ese bebé es su vida entera! No estoy preparada para eso. ¿Eso significa que hay algo mal conmigo? ¿Todo el mundo quiere un bebé? ¿Y la abuela? ¿Es justo que no le dé otro bisnieto? ¿Me comporto muy egoísta? Luego está Nacho, un chico dulce y muy atractivo. Sé que le gusto mucho y a mí me gusta él. Tiene un buen empleo y nos divertimos juntos. A Mamá y Papá les gusta. ¿Qué me ocurre que no sé lo que quiero?

En general, había estado bien volver. Pero a veces, todo parecía al revés. Ella quería encajar en casa como siempre lo había hecho, pero la presión de sus amigos y familiares para tener un bebé la hacía sentir incómoda.

Y además estaba la universidad. Recibió una carta de la Oficina de la Decana, en la que le pedían que regresara y se reuniera con la funcionaria para que pudieran asignarle un consejero con quien trabajar. Ese día se secó algunas lágrimas de los ojos aunque no era una sorpresa. Ella nunca perteneció allí. Solo tenían que preguntarle a su compañera de cuarto o a sus profesores. La mayor sorpresa fue que, ahora mismo, no le importaba. Melina tomó la carta con su documento adjunto, la arrugó y la arrojó a un basurero en el callejón vecino para que Mamá y Papá no la vieran. No quería que supieran la verdadera razón por la que había vuelto: le daba demasiada vergüenza admitir que había fracasado.

Poco antes de que llegara la carta, encontró una nota con su nombre que habían deslizado debajo de la puerta principal. La abrió y leyó: *Melina, solo pasé para ver cómo estás. Me gustaría hablar contigo cuando tengas tiempo. Por favor, pasa por la escuela pronto. Sra. Ingram.*

Melina no tenía idea de cómo la Sra. Ingram sabía que estaba en casa. No se lo había dicho y no había pasado por la escuela. Se dejó caer en el sofá y suspiró mientras pensaba en lo decepcionada que estaría la profesora. Habían trabajado muy duro juntas para asegurarse de que Melina entrara a la universidad. ¿Cómo podía decirle que había fracasado y no había cumplido con sus expectativas? ¿Cómo podía decirle que la mochila azul no era suficiente?

Margot

Al camino de Clawson a Forbes lo llamaban con cariño el "paseo inclinado". Atravesaba el campus en pendiente y llegaba a la mayoría de los edificios importantes en su recorrido. Cuando Margot dejó atrás el "bosque oscuro pulido" y el "mar amarillo" de la Oficina de la Decana, giró a la izquierda en el paseo inclinado y se dirigió a Forbes. La hinchazón de su tobillo había disminuido en forma considerable y había logrado un progreso sorprendente cuando casi chocó con el jefe de su departamento, el Dr. Berg.

—Ups. Lo siento mucho —dijo él—, antes de darse cuenta de a quién casi había atropellado. —Margot, hace mucho tiempo que no te veo y estaba a punto de llamarte cuando regresara a la oficina. ¿Tienes un minuto para sentarnos y hablar? Señaló un banco cercano.

Margot no había tenido mucha interacción personal con el Dr. Berg. De hecho, todavía tenía reservas para llamarlo Robert. Y él en realidad nunca había ofrecido esa opción. Esta invitación a sentarse la tomó completamente desprevenida, ya que estaba concentrada en la situación de Melina. Pero no tenía elección, así que asintió y se unió a él.

—¿Cómo van las cosas, Margot? ¿Recibes el apoyo que necesitas mientras te estableces aquí? Sé que la primera serie de exámenes puede ser un desafío para los profesores nuevos, en especial cuando se enseña a estudiantes de primer año. Se preocupan mucho y no siempre actúan en forma adecuada. ¿Has tenido algún problema?

Margot dudó en responder. No había recibido el apoyo departamental que le habían prometido, pero en realidad creía que un banco cubierto de pintura descascarada y tallas de estudiantes en medio del campus no eran el momento ni el lugar para ventilar sus quejas.

En lugar de eso, respondió: —Gracias por preguntar, Dr. Berg. Advertí que los estudiantes estaban nerviosos por los exámenes, así que me aseguré de que entendieran nuestras políticas sobre llegar a tiempo y tomarlos en serio. Creo que lo entendieron. Incluso les di tiempo extra para prepararse y cancelé para ello nuestra última sesión de clase. Espero que haya estado bien.

—Está bien, Margot —respondió el Dr. Berg, quien todavía no la invitaba a llamarlo Robert. —Me alegra saber que todo va bien para ti y estoy seguro de que tus estudiantes lo harán excelente. Mientras sigamos exigiéndoles los altos estándares establecidos por la universidad, todos estaremos bien. Sin embargo, me preocupa algo que acabo de saber en una reunión del comité de investigación. Jack Stakes, a quien le encanta causar problemas, llegó tarde, y se quejaba de un encuentro que tuvo esta mañana en la oficina de la Decana. Afirmaba que la nueva Decana de Estudiantes intentaba evitar una política de larga data del cuerpo docente sobre conducta estudiantil. Estaba enfadado porque a una estudiante que había faltado a exámenes sin justificación se le estaba dando solo una palmadita en la muñeca en lugar de un castigo más grave. Y no se detuvo ahí. Dijo que aunque la estudiante no se presentó a la reunión, había dos profesores allí para defenderla. Lo vio como una afrenta hacia los docentes de mayor antigüedad por parte de dos jóvenes advenedizos, como él los llamó, que no sabían lo que hacían y pensaban que la universidad debería centrar sus políticas en las necesidades de los estudiantes, y no del profesorado. Stakes no podía recordar los nombres de los profesores, pero pensó que eran de nuestro departamento. ¿Sabes algo sobre esto?

Margot se quedó atónita de que él hubiera oído hablar de eso, y tan pronto. Seguro se notaba eso en su cara enrojecida, así que se volteó para recomponerse antes de responder.

—Sí, el Dr. Sanders y yo estábamos allí para defender a Melina. No la conozco bien, Dr. Berg, pero ella está en mi clase de introducción y, como sabe, es la asistente estudiantil de nuestro departamento. Ella vino a principios de la semana pasada para decirme que se iba a su casa y que no podría hacer el examen. Yo no estaba en mi oficina, pero ella me dejó una nota al respecto y cuando regresé al campus hablamos de reprogramar.

Mientras Margot continuaba, se dio cuenta de que el Dr. Berg no tenía idea de quién era Melina.

—Estuve allí hoy para ofrecerle a ella mi apoyo y pedirles que la escucharan. La Decana Scott nos explicó que su oficina estaba implementando una nueva política menos punitiva hacia los estudiantes que pierden asignaturas. Al Dr. Stakes no le gustó ese enfoque y estuvo allí para oponerse.

—Bueno, conozco bastante bien a Jack Stakes, Margot. Es protagonista aquí en Balsam. Aporta grandes cantidades de dinero para investigación y tiene la confianza del presidente. Puede ser difícil, pero conoce las políticas y procedimientos de la universidad. No siempre estoy de acuerdo con él, pero creo que es esencial que exijamos a nuestros jóvenes los estándares que hemos creado. Se han creado para respaldarlos. Si no tuviéramos procedimientos, los estudiantes serían libres de presentarse cuando quisieran y se perderían mucho. Son tan jóvenes y sin sus padres, necesitan nuestra disciplina y ver que sus acciones tienen consecuencias. ¿No es esa nuestra responsabilidad? ¿Qué piensas tú?

—Creo que es complicado, Dr. Berg. Es cierto que necesitamos procedimientos y sistemas de apoyo para ayudar a los estudiantes a tomar las mejores decisiones. Es parte de su experiencia de aprendizaje y puede permitirles desarrollar buenos hábitos, pero también creo que debemos ser flexibles. A todos nos surgen emergencias, y a veces necesitamos establecer prioridades que no se ajustan en forma óptima a un manual de políticas y procedimientos redactado con esmero. En este caso, Melina estaba preocupada por las opciones que tenía y eligió irse a casa y ayudar a su familia, aunque entendía que habría consecuencias. Después de hablar con ella, pude entender su lucha y decidí apoyarla y reprogramar su examen. Creo que sus otros profesores decidieron hacer lo mismo… excepto el Dr. Stakes.

—Lamento saber que hay una grieta entre la Decana Scott y Stakes. También me apena saber que hubo algún tipo de alteración fuera de la sala de conferencias. ¿Supongo que fue una manifestación que se hizo oír bastante? ¿Sabes algo sobre eso? ¿Estuvo involucrada Melina?

—No, Dr. Berg. Melina ya se fue a su casa porque se siente muy avergonzada. Había volantes afuera de la reunión y un pequeño grupo de profesores y estudiantes que no estaban de acuerdo con la política protestaban. Es un poco exagerado decir que fue una "alteración".

—Bueno, espero que no fueras parte de ese grupo, Margot. Te veo como una futura líder que entiende que hay formas de guiar el cambio y las demostraciones en general no son una de ellas. Creo que tendremos que investigar esa protesta con más cuidado. Gracias por hablar conmigo. Ya te he quitado bastante tiempo. Me alegra que te sientas respaldada aquí y espero que esto se resuelva para que esta estudiante pueda regresar. Suena como una buena persona que es probable que necesite un poco más de orientación para establecer prioridades. ¿Y dices que es nuestra asistente estudiante? Mmm.

Con esto, el Dr. Berg recogió sus papeles en forma abrupta y continuó por el paseo inclinado en la dirección opuesta.

Margot se sintió paralizada por aquella extraña conversación y se quedó en el banco mientras intentaba desentrañar lo que acababa de oír. *¿El Dr. Berg apoyaba su punto de vista? Si era así, ¿por qué no se ofreció a hablar con Stakes? Contaba con bastante respeto por cierto como para intervenir si quería hacerlo. ¿Lo había decepcionado que ella no hubiera seguido el protocolo? ¿Sabía que Harry estaba detrás de la protesta y esta conversación conduciría también a medidas disciplinarias contra él? ¿La veía en realidad como una futura líder?*

Pues bien, como líder y con el futuro de alguien en juego, sabía lo que tenía que hacer. No estaba segura de cómo podría afectar su carrera en la universidad, pero pensó que era más importante poder dormir por la noche. Con esa confirmación personal, Margot se levantó y continuó hacia Forbes Hall.

Diez minutos después, se abrió paso entre aquellas formidables puertas de vidrio y fue directamente a la habitación de María. Cuando levantó la mano para golpear, la puerta se abrió y se encontró con una mujer joven. Ambas se sobresaltaron y por instinto dieron un paso atrás.

Mientras Margot comenzaba a presentarse, oyó a María hacer las presentaciones.

—Dra. Pearson, ¿es usted? Quiero que conozca a mi hija. Ella es Dulce. Por favor, pase. ¿Cómo está su tobillo?

Margot sonrió y al instante recordó la suave calidez de María, un atributo que escaseaba en el campus hoy. —Mi tobillo está mucho mejor, María. Muchas gracias por preguntar. Hola, Dulce. Soy Margot y es un placer conocerte. Dulce parecía tímida pero asintió y sonrió.

—Dulce iba a buscarnos algo de comer. Estoy tan avergonzada. Mi hija llega por sorpresa y no tengo nada que darle. ¿Quiere sentarse y comer con nosotras, Dra. Pearson?

Lo que parecía tan urgente hacía apenas una hora en aquella incómoda y estéril sala de conferencias, ahora parecía más controlado en el cálido y tranquilo espacio de María.

—Me encantaría comer con ustedes dos, si les parece bien —respondió ella, sorprendida de sí misma.

Treinta minutos después, Margot estaba sentada en la pequeña mesa con cubierta de vinilo en la pequeña pero ordenada área de la cocina de María. Las tres compartieron pollo y arroz al vapor mientras se conocían. Margot se enteró de que Dulce se había graduado el año anterior y vivía en la casa de su familia en la ciudad, con su abuela. Trabajaba como asistente en un bufete de abogados de inmigración. Las cosas habían sido difíciles para ellos desde que deportaron a su padre, pero ella trabajaba duro para ayudar a pagar las deudas y ahorraba para volver a estudiar. Su sueño era ir a la escuela de derecho y ayudar a otras personas como su padre.

María parecía muy orgullosa de ella y la interrumpía todo el tiempo para agregar cosas como: —Y es voluntaria en la comunidad… Saca a pasear al perro del Sr. Ávila todas las mañanas… Trabaja en un banco de alimentos los fines de semana.

El inevitable tema de Melina estaba escondido a simple vista, pero ninguna quería ser la primera en mencionarlo. Por fin, Margot pensó que había llegado el momento de contarle su plan a María.

—María, el Dr. Sanders y yo intentamos encontrar a Melina esta mañana antes de que se fuera a casa, pero la perdimos por poco. Encontramos su mochila en un jardín al que le encanta ir a pensar. ¿Sabías de ese lugar especial?

María meneó la cabeza, pero Dulce asintió y dijo: —¡Oh, vaya! Descubrí ese lugar también cuando estuve aquí. Es muy tranquilo y nadie va allí nunca. Me pregunto cómo lo encontró ella… Tengo muchas ganas de conocerla. Allí tomé muchas de mis propias decisiones. Fue un escondite perfecto para mí cuando me sentía como una extraña en la residencia estudiantil. Podía estar sola y fingir que todo podría estar bien algún día.

Margot sintió envidia de que ambas hubieran encontrado ese lugar tan pacífico en el campus. Hasta ahora, todo lo que tenía ella era un espacio de oficina compartido en un sótano. *¿Dónde estaba su jardín secreto?*

Continuó: —Esta mañana fuimos a la reunión en la Oficina de la Decana para mostrar nuestro apoyo a Melina. La Decana Scott fue muy comprensiva y nos agradeció por haber ido. Ella quiere asignarle un consejero a Melina, quien la asesorará sobre los recursos en el campus y le brindará orientación para equilibrar la familia y la universidad. ¿Crees que Melina estará abierta a esta idea? ¿Volverá ella?

María se secó una lágrima del rostro y, con un pequeño gesto de la cabeza, sugirió que se trasladaran al sofá para continuar la charla. Se ofreció a hacer té para todas y mientras se dirigía a la estufa, Dulce habló.

—No estoy segura de que regrese, Dra. Pearson, pero ambas entendemos sobre estas reuniones. A mí me ocurrió lo mismo en esta universidad hace cinco años. Estaba tan avergonzada que lo único que quería era irme a mi casa y no regresar nunca más. Odiaba decirle a Mamá. Pensé que todos estarían decepcionados de mí. Fui a la reunión por la mañana y luego directamente a mi casa esa tarde. Cuando llegó la carta de la universidad, la arrojé a la basura para que nadie la viera.

—Lo siento tanto, Dulce, que hayas tenido que atravesar esa reunión. ¿Qué te sucedió después?

—Bueno, fui a casa y les conté a mis padres lo ocurrido. No quería que se sintieran culpables, pero quería que supieran lo fuera de lugar que me sentía en la universidad. No lo entendían del todo, pero me mostraron el amor y el apoyo que yo necesitaba. Me quedé con mi madre durante alrededor de un año (ya habían deportado a mi padre en ese punto) y no creían que yo fuera un fracaso. Solo querían ayudarme.

Todos querían ayudarme. Mi tío me dio un empleo de tiempo parcial en su tienda al final de la calle de nuestra casa y yo fingí que todo estaba bien. Abastecía los estantes y ayudaba a organizar el inventario en la parte de atrás. Me convencí de que era un buen lugar donde estar y que estaba ayudando.

Realmente no sabía qué hacer con la universidad, así que no hice nada durante unos meses. Me sentí cómoda de estar de nuevo en mi antiguo vecindario. Ya no tenía que preocuparme por no encajar. No importaba si usaba siempre la misma ropa y no tenía celular o computadora. A mis amigos de la secundaria no les importaba y solo estaban felices de mi regreso. Salimos al cine, organizamos fiestas y comenzamos a cocinar juntos. Guardé mi sueño de tener un título universitario en el fondo de mi ser, donde lo mantuve bajo llave.

Luego las cosas empezaron a cambiar. Mis mejores amigas comenzaron a tener novios serios, casarse y tener hijos. Me alegraba por ellas, pero sabía que no estaba lista para eso. Mamá pensó que algo andaba mal porque pasaba tanto tiempo sola en mi habitación, sin comer mucho y hablaba aún menos. Querían que viera un médico para averiguar qué me ocurría. Pero era que me sentía muy sola y pensaba en mi futuro. Fue entonces cuando mi sueño de obtener un título universitario resurgió con fuerza y estuvo en mi cabeza todo el tiempo. No podía dormir y cuando estaba en la tienda, comencé a cometer errores. No podía pensar en nada más y sabía que tenía que hacer algo al respecto. Solo que no sabía por dónde empezar.

Cuanto más escuchaba a Dulce, más entendía Margot por qué Melina se había ido sin intentar explicarse. Al igual que ella, Melina sabía que en la universidad no la entenderían y no quería exponer los problemas personales de su familia a quienes realmente no les importaba esa parte de su vida.

—Dulce, sé que regresaste y te graduaste. ¿Cómo fue eso?

—Tuve mucha, muchísima suerte. Una mañana, mientras hacía inventario en la tienda, escuché que alguien preguntaba por mí en el mostrador de recepción. Me apresuré antes de que mi primo pudiera decir algo y vi a una mujer allí, nada amenazante, tranquila, pero aún así era un rostro desconocido. Como muchos de nosotros en el vecindario, sospeché y le pregunté por qué buscaba a Dulce. Se presentó como la Dra. Kate Walsh de la universidad. Luego me dijo que se acordaba de mí de la reunión de revisión de unos meses antes y quería saber cómo estaba.

—Estaba nerviosa, pero le pedí que pasara al depósito, donde podríamos hablar. Nos sentamos sobre dos cajones vacíos mientras ella miraba a su alrededor y me preguntaba si me gustaba mi trabajo. Le dije que estaba bien, que era un poco aburrido, pero que me daba algo que hacer. Después de escucharme, me contó que nunca había estado contenta con el resultado de mi revisión. Ella votó en contra de mi suspensión, pero no la tomaron en cuenta. Como era nueva en la universidad ese año, pensó que no podía hacer nada al respecto. Pero cuando terminó el semestre, decidió intentar encontrarme y ver qué hacía. La Dra. Walsh tenía una amiga en Asuntos Estudiantiles que le había dado mi dirección en forma discreta.

Margot no podía creer lo que oía. Se propuso buscar a Kate Walsh y obtener más información. Primero preguntó: —Dulce, ¿cómo te sentiste con eso? ¿Te molestó su intrusión en tu vida? ¿Creías que no era asunto suyo?

—Dra. Pearson, me sentí aliviada de tener a alguien con quien hablar y que se preocupara por mi situación. Ella no me juzgó ni a mí ni a mi decisión de vivir en casa con un empleo aburrido. En lugar de eso, miró en torno del depósito y me dijo lo organizado que se veía y que debería estar orgullosa de mi trabajo. Me contó que recordaba la tarea que le había dado su tío antes de saber bien qué quería hacer con su vida. Y me dijo que durante las vacaciones semestrales, todavía regresa a su casa para relajarse y pasar tiempo con su familia en las calles donde creció. Después de escuchar a la Dra. Walsh, fue fácil decirle cuánto me encantaba estar de nuevo en casa, donde sentía que encajaba. Hablamos durante alrededor de una hora antes de que ella me preguntara si podría estar interesada en presentar una apelación para regresar y trabajar para obtener mi título. Pensé en mis sueños de graduarme, que había puesto en espera, y en las horas que había pasado sola mientras intentaba entender mi vida. Ella me ofrecía un salvavidas y decidí en ese momento que sería una locura no aceptarlo. Todavía lo recuerdo como la "conversación de los cajones", la que me ayudó a seguir adelante.

Cuando Dulce terminó su historia, Margot recordó que ahí estaba María, sentada a un lado, bebiendo su té y escuchando en silencio. Ella la miró a tiempo para verla asentir y enjugarse una lágrima, mientras la bondad de la Dra. Walsh la abrumaba una vez más.

—Es la persona más amable que conozco, Dra. Pearson. Y ya no está aquí. Me dio mucha pena cuando vino a despedirse el año pasado.

Un plan comenzó a gestarse en la mente de Margot. Se volvió hacia Dulce y le preguntó: —¿Trabajarías conmigo para ayudar a Melina?

Sin dudarlo, Dulce respondió: —Por supuesto que lo haría. ¿Cuándo empezamos?

Margot les dio un abrazo a ambas y se fue a toda prisa para planificar las cosas con Harry. Tal vez este día no resultara tan mal después de todo. Sin embargo, cuando regresó a la oficina, encontró a Harry desplomado sobre su teléfono.

—¿Está seguro? ¿Cómo puede ser eso? ¡Simplemente no tiene sentido! Garabateó algo en un pequeño bloc justo antes de colgar en forma abrupta.

—¿Ocurre algo, Harry?

Con la voz cargada de sarcasmo, Harry respondió: —¿No es interesante que esta universidad no tenga información de contacto directo de una de sus estudiantes? No hay forma de contactar a Melina de inmediato. Solo podemos comunicarnos con ella mediante una consejera de la escuela secundaria, la Sra. Ingram. ¿No es eso extraño?

Margot había estado tan ocupada con María y Dulce que había olvidado por completo que la Decana Scott les había pedido que hablaran con Melina, para prepararla para recibir la carta de la universidad.

—Eso sí que parece extraño. ¿Qué quieres hacer, Harry?

—Supongo que llamaré a esta Sra. Ingram y le contaré la situación. Le pediré que hable con Melina. Parece una invasión a su privacidad, pero no quiero que reciba la carta sin más. ¿Qué opinas?

—Bueno, podríamos suponer que Melina y su consejera tenían una buena relación. Estoy segura de que así fue como terminó en Balsam en primer lugar. Adelante, haz la llamada. Luego te contaré el plan maestro que ideé con María y su hija, Dulce. Creo que te gustará.

Melina

—¡Lina, Lina, mira esto! —chilló Berto desde abajo, en la acera helada.

Melina se estremeció mientras levantaba la vista de su diario y lo observaba saltar por el centro de un arbusto en el patio delantero. Justo detrás de él estaba Hugo que intentaba hacer lo mismo, pero en lugar de eso, cayó de bruces y se rió todo el tiempo.

—¡Esto es divertido! Mírame a mí también.

Dejó la pluma y leyó lo que había escrito.

> *Papá parecía muy cansado esta mañana. Estaba hundido en su silla. Parece que su cabeza estuviera siempre apoyada en su pecho y ya ni siquiera nos mira. Ojalá dejara de trabajar en tantos empleos distintos, pero tiene mucho miedo. Cree que Inmigraciones ha estado investigando en el vecindario. Hay rumores de que la semana pasada se llevaron al Sr. Garza, que vive al final de la calle. Papá se preocupa por que lo deporten y tener que dejarnos sin suficiente dinero. Ahora cena en su silla porque está cansado todo el tiempo. Mamá y yo comemos juntas, pero ya no nos reímos como antes. Me doy cuenta de que está preocupada. Desearía poder hacer más para ayudarlos. Justo ayer Gabriela me contaba lo mucho que su bebé ayudaba a su madre a*

sentirse mejor. Me decía que tal vez si yo tuviera un bebé, Mamá y Papá no estarían tan tristes. Tal vez podría tener una niñita que se recostara sobre el pecho de Papá y lo hiciera sonreír. Mamá podría hacerle pequeños vestidos. Intenté decirle que no hay manera de saber, cuando quedas embarazada, de qué sexo será el bebé, pero ella cree que hay formas de asegurarse de que sea niño o niña.

Cuando ella habla así, me resulta difícil escucharla. Además, aunque me gusta mucho Nacho, no quiero un bebé. En realidad no sé qué quiero, pero seguro que no es un bebé. Gabriela también dice que si no me decido pronto, Nacho dejará de verme y buscará a alguien que quiera formar una familia. Ahí es cuando me confundo. ¿Le gusto por quien soy o solo quiere tener una familia? Tengo miedo de preguntarle, así que no hablamos tanto como antes.

Melina cerró su diario y sonrió mientras miraba hacia las escaleras y a los chicos. La vida era tan simple para ellos. Esa rutina matutina con ellos seguía siendo su parte favorita del día. Le daba la oportunidad de meterse en sus vidas sin complicaciones, dejar de lado sus preocupaciones personales y liberarse temporalmente de intentar aligerar la carga de sus padres.

Melina bajó las escaleras a toda velocidad para llevarlos a casa de Alicia, a unas puertas de la casa, donde jugarían durante algunas horas con otros niños. No era exactamente una guardería, pero les daba a los pequeños del vecindario la oportunidad de aprender a compartir y hacer nuevos amigos. Todo lo que Alicia pedía a cambio a cada familia era que se turnaran para traer un almuerzo caliente una vez a la semana. A Berto y Hugo les encantaba ir allí, así que corrieron carreras por la acera para llegar a casa de Alicia en esa mañana tan fría. Hoy era su turno de llevar el almuerzo, así que Melina equilibraba un plato caliente de macarrones con queso encima de su diario. Le encantaba sentir cómo el calor del plato flotaba más allá de su bufanda hasta sus mejillas.

—¡Diviértanse! ¡Compórtense bien! —les dijo Melina, mientras Alicia le agradecía y les daba la bienvenida a su casa que ya se llenaba de risas y juguetes volcados.

Cuando se iba, Melina decidió detenerse en la tienda cercana en el camino a su casa. Mamá necesitaba un poco de harina de maíz para las tortillas, y siempre era buena idea tener bocadillos extra para los niños cuando llegaban a casa. Se ajustó más la bufanda azul alrededor del cuello y los hombros mientras giraba a la izquierda al salir de la casa de Alicia. Notó que una figura desconocida caminaba en su dirección. Ella conocía a todos en el vecindario y prácticamente podía llamarlos por su nombre basada en el color de sus abrigos de invierno y bufandas, pero este abrigo rojo brillante era nuevo. Y la voluminosa bufanda amarilla mantenía oculto el rostro del extraño.

Cuando se acercó, escuchó: —¿Melina? Melina, ¿eres tú?

De repente, ella quería esconder la cabeza dentro de su bufanda y volverse invisible. Reconoció la voz.

—¡Sra. Ingram! Vaya, ¿cómo supo que era yo?

—No estaba segura de que todavía estuvieras aquí, pero recibí una llamada hace como un mes, y me dijeron que estabas en tu casa, así que pensé en pasar a ver cómo estabas. Hace unas semanas te dejé una nota por debajo de la puerta. Cuando no supe nada de ti, supuse que habías regresado a Balsam o que simplemente necesitabas más tiempo.

—Pensaba pasar por la escuela y contarle lo que ocurrió, pero yo… bueno, eh…

—Yo entiendo, Melina, y está bien. ¿Tienes tiempo ahora para sentarte y hablar? ¿Qué tal si te invito una taza de café o chocolate caliente en la otra calle? Podemos entrar en calor juntas.

Melina se sentía avergonzada, pero era hora de que descubriera qué era lo próximo en su vida, y la Sra. Ingram era probablemente la mejor persona para ayudarla.

Tartamudeó: —Claro, me encantaría.

El café estaba vacío porque las temperaturas afuera estaban muy por debajo del punto de congelación, por lo que pudieron elegir en qué mesa sentarse. Se acomodaron en una pequeña sala redonda con dos sillas de color amarillo brillante en la esquina del fondo, y como no había nadie más alrededor, Melina se sintió segura de contarle su historia a la Sra. Ingram. Temía derrumbarse en medio del relato, y tampoco quería que los vecinos la oyeran. Por suerte, no reconoció al cajero detrás del mostrador, así que después de pedir su café comenzó a hablar de sus experiencias.

Una hora y varias tazas de café después, Melina le había contado a la Sra. Ingram por qué había tenido que regresar a casa después del proceso de deportación de Papá. ¡Qué alivio! Hasta ahora, no se había dado cuenta de lo mucho que esto había pesado sobre ella en los últimos meses. El diario había sido de ayuda, pero no era lo mismo que hablar con alguien. Había reprimido sus sentimientos cada vez más, al pensar que su decepción por perder el sueño de un título universitario en algún momento desaparecería, pero ahora, todo salía a la luz.

Sabía que sus padres no lo entenderían y sus primos nunca habían ido a la universidad: de hecho, no entendían por qué se había ido en primer lugar. Todos esperaban que sus hijos tuvieran otro primo. En los últimos meses, se había contentado con fingir que todo era como debía ser. Había intentado salir con Gabriela pero tenía problemas para relacionarse con su vida con el bebé y todo eso. Últimamente, incluso había rechazado las invitaciones de Nacho para ir al cine o a conciertos porque no quería que pensara que se ponían demasiado serios.

Sus días habían sido bastante fáciles, ya que estaban llenos de actividades que sabía que la ayudaban en la casa. Ella cuidaba a los niños para que sus hermanos pudieran trabajar más horas. Ayudaba con las compras y la cocina para que Mamá pudiera descansar un poco más. Papá no hablaba mucho, pero a veces la miraba con una sonrisa cansada cuando ella le acercaba sus papeles y eso la hacía feliz. Pero las noches eran largas y solitarias, y rara vez dormía más de unas pocas horas. Mientras daba vueltas en la cama, alternaba entre culparse por tomar malas decisiones y responsabilizar a su familia por no entender. Cuando llegaba la mañana, con frecuencia se despertaba con la sábana húmeda y retorcida, por haber estado revolviendo esos pensamientos oscuros. Cada mañana, le tomaba unos minutos sacudirse la culpa que sentía por pensar que podía hacer cargo a su familia de lo sucedido. En esos días, trabajaba más duro que nunca para intentar ocultar el resentimiento que se acumulaba en su interior por las noches.

Melina no estaba segura de cómo todo esto le sonaría a la Sra. Ingram, así que mantuvo sus ojos fijos en la taza de café azul y astillada que tenía en las manos mientras derramaba lentamente los detalles. Cuando terminó, miró hacia arriba sin saber qué esperar.

—Ahora ya sabe lo que he hecho, Sra. Ingram. Me disculpo por no haber ido a la escuela a decírselo, pero me daba vergüenza. No quería decepcionarla, pero creo que necesito retirarme de Balsam State. ¿Quizás pueda ayudarme?

La Sra. Ingram se inclinó sobre la mesa y colocó su mano sobre el brazo de la joven.

—Melina, no tienes nada de qué avergonzarte. Has tenido que tomar algunas decisiones difíciles tú sola. Lamento no haber estado allí para aconsejarte, pero me gustaría ayudarte ahora. Las decisiones que has tomado en los últimos meses me confirman una vez más tu gran capacidad de empatía y coraje. Nada de lo que experimentaste en Balsam fue fácil, pero seguiste intentando resolverlo hasta que tu familia necesitó que vinieras a casa. Vivir en una residencia con chicas con las que no tenías nada en común fue un desafío, pero seguiste adelante incluso cuando no tenía sentido para ti. Fuiste a clases todos los días y estudiaste mucho. Encontraste un recurso emocional en María y dejaste que ella te ayudara cuando más lo necesitabas. Ninguna de esas cosas fue fácil, pero persististe. Estoy orgullosa de ti.

—Gracias, Sra. Ingram. Quería quedarme y hacerlo bien para que estuviera orgullosa de mí, pero ahora no puedo regresar.

—Melina, el Dr. Sanders me llamó poco después de que volviste. Él y otra profesora, la Dra. Pearson, creo, te buscaban antes de que te fueras para contarte sobre la reunión, pero no te encontraron. Él no sabía cómo ponerse en contacto contigo, pero alguien de Balsam le dio mi número. Me contó sobre la reunión en la Oficina de la Decana. Por eso te dejé una nota. Esa reunión terminó con la recomendación de que te reunieras con un consejero que pueda ayudarte con decisiones difíciles y asegurarse de encontrar los recursos adecuados en Balsam. Quieren que sepas que están ahí para ayudarte y quieren que tengas éxito. Por supuesto, regresar es tu decisión, pero parece que hay gente allí que entiende y en verdad quiere ayudar.

—Sra. Ingram, el Dr. Sanders es realmente una buena persona. Él fue quien me trajo a casa en su automóvil cuando Papá me necesitaba. Creo que entiende, pero no estoy segura de que realmente pueda ayudar. Tampoco estoy segura de que un consejero pueda hacerlo. Es vergonzoso acudir a uno. Me hace sentir estúpida y aún más ajena al lugar. Mi compañera de cuarto y sus amigas se reirían de la idea, y yo nunca podré hacer las cosas que ellas hacen.

—Entiendo lo que dices, Melina. No es fácil. Me gustaría ayudarte a pensarlo. ¿Puedes venir a la escuela mañana para que podamos analizar algunas opciones que podrías tener?

—Por supuesto, pero no quiero que Mamá y Papá sepan que hablamos. Creen que todo está bien ahora que estoy en casa.

—Tal vez, cuando llegue el momento, podamos hablar con ellos juntas. ¿Qué tal si nos reunimos mañana a las 11:00 en mi oficina?

—Por supuesto.

De nuevo afuera, en la acera, se abrazaron en el viento frío y se abrigaron mientras se dirigían en diferentes direcciones. Melina se sintió un poco más ligera. Tenía a alguien que la comprendía y podía ayudarla a resolver las cosas. Esa parte la hacía feliz y se dio cuenta de lo brillante que estaba el sol hoy. Se hundió más profundo en su cálida bufanda, y entonces se preocupó por sus padres y cómo podría afectarlos cualquier cambio. La Sra. Ingram le dijo que tenía coraje, y Melina confiaba en ella. Se sentía bastante frágil y sabía que cualquier cosa que sucediera después requeriría mucho coraje. Esperaba que la buena consejera la ayudara a encontrarlo.

Al día siguiente, después de dejar a los niños, Melina se apresuró a recorrer la acera familiar que conducía a su antigua escuela. Esa mañana, había esperado a que Mamá saliera primero de casa, porque no quería que viera que se ponía un vestido, en lugar de sus habituales jeans y botas. No quería entrar a la escuela con el aspecto de una estudiante fracasada, sino más bien quería confirmar la fe de la Sra. Ingram en ella al menos con apariencia de confianza.

Dejó a los niños, y mientras seguía la ruta familiar hacia su antigua escuela, se sintió algo mareada y supo que su estómago se revolvía un poco. Le parecía extraño estar de regreso en la secundaria Obregón. *¿En la oficina sabrían que ella había fracasado en la universidad? Tal vez todos pensarían: "¡Sabía que no lo lograría!" Se preguntó si el guardia*

de seguridad, el Sr. Banks, todavía estaría allí, con su viejo uniforme
marrón, con la cabeza rebotando entre sus auriculares. ¿La reconocería?
¿La dejaría incluso entrar sin una identificación escolar?

Abrió con cautela la puerta principal y atravesó el nuevo y aterrador escáner de seguridad, junto con algunos niños que aún reconocía y que siempre llegaban tarde. Unos momentos después, al
doblar la esquina frente a la oficina, oyó: —¡Hey, es Melina! ¿Qué les
parece? ¿Qué trae de regreso aquí a una estudiante universitaria tan
importante como tú?

El Sr. Banks ahora estaba sentado en una silla legítima detrás de un
escritorio de superficie brillante. Ella sonrió y por una vez realmente
se alegró de verlo.

—Hola, Sr. Banks. Estoy aquí para ver a la Sra. Ingram. Tenemos
una cita hoy. ¿Necesito un permiso?

En ese momento, la Sra. Ingram apareció por la esquina y extendió
la mano para tomar la de la joven.

—Yo me encargo desde aquí, Hank. Nos dirigimos arriba, a la sala
de conferencias, Melina. No es necesario firmar ningún permiso hoy.

Melina no sabía que había una sala de conferencias en su antigua
escuela, pero siguió a la Sra. Ingram por la áspera escalera de concreto sin alfombra y desgastada, con cuidado de no usar la poco firme
barandilla de madera como apoyo. Le pareció gracioso que se sentía
allí mucho más cómoda de lo que jamás se había sentido en su residencia estudiantil, donde los pisos y las barandillas siempre estaban
pulidos y relucientes. Quizás eso era parte del problema: allá no había
imperfecciones visibles, y si las había, estaban cubiertas por cera y limpiador. Aquí era diferente. Aquí, en el viejo y descolorido edificio con
sus ventanas agrietadas y pintura descascarada, estaba bien cometer
errores porque la vara era baja y había pocas expectativas. El problema
era que pocos intentaban siquiera cumplir esas bajas expectativas.

Melina se sentía un poco llamativa con su buena ropa, y mantuvo la cabeza baja para que los otros estudiantes no la reconocieran. La Sra. Ingram se detuvo ante una puerta estrecha y le hizo un gesto a Melina para que se uniera a ella. Al entrar, Melina reconoció de inmediato la sala de conferencias: la recordaba como el armario largo y estrecho donde, según se rumoreaba, enviaban a algunos estudiantes para castigarlos. Se preguntó por qué ahora se llamaba sala de conferencias. Aunque tenía una mesa larga con sillas plegables apoyadas contra la pared, solo había espacio para cuatro personas como máximo.

La Sra. Ingram tomó asiento a un lado de la mesa y le hizo un gesto a Melina para que viniera y se sentara a su lado, de frente a la puerta.

—Melina, me alegro mucho de que hayas aceptado estar aquí hoy. Quizás te parezca extraño que nos reunamos en esta sala y no en mi oficina —dijo riendo—. Hemos presionado al director durante tanto tiempo para tener un espacio privado para reuniones que pensé que deberíamos usarlo. Me gusta mucho la privacidad y con el tiempo lo convertiré en un lugar donde a los alumnos les resulte más fácil hablar conmigo.

—Buena idea, pero tendrá que convencer a los niños de que no están en problemas cuando vengan aquí. Para eso pensábamos todos que se utilizaba. Tomó aire. —Espero no estar en problemas hoy.

—Para nada, Melina. Y espero que no te importe, pero he invitado a dos personas más a que se unan a nosotras. Este espacio tranquilo nos permitirá a todas hablar en forma abierta y honesta, sin interrupciones. Como puedes ver, nadie recuerda que este lugar existe, excepto, por supuesto, los estudiantes que alguna vez estuvieron en problemas.

Le sonrió con cariño a Melina. En ese momento, alguien llamó a la puerta y el Sr. Banks hizo pasar a dos mujeres que estaban ocupadas en pisar fuerte con las botas para limpiarse la nieve que al instante se derritió en el linóleo agrietado. La Sra. Ingram se puso de pie para saludarlas mientras se desenredaban de sus bufandas envolventes y abrigos pesados. La primera mujer era joven, un poco mayor que Melina, y tenía una hermosa sonrisa. Su largo cabello oscuro cayó sobre sus hombros mientras se inclinaba sobre la mesa para saludar. Parecía conocer a Melina pero ¿de quién se trataba? Luego, se descubrió quién era la segunda mujer al quitarse el abrigo acolchado y el gorro peludo.

¡Dios mío, era la Dra. Pearson! Melina cruzó los brazos y se estrechó a sí misma para dejar de temblar mientras se preguntaba si en verdad estaría en problemas. Seguramente la Sra. Ingram se lo habría dicho, ¿verdad? Podía confiar en ella ¿o no?

—Hola, Melina. Es muy bueno verte de nuevo —dijo la Dra. Pearson, con una sonrisa que Melina no reconocía del todo. Aunque habían vivido algunos momentos cálidos unos meses atrás, Melina todavía le tenía un poco de miedo. Se preguntó qué hacía allí y quién era la otra mujer. *¿Cuánto sabrían sobre su familia y sus propios fracasos personales? ¿Estaban allí para unirse contra ella? ¿Denunciar a su familia?* Melina se sintió atrapada y su primer instinto fue salir de allí. Comenzó a empujar su silla hacia atrás y a agarrar su abrigo cuando la Dra. Pearson continuó.

—Melina, quiero que conozcas a alguien especial. Ella es Dulce, la hija de María.

Con eso, Dulce se inclinó hacia la mesa y la miró con ojos tan amables y cálidos como los de su madre.

—Estaba deseando conocerte. Mamá me dijo tantas cosas lindas sobre ti.

Al percibir la sorpresa y la evidente confusión de Melina, la Sra. Ingram intervino para explicar por qué estaban todas allí, en esa habitación improvisada, ocultas del mundo exterior.

—Melina, sé que puede parecer que te atacamos en grupo, pero por favor danos una oportunidad. Queremos ayudar. No te enojes conmigo. Sí, sabía la mayor parte de lo que ocurrió. No todos los detalles personales que me contaste ayer, pero sabía por qué volviste a tu casa. Pensé que era importante para ti tener la oportunidad de contarle la historia a alguien. Lo habías mantenido oculto en lo más profundo de tu ser durante meses sin nadie a quien contárselo. Pensé que podría ayudar que te escuchara y te hiciera saber que no estabas equivocada en sentirte frustrada y confundida. Nunca te juzgué. Me importas, y quiero ayudarte a resolver las cosas. ¿Tiene sentido eso?

Melina se acercó de nuevo a la mesa, pero con los brazos aún cruzados para tener cierta distancia de las demás. Levantó la vista y, con el labio tembloroso, tartamudeó: —Supongo que confío en usted, Sra. Ingram, pero no estoy segura de qué se supone que debo hacer ahora.

Dulce podía sentir la vergüenza y el desconcierto de Melina, y a su manera modesta, se convirtió en la voz del grupo.

—Yo entiendo, Melina. Puedes confiar en mí: he estado en tu situación y no tenía con quién hablar. Tampoco estaba segura de en quién confiar. Me tomó mucho tiempo darme cuenta de que necesitaba ayuda para saber qué hacer a continuación. No podía hacerlo sola. En mi caso, me suspendieron de la universidad y me conformé por un tiempo con estar con mi familia y trabajar para mi tío. Los amo a todos ellos, y sabía que los ayudaba con solo estar allí, pero siempre había algo que me atosigaba. Estaba dejando ir un sueño importante. Si alguien no hubiera dado un paso adelante para ofrecer su ayuda, yo todavía podría estar estancada. Pero una profesora de la universidad vino a verme, sin previo aviso, y se ofreció a ayudarme. Creo que puedes confiar en estas dos mujeres increíblemente especiales que quieren hacer todo para que resuelvas esto. También quiero ayudar si puedo. Nadie está aquí para decirte qué hacer ni para juzgarte por las decisiones que has tomado. Solo queremos darte un espacio para pensar en voz alta y ofrecerte todos los recursos que podamos tener.

Melina comenzaba a comprender y asintió lentamente mientras descruzaba de a poco los brazos.

Le sorprendió escuchar a la Dra. Pearson agregar: —Quiero que sepas, Melina, que tu historia ya me ha hecho pensar más en los estudiantes y la enseñanza que cualquier curso universitario que haya tomado. Al escucharte en el apartamento de María, oí a una mujer joven, muy valiente, con fuertes valores y pasión. Llenaste mi cabeza con cosas en las que no había pensado antes. Me enteré de una decisión que estabas tomando y que podría tener consecuencias importantes para ti, tanto en tu casa como en la universidad. Tenías que hacer una elección difícil, pero lo hiciste sin mirar atrás. Eso requiere coraje, Melina, y te admiro por ello.

—¿Estás de acuerdo con esto, Melina? —preguntó la Sra. Ingram. —Sé que es una sorpresa, pero de verdad queremos brindarte un espacio para reflexionar en voz alta y ofrecerte ideas que te permitan seguir adelante.

—¡Bueno! ¿Entonces… cómo empezamos? Melina sintió que una sonrisa se extendía lentamente por su rostro y estaba más esperanzada de lo que había estado en semanas. Todavía no sabía cómo avanzar ni adónde quería ir, y seguía preocupada por Mamá y Papá, pero al menos ya no estaba sola.

De repente, la habitación oscura y estrecha con sillas plegables que antes solo se usaba para castigos adquirió una nueva dimensión. Prácticamente se iluminó mientras las ideas volaban como fuegos artificiales el Cinco de Mayo: *¿Qué tal una pasantía en la oficina de Dulce en el centro? ¿Qué tal volver a la universidad? ¿Y qué te parecería sincerarte con tu compañera de cuarto? ¿Tal vez ir a un colegio comunitario por un año sería una buena idea?*

Nada estaba fuera de los límites.

Ese estallido inicial de entusiasmo fue energizante de una manera que Melina nunca había experimentado. La sala palpitaba y había sonrisas y risas por todos lados. A medida que la dinámica crecía, Melina y Dulce gravitaban en forma inconsciente una hacia la otra, y sus experiencias compartidas comenzaron a ir y venir.

Melina notó que la Sra. Ingram había empujado su silla hacia atrás y se ponía de pie. Le preocupaba que ella y Dulce estuvieran siendo groseras, o que su tiempo juntas hubiera llegado a su fin. En lugar de ello, la Sra. Ingram solo anunció que ella y la Dra. Pearson se morían de hambre. —Saldremos por algo de comer. ¿Qué podemos traerles a ustedes dos? Hay una tienda al final de la calle y podemos traer algo aquí para compartir. ¿Les parece? Melina se sintió aliviada y las dos jóvenes asintieron mientras se sumergían otra vez en su conversación.

—Escucha, espero que no pierdas más tiempo en pensar que eres un fracaso. O avergonzarte de cualquier cosa que te haya ocurrido. Has sido valiente y has tomado algunas decisiones difíciles sola. Yo hice lo mismo y no me he arrepentido. La familia es lo primero, pero tampoco podemos dejar de lado nuestros sueños. Nuestras familias no entenderán lo que vivimos en la universidad, pero sí entienden los sueños. Estamos aquí porque ellos siguieron el suyo. Quieren que tengamos una vida más fácil que la que ellos tuvieron, aunque no siempre entiendan lo que se necesita para lograrlo. ¿Tiene sentido?

Y con eso, Dulce aclaró los pensamientos confusos de Melina. Sola, no había podido expresarlo con palabras, pero allí estaba alguien que realmente la entendía y podía ayudarla. Se imaginó a Mamá y Papá que trabajaban duro todos los días. *Tener empleo, ser propietarios de una casa y mantener a una familia eran los componentes del sueño que compartieron 30 años atrás. Ahora eran dueños de una pequeña casa y ponían comida en la mesa todos los días. ¿Su sueño original incluía dar un paso al frente cuando las esposas de sus hermanos regresaron a México y les dejaron a los bebés? ¿Incluía tener una hija que quería irse de casa para tener una educación universitaria? No, pero lo aceptaron. Lo aceptaron porque eso es lo que hacen las familias.* A veces, Melina había pensado que sus padres estaban estancados, pero comenzaba a entender que no era así como se sentían.

—Gracias, Dulce. Me estás ayudando a traducir mis pensamientos en palabras. Creo que eres la mejor persona para ayudarme a descubrir cómo seguir adelante. Y estoy lista para empezar.

Durante la siguiente hora, usaron la vieja pizarra en la pared de atrás de ellas para anotar sus ideas. Volaban flechas por toda la pizarra, que conectaban algunas ideas y borraban otras. Se olvidaron por completo de la Sra. Ingram y la Dra. Pearson, que debieron perderse en su camino a la tienda.

& & &

Agradecimientos

Dicen que para lograrlo se necesita todo un pueblo, y eso fue verdad con esta novela debut. Desde el principio supe la historia que quería contar. Lo que no sabía era cuánta ayuda necesitaría en el camino. Todo comenzó con las ediciones iniciales de Beth Finke, quien me recordaba todo el tiempo que debía mostrar, no decir. Lo he intentado, Beth. Elizabeth DeNoma me ayudó a ver el panorama general con su edición de desarrollo, y Maura McGurk lo pulió con una edición de corrección. Les debo a estas editoras un enorme agradecimiento.

Tan pronto como hablé con Lise Marinelli, supe que WCP era el grupo editorial adecuado para mí. El equipo trabajó como socio conmigo mientras yo pulía y pulía un poco más. Muchas gracias a Dawn McGarrahan Wiebe por guiarme en el proceso y a Audrey Brock por la lectura de prueba final. Gracias tambien a Daniel Salama y su equipo de Trusted Translations por traducir la historia de Melina.

Me arriesgué un verano cuando me uní al Grupo de Escritores de Ludington en Michigan. Fue la primera vez que leí mi obra en voz alta a otros escritores que no conocía. Sus percepciones y aliento me dieron confianza y tuvieron un impacto significativo en cómo conté esta historia. Además, me uní a un grupo en línea, P2P, dirigido por Kathy Ver Eecke, donde aprendí de escritores, agentes y editores cómo funciona la industria editorial. Este grupo fue maravillosamente colaborativo y me ayudó a articular con claridad el enfoque de la historia. La Asociación de Escritoras de Ficción ofreció la oportunidad de participar en un concurso que dio lugar a críticas convincentes y un fuerte estímulo.

María Cabrales y Alen Takhsh verificaron que mis descripciones de las audiencias de deportación, los problemas de inmigración y Villacito fueran acertadas. Tengo una enorme deuda de gratitud con ellos por el tiempo que se tomaron conmigo por teléfono y por escrito. Mis dos primeras lectoras, Joanne Daniels y Sharon Silverman, me brindaron percepciones valiosas relacionada con el desarrollo de los personajes y de la historia. Sharon quería saber más sobre un personaje y Joanne me dijo que el final simplemente no funcionaba para ella. Esos dos comentarios me llevaron a realizar revisiones importantes. Agradezco sinceramente su honestidad. Elaine Kurczewski y Susan Irvings también leyeron el manuscrito en momentos importantes y me ayudaron a avanzar.

Como siempre, Larry ha estado ahí durante todo el viaje. Ha leído el manuscrito tantas veces que tal vez podría recitarlo para cualquiera que estuviera dispuesto a escucharlo. Sin su apoyo constante, esta historia aún estaría en construcción.

Dedico este libro a mi padre, H. Nord Kitchen, quien me llevaba a tres bibliotecas cada sábado cuando era joven. Su compromiso con la lectura ha sido un regalo duradero para mí y me llevó no solo a ser una lectora voraz, sino también a escribir siempre que fuera posible.

Acerca de la autora

MARTHA CASAZZA es educadora y escritora. Ha dedicado su vida a trabajar en la enseñanza y al aprendizaje. Ha explorado esto en un escenario global que comenzó en Chicago y se extendió a universidades de Sudáfrica, Polonia, Kazajistán, Escocia e Inglaterra, y en la actualidad enseña a preescolares en Sayulita, México. Se centra en el acceso de las poblaciones marginadas y el apoyo que reciben.

Su trabajo comenzó en 1970 en el sistema de escuelas públicas de Chicago y se trasladó a la Universidad Nacional Louis, donde capacitó a docentes para trabajar con estudiantes adultos antes marginados. Como becaria Fulbright en Sudáfrica, tras el fin del apartheid, Martha trabajó con el cuerpo docente para introducir estrategias de enseñanza para los "nuevos" estudiantes de los municipios que no habían estado bien preparados para estudios universitarios. Como consultora en Chicago, Martha colaboró con el Instituto Progreso para crear un programa educativo de nivel universitario para brindar servicio a los residentes locales de habla hispana en Pilsen. Por ese trabajo recibió en 2018 el premio "Instituto Spirit Award".

Fundo y actualmente dirige la Escuela Cooperativa en Sayulita, Mexico, junto con su esposo. La Escuela es un preescolar gratuito para ninos de la localidad y se puede visitar en https://www.escuelasayulta.org.

Sus escritos evolucionan de la no ficción a la ficción, pero el tema resalta en forma constante la importancia del acceso y el apoyo educativos. Dos de sus escritos de no ficción se citaron como clásicos en el campo de la educación para el desarrollo. *Dreaming Forward* (Soñar hacia adelante), estuvo en la estantería de Barnes & Noble y fue tema de una entrevista en NPR (Radio Pública Nacional). Visite www.marthacasazza.com para obtener un enlace a su entrevista y experiencia profesional.

www.ingramcontent.com/pod-product-compliance
Lightning Source LLC
Chambersburg PA
CBHW030132180626
46812CB00002B/656